나그네가 밤에 쓰는 감회
旅夜書懷

언덕의 가녀린 풀 미풍에 나부낄 새
높이 솟은 돛단배에서 홀로 밤을 지샌다
별 드리운 평야 광활하고
달 솟아오른 큰 강물 출렁이누나

細草微風岸
危檣獨夜舟
星垂平野闊
月湧大江流

絶命門

절명문

절명문 5

진공 新무협 판타지 소설

초판 1쇄 찍은 날 § 2007년 8월 24일
초판 1쇄 펴낸 날 § 2007년 9월 4일

지은이 § 진공
펴낸이 § 서경석

편집장 § 문혜영
편집책임 § 김규진
편집 § 이재권 · 유경화 · 유혜림

펴낸곳 § 도서출판 청어람
등록번호 § 제1081-1-89호
등록일자 § 1999. 5. 31
어람번호 § 제2-1279호

주소 § 경기도 부천시 원미구 심곡1동 350-1 남성B/D 3F (우) 420-011
전화 § 032-656-4452 팩스 § 032-656-4453
http://www.chungeoram.com
E-mail § eoram99@chollian.net

ISBN 978-89-251-0875-9 04810
ISBN 89-5831-581-4 (세트)

Fantastic Oriental Heroes

진공 新무협 판타지 소설

[완결]

⑤

결전, 절명문 대(對) 강호무림

悟命門

절명문

도서출판
청어람

| 목차 |

◆ 第二十六章 ◆
혜월, 마음을 정하다

혜월, 마음을 정하다

비릿한 피 냄새가 나는 암흑 속이었다.

백발에 핏빛 눈동자를 가진 사나이, 청혈교의 당대 교주인 역한진은 자신의 눈앞에서 벌어지고 있는 작업을 바라보고 있었다.

그 옆에는 얼마 전 세상을 떴던 도유천과 같은 마왕 칭호를 받고 있는 녹혈마왕 진천이 그를 보좌하고 있었다.

"지금쯤 장명은 똥줄이 타겠군요."

역한진이 중얼거리자 진천이 고개를 끄덕였다.

"특감대로부터 연락이 끊겼으니 심란할 것입니다. 하지만 마맹주 고욱현의 눈치를 보느라 전전긍긍하고 있겠지요."

"후후후, 먼저 털어놓을 가능성도 있지 않겠습니까?"

"그러면 더욱 좋지요. 특감대가 정마련에 도착하기만 하면 그나마 남아 있던 정련과 마맹의 신뢰감이 바닥을 칠 것 아니겠습니까?"

진천의 말에 역한진은 만족한 듯 입술 끝을 구부려 미소를 만들어냈다.

"그러면… 그 특감대 말인데, 슬슬 그들이 정마련에 도착할 때가 되지 않았습니까?"

"그렇지요. 내일쯤입니다."

"세뇌는 완전하겠지요?"

역한진의 질문에 진천이 고개를 끄덕였다.

"그렇습니다, 교주. 정정운이 보내온 과거 배교의 비서(秘書)와 비약(秘藥), 그리고 홍혼주(紅魂珠) 덕에… 다른 건 모르겠지만 그 효과에는 이 속하도 놀랄 수밖에 없었습니다."

그는 진행되고 있던 작업에서 눈을 떼고 천천히 발걸음을 옮겼다.

"시기가 앞당겨지고 있으니 좋은 징조겠지요. 온건파의 대표 격인 추령 장로도 쉽게 처리되었고… 내년쯤에야 재기동될 듯했던 생사강시도 이미 재련이 끝나 있고… 일이 쉽게 되어가는군요."

"그렇습니다. 다만… 역시 속하로서는 정정운이, 아니, 그의 배후가 신경에 거슬립니다. 귀중한 물건들을 아무 조건 없이 던져 주나 싶더니, 다음엔 함정으로 본 교의 귀중한 전력을 소모시키지 않았습니까? 더구나 이번에도 본 교의 추적을 뿌리치고 행방을 감춘 점이 더욱 신경에 거슬립니다."

"장로께서는 정정운 배후에 있는 세력에 대해 추측하고 계신 점이라도 있습니까?"

"월광사신의 소문이 흘러나온 것과 정정운이 활동을 개시한 시기가 미묘하게 맞아떨어집니다. 게다가 정마련에서도 월광사신이 나타났을 가능성을 높이 보고 있지 않습니까?"

그 말에 청혈교주 역한진이 잠시 발걸음을 멈추더니 천천히 진천을 돌아보았다.

"그렇군요. 결정적으로 남궁세가에서 그런 주장을 했었다지요. 어떻게 생각하십니까? 남궁세가의 주장은 잠시 논외로 치더라도 장로께서 판단하시기에도 역시 월광사신이라고 생각하십니까?"

"그렇습니다, 교주님. 당금 무림에서… 그 정도가 아니곤 도유천, 그 친구를 해할 자가 몇이나 되겠습니까? 팔대천인의 행적은 이미 파악하고 있으니 그들은 아닐 테고……."

진천은 자신의 오랜 친우였던 혈성곤 도유천을 떠올리며 말끝을 흐렸고, 역한진은 천천히 고개를 끄덕였다.

"실은 저도 같은 생각입니다. 정마련에서 내린 결론도 그렇지만, 그동안 본 교에서 독자적으로 캐냈던 정보들을 생각해 봐도 가능성이 높습니다."

그간 꽤 조사를 진행시켜 왔다는 것을 드러내는 발언이었다.

"그렇다면 대비책을 준비해 두셨다는 얘기십니까, 교주?"

뭐라 해도 월광사신이 관련된 일이었기에 진천의 목소리에 긴장감이 어렸다.

"상관없지 않습니까? 정정운 뒤에 무엇이 도사리고 있건, 그가 설령 월광사신이 맞다 해도, 그들은 너무 큰 패를 우리에게 쥐어주었어요. 아니, 이렇게 되고 보니 이렇게 일을 벌인 것이 월광사신 본인이었으면 싶군요. 삼십칠 구의 생사강시가 우리 손에 쥐어지는 순간, 그간 밀린 빚을 모두 청산할 수 있으니까 말이지요……."

"……."

"길었군요. 오십 년."

교주의 말에 진천은 대답을 쉽게 하지 못했다. 문제는 조건이 너무 좋다는 점이었다. 정정운 쪽에서는 기보(奇寶)라 불리는 물건들을 너무 쉽게 내주었다.

심지어 추령을 제거해 준 것도 정정운 쪽의 작품이었다.

다시금 군림천하를 꿈꾸는 청혈교에게 있어 그러한 지원들은 매우 큰 도움이 되었다.

반면, 정정운 진영에서는 그로 인해 얻은 것이 하나도 없었다.

비록 혈성곤 도유천을 잃기는 했으나 그것이 진정 정정운이 노리던 일인지는 미지수였다.

이유는 모르겠으나 정정운은 유성표국의 재력을 뿌리째 뽑고, 그 신용을 흔들어 중원표로를 뒤흔들길 바랐었다. 도유천과 추혈대로 그들을 멸하기를 바랐던 것이 바로 정정운이었던 것이다.

더구나 사건 직후 정정운 쪽에서 자신이 관련되지 않았음을 알리는 서신이 도착했었다.

그들이 노리는 것이 숨겨놓은 청혈교의 주력이 아니라면 과연 무엇을 바라고 있는 것일까?

그게 무엇이건 생사강시에 비할 것은 아무것도 없었다.

"바로 그 점이 마음에 걸립니다. 정정운, 아니, 그 배후가 무엇을 생각하고 있는 것인지. 생사강시를 우리에게 양보해서야 무엇을 원하건 손해가 아니겠습니까?"

"강한 자들은 자기를 과신하는 경향이 있지 않습니까."

역한진은 태연히 그렇게 대꾸했다.

"예상하고 있는 대로 정정운 뒤에 월광사신이 도사리고 있는 거라면 오히려 설명이 쉽지요. 자신을 믿고 있는 게 아니겠습니까? 과거, 무림인들이 스스로를 믿었듯이."

"……."

"그리고, 그 당시 무림인들처럼, 스스로를 과신하는 것이 얼마나 무모한 일인지 절감하게 되겠지요."

역한진이 그렇게 중얼거렸고 진천은 조용히 그 뒤를 따라 발걸음을 옮겼다.

복도 끝에 다다를 때까지 어떠한 대화도 이어지지 않다가 문득 녹혈마왕 진천이 입을 열었다.

"마교는 어쩌실 셈입니까?"

"마도의 맹주로, 마교는 너무 무사안일하지 않았습니까? 이제 우리가 나아갑니다. 그것이 도 장로의 희생에 답하는 길이기도 하겠지요."

둘의 대화는 그렇게 마무리되었고, 여러 가지 일들이 새로이 진행되기 시작했다.

＊　　　　＊　　　　＊

죽기 일보 직전에 노인에게 구출된 정정운은 모처에 도착한 이후 한가로운 며칠을 보냈다.

노인은 반쯤 몸을 눕힌 채 잡서를 뒤적이고 있는 정정운을 바라보더니 혀를 찼다.

"쯧쯧, 그렇게 빈둥거리니 몸이 그리된 거였구나."

정정운이 노인의 목소리를 듣자 둔한 몸이나마 재빨리 일으켜 세웠다.

"어이쿠, 노야. 제 방엔 어인 발걸음이십니까? 그리고, 제 몸은 원래 이렇습니다. 아니, 며칠 호되게 고생했더니 근수가 많이 빠져 마누라에게 구박받고 있으니, 오히려 빨리 원래 모습을 찾아야 하지 싶은 상황입니다."

"내 보기엔 근수가 늘어서 구박받는 게 아닌가 싶은데……."

"무슨 말씀을요. 안사람은 푹신한 느낌을 좋아해서 제가 살을 빼고 싶어도 빼지 못하고 있습니다."

"허허허… 나중에 내 한번 물어보지. 그나저나 날이 좋구나. 나가서

차나 한 잔 하지 않으려나?"

"운치가 있겠군요."

둘은 다구를 챙겨 밖으로 나가 작은 정자에 앉아 햇볕을 쬐며 차를 마시기 시작했다. 그 뒤에는 일비영이 말없이 시립해 있었다.

"정운아."

"예, 노야."

"적지 않은 세월, 나는 네게 내 이름조차 알려주지 않았었다. 그간 내가 누군지 궁금하지는 않더냐?"

"때가 되면 알려주시리라, 그리 믿고 있었습니다."

정정운에게 노인의 이름이나 정체 같은 건 그리 중요하지 않았다. 노인은 자신에게 생명의 은인이며, 동시에 아버지와 같은 인물이었다.

노인은 잠시 코끝을 스치는 다향을 즐긴 뒤 찻잔을 내려놓으며 작은 목소리로 중얼거렸다.

"강호에서 나를 부를 때, 월광사신이라 부른다 들었다."

"……."

"놀랐느냐?"

정정운은 놀라움이 배어 있던 얼굴을 빠르게 회복시켰다.

"준비하시는 것들을 보고… 어쩌면 그렇지 않을까 생각한 적도 있습니다만, 막상 노야 스스로 그렇게 말씀해 주시니 놀랍습니다."

"네게는 말해줄 수 없는 사연이 있었느니라."

스스로를 월광사신이라 밝힌 노인은 한숨을 내쉬었다.

"오십여 년 전에 일어났던 혈사는 나의 의도가 아니었으나, 그것을 주장하기에는 피해가 너무 컸다. 그렇지만 이제 강호는 나를 받아들여야 할 것이다. 무림공적이 아니라 당당한 한 명의 무인으로서, 그리고 하나의 문파로서 말이다."

정정운에게 하는 말이 아니라, 홀로 중얼거리는 듯한 느낌으로 그렇게 말한 노인은 묵묵히 앉아 있는 정정운을 바라보며 미소 지었다.

"그간 믿고 따라와 줘서 고맙구나."

"어차피 노야께 맡긴 목숨입니다."

"허허허, 이거 부담되는구나."

"하오나… 그렇다면 청혈교에게 홍혼주를 보내고, 생사강시를 재련하도록 도우신 것은 너무 위험한 행동이 아니었을까 싶습니다."

생사강시에 대한 것은 기밀이었으나, 워낙 오랜 세월 동안 여러 문파에서 참여했기 때문에 주요 사항은 다 알려져 있었다.

그 소문에 따르자면, 생사강시 몇 구만 모여서 합공을 하면 팔대천인이나 십대마인조차 당해내지 못한다는 내용도 있었다.

"허허, 그렇지."

"그렇다면 왜……."

"정운아, 난 장사꾼이 아니지만 네 녀석 하는 양을 보고 어깨너머로 배워온 게 한 가지 있단다."

노인은 빙그레 웃으며 찻잔을 잡았다.

"손해 보는 장사는 하는 게 아니지."

"하지만 이미……."

"훗날 알게 되겠지만 생사강시는 그들에게 넘어간 것이 아니다."

그 말에 정정운의 눈이 가늘어졌다.

"노야도 사람이 참 나쁘십니다. 제대로 된 물건을 납품한 게 아니란 말씀이시군요?"

"허허허, 구매자가 제대로 된 대가를 지불하지 않으면 납품한 물건은 무슨 일이 있어도 되돌려받는 게 장사치라 하지 않았느냐?"

월광사신이라 자칭하고 있는 노인은 그렇게 말하며 여유있게 찻잔을 들어 흠향을 했다.

"향이 좋구나."

말없이 찻물을 들이켜던 노인이 문득 생각났다는 듯 뒤에 서 있던 일비영에게 말을 걸었다.

"일은 어떻게 되어가고 있느냐?"

"소문은 제대로 퍼져 가고 있습니다. 아우들이 적당히 분쟁을 조장하고 있어 사상자도 벌써 기십에 달하고 있으니, 곧 정마련에서도 손을 쓸 것 같습니다."

"그렇구나. 좀 더 떠들썩하게 만드는 게 좋을 게야."

일의 진척 상황을 확인한 노인은 말없이 하늘을 올려다보았다.

*   *   *

"살인멸구(殺人滅口) 안 해요? 정체를 들켰는데."

당소류의 입에서 '살인멸구'라는 얘기가 나오자 오유란의 표정이 창백해졌다. 다른 이도 아니고, 무림의 살성으로 소문난 월광사신의 후인이 눈앞에 있는 것이다.

그녀는 비명이라도 지를 것처럼 숨을 깊이 들이쉬었다.

막 새된 비명이 나오려던 순간, 누워 있던 당소류의 손가락이 절묘한 순간에 유란의 옆구리를 콕 찔렀다.

"합……."

새된 소리로 튀어나오려던 비명이 헛되어 허공으로 흩어져 버리자, 오유란은 눈을 동그랗게 뜬 채 양손으로 입을 가리고 당소류를 바라보았다.

"자자, 그렇게들 놀라지 말고, 잠깐 진정하세요. 두 사람 다."

당소류는 부상으로 인한 출혈 덕에 상당히 창백한 얼굴이었지만, 그와 별개로 어떤 여유가 있어 보였다.

"하지만……."

"봐요. 일단, 오 소저보다는 유 공자가 더 놀란 것 같으니까."

웃음을 참는 듯한 그녀의 얼굴에 오유란은 슬그머니 유수운의 얼굴을 바라보았다.

둘의 시선이 허공에서 마주쳤다.

"……."

그녀는 당소류의 말이 맞다는 것을 깨달았다.

유수운의 얼굴은 충격과 허탈감으로 인해 하얗게 질려 있었다. 세 남녀는 서로를 멀거니 바라보고 있었다.

"저기, 유 공자……?"

당소류가 침묵을 깨며 자신을 부르자, 대체 이 상황을 어떻게 넘겨야 하는지를 고민하고 있던 수운이 약간 놀라며 그녀를 바라보았다.

"놀랐다는 건 알겠지만, 잠시 후엔 혜월 대사님이나 전 대협 같은 분들이 오실 거예요."

"아……!"

"그전에 우리 입을 다물게 하지 않으면 곤란하실 텐데요? 정말 살인멸구하실 생각이 아니라면, 뭔가 우리에게 얘기를 하는 게 좋지 않을까요?"

"얘기요?"

"네. 예를 들자면, 우리가 유 공자의 정체를 밝히지 말아야 할 이유 같은 것 말이죠."

창백한 얼굴에 미소를 띠고 있는 당소류를 바라보면서 유수운은 묘한 기분이 들었다.

"당 소저……."

"예."

"혹시, 이 상황이 재미있으시다던가……?"

처음 만났을 때부터 평범한 여인이라는 생각은 하지 않았지만, 천하의 무림공적 월광사신의 정체가 뜬금없이 밝혀진 순간부터 지금까지 오로지 그녀만이 평상심을 유지하고 있었다.

아니, 평상심을 넘어서 상황을 즐기고 있는 것 같았다. 수운의 질문에 당소류는 유쾌하게 고개를 끄덕였다.

"그럼요. 충분히 재미있지요. 월광사신의 후인과 마주 서 있는걸요. 전요, 어려서부터 이런 순간을 상상하곤 했어요. 꿈 많은 소녀였거든요. 무림의 전설과 마주 서는 순간 같은 거 말예요."

충격에서 약간 벗어나 있던 오유란이 끼어들었다.

"저기, 말씀 중에 죄송하지만, 월광사신은 무림의 전설이라기보다는 무림의 악몽에 가깝지 않나요?"

"흠, 그렇긴 하지만, 아무튼 악명이 높아도 전설적인 인물인 것은 맞으니까요."

"……."

면전에서 악몽이라는 말을 들어도 딱히 반박할 말이 없다는 것이 애석한 점이었다.

"자, 시간이 없어요. 우리는 공포에 질려 있고, 여기 오 소저는 정마련에, 그것도 감사대에 속한 무인이라고 하잖아요. 정마련이 뭔지는 알고 있으시겠죠? 오로지 월광사신을 상대하기 위해 만들어진 강호무림의 힘이라고요."

그 사실을 모를 리 없었다. 수운은 자신의 정체를 알아낸 오유란을 바라보았다. 자신도 모르게 실소가 흘러나왔다. 정마련에 속한 여인과 한때나마 연인(?)으로 지냈다니, 사부님이 알게 될까 두려운 사실이었다.

"아, 그렇구나. 유 공자님, 일이 여기까지 왔으니까 말씀드리는 건데요, 정말 절 제대로 설득해야 할 거예요. 정마련에서 절 여기 보낸 건 유 공자님이 월광사신의 후인이 아닐까 해서 확인 차원에서 보낸 거니까요. 임무라는 게 그거였거든요."

"……."

'뭐냐, 이건.'

갈수록 점입가경이었다. 오유란의 말에 수운은 물론 소류까지 그녀의 얼굴을 돌아보았다.

"…아, 그게 그러니까… 왜, 예전에 탁살장 마우와 겨루셨을 때, 그들의 상태를 봤던 정마련의 고위 간부들이 전부 월광사신의 손속이라고 결론을 내렸거든요. 그때 제가 현장에 있었기 때문에 파견된 거죠."

그 당시, 쓰러져 있던 정마련 소속 무사들이 꺼림칙하다는 생각은 들었지만 정말 그 정도 일만으로 자신을 찾아낼 줄은 상상도 못했던 수운이었다.

어쨌거나 선택할 수 있는 방법이 없었다. 당소류가 농담처럼 갈한 살인멸구?

수란과 전욱이 이들의 무사안녕을 목격하고 간 이상, 이 여인들을 해치면 자신이 가장 의심받을 것은 뻔한 사실이었다.

무엇보다, 수운은 빤히 자신을 바라보고 있는 아무 죄도 없는 아름다운 여인들을 해칠 만한 독심도 없었다.

"후우……."

이래저래 어떻게 그녀들을 설득해야 하나 고민하던 수운이 천천히 말문을 열었다.

"그러니까… 강호상에서 월광사신이라고 불리는 분은 우리 절명문의 오대 문주가 되세요."

"그러면 유 공자께서는……?"

"제가 현 장문인이에요. 칠대 장문위를 맡고 있습니다."

"장문인? 진짜요?"

유란은 눈앞의 앳돼 보이는 청년이 일문의 수장을 맡고 있다는 것이 어쩐지 어울리지 않는다는 생각을 그대로 드러냈다.

더구나 악몽의 대명사인 월광사신이 문파를 맡고 있다니, 왠지 믿기가 싫어질 정도였다.

"좀 안 어울린다고 생각하셔도 어쩔 수 없는 게… 본 문은 대대로 일 인전승을 고수해 놔서. 이유는 말 안 해도 아실 거예요. 자칫해서 이 무 공이 새어나가기라도 한다면 정말 큰일도 그런 큰일이 없을 테니까요. 그런 이유로 제자라곤 저 혼자뿐이라서……."

수운은 되도록 요점을 짚어가며 최대한 빨리 자신의 사문과 멸명마 공에 대해 이야기했다.

개파조사인 옥창선이 동생의 집에서 싸운 뒤 '하하핫, 설마 모두 죽었 겠어?'라는 말을 내뱉을 무렵부터 최근까지의 역사를 개략적으로 듣게 된 두 아가씨는 어이가 없다는 표정으로 한숨을 내쉬었다.

"후우……."

월광사신이 언제나 단 한 수로 절세고수들을 살상해 왔다는 것을 잘 알고 있는 두 사람도 어떤 형태로든 몸에 닿기만 하면 사람이 죽어나간 다는 얘기에는 기가 찰 수밖에 없었다.

그렇기에 멸명마공에 대한 이야기를 들은 그녀들의 반응은 절명문 제 자들이 처음 멸명마공에 대해 들었을 때의 오랜 전통에서 벗어나지 않았 다.

"그거 농담이죠?"

이제 공포가 많이 희석된 듯, 오유란이 미심쩍은 눈초리로 수운을 바라보았다. 수운은 한숨을 내쉬었다.

"저도 처음 멸명마공 얘기를 들었을 때 사부님께 그렇게 반문했다가 되게 맞았었죠. 제자 붙잡고 농담하게 생겼냐고. 전통이래요."

"어쨌거나… 정말 믿기 힘든 얘기로군요. 어떻게 그런 무공이 있을 수 있죠? 아니, 얘기는 들었어요. 월광사신이 사신이라고 불리울 정도로, 단일 수로 절정고수들의 목숨을 거둬들였다는 건 잘 알고 있었다구요. 하지만 그건 그만큼 그의 무공이 고절하고 독랄하기 때문이라고 생각하고 있었는데, 그런데 유 공자 얘기는 그게 아니라는 거잖아요? 내공의 고하조차 상관없이, 스치기만 해도 사람의 목숨이 사라진다고요? 그건 농담거리도 못 되는 얘기예요, 정말."

"그렇긴 하죠. 그렇지만… 반대로 생각해 보세요. 그런 말도 안 되는 무공이 실제로 있으니까 무림이 뒤집힌 거죠."

오유란이 잠시 망설이다가 수운에게 질문했다.

"그 멸명마공이라는 무공에 대해서는 다시 얘기하기로 하고… 아무튼 지금 유 공자께서 하신 말씀은 절명문에서는 무림을 뒤엎을 생각이 없다는 것이지요?"

"당연하지요. 생각해 보세요. 오대조 한 분으로도 무림이 어떻게 되었었는지. 행여 사조님들이 무림, 그거 한번 일통해 볼까, 그런 마음을 품으셨다면 무림은 벌써 옛날에 피바다가 되었을 거예요."

그 대답을 듣자, 오유란을 힐끗 바라본 당소류가 다른 질문을 던졌다.

"그리고, 유 공자 말에 따르면, 절명문에서는 원래 사람을 해칠 생각 자체가 없었다 이거군요?"

"네. 말씀드렸지만, 본 문은 말하자면 소림의 불문 무공을 그 뿌리로 두고 있어요. 거기에 불문의 가르침에 따라 생명은 소중하다고 여기고 있고……. 아까 말씀드렸지만 개파조사이신 옥창선 조사나, 그 이후의 사조님들이나 모두 무공을 드러내지 않고 살아오던 분들이라구요. 모두 평범하게 생활하시려고 했는데… 문제는, 가끔씩 사고가 생겨서… 그것 때문에…….”

“그 정도 혈사를 사고라는 한마디로 정리하지 마세요.”

당소류조차 어이없다는 얼굴이 되어버렸다. 그렇게 수운의 입을 다물게 만들어놓은 두 여인은 서로를 가만히 바라보았다.

“어떻게 생각하세요?”

“글쎄요. 너무 갑작스러워서… 이런 중요한 일은 일단 사문의 어른들에게 상의를 한 뒤에…….”

오유란이 무심코 그렇게 말하자, 수운과 당소류가 동시에 그녀를 한심하다는 눈으로 바라보았다.

“그러니까 지금 그걸 어른들한테 말할까 말까를 얘기해 보자는 거 아니에요. 사문의 어른들에게 알리면 그 어른들이 가만히 있겠어요? 정마련에 연락해서 정마련 총병력과 각 파의 은거기인들까지 다 뭉쳐서 쳐들어오지.”

“그건 그렇지만…….”

수운이 한숨을 내쉬며 둘을 바라보았다. 어쩌다 이렇게 되었나 자책을 하자, 머리 속에서 그럴 줄 알았다는 사부의 목소리가 들려오는 것 같았다.

그는 어떻게 해야 할지를 놓고 얘기를 계속하고 있는 두 사람을 바라보다가 손을 들어 얘기를 중지시켰다.

“괜찮다면 얘기를 좀 할게요. 두 분이 지금 뭘 걱정하고 있는지는 잘 알고 있어요. 그렇지만 두 분이 생각하는 일은 결코 일어나지 않을 거예요. 그래요, 사실 처음 하산하던 날, 저는 무림 영웅을 꿈꾸기도 했지요. 위기에 빠진 무림을 구하는 영웅. 하지만 몇 달 되지도 않아서, 조사님들이 느꼈던 무력감을 느낄 수 있었지요. 저는 너무나 날카로운 검을 가지고 있는 거였어요. 원치 않아도 사람들을 다치게 하고, 나를 다치게 하고, 세상을 다치게 하는…… 부상을 입은 뒤에, 여러 생각을 많이 했어요. 그리고 조사님들이 왜 세상을 뒤엎을 무공을 가지고도 조용히 은거해 사셨는지 이해할 수 있었어요. 제가 바라는 건 이대로 평범하게, 즐겁게 살아가는 것뿐이에요. 부탁이에요. 비밀을 지켜주세요. 오십여 년이나 월광사신은 나타나지 않았고, 앞으로도 나타나지 않을 테니까요."

유란은 그간 수운의 집에서 그의 성정과 가족들의 일상을 지켜봐 왔기에 수운의 말이 가슴에 와 닿았다.

모두들 유쾌한 사람들이었다.

그러나 그녀는 정마련의 일원이었고, 임무를 받은 상태였다.

"만약, 제가 그럴 수 없다고 한다면 어떻게 하시겠어요? 아니, 어떻게 될 것 같아요?"

수운은 두 사람을 바라보다 눈을 감았다.

"그렇다면… 제가 선택할 수 있는 길은 하나밖에 없겠지요."

그 말에 금방이라도 자신들을 해칠 듯한 기분이 든 유란이 급히 말했다.

"미리 말해두겠는데, 살인멸구를 해도 소용없어요. 오히려 유 공자의 정체를 알려주는 일이 될 거예요. 애초에 제가 왜 이 집에 잠입했으리라 생각하는 거예요? 유 공자는 여러 가지 정보를 바탕으로 정마련에서 추려낸 유력한 월광사신 용의자 중 한 명이었다구요."

수운이 쓴웃음을 지으며 고개를 저었다.

"무슨 소리를 하는 거예요. 애초에 아가씨들을 해친다는 생각은 하지 않았어요. 정체가 밝혀지고, 무림인들이 덤벼든다면… 전 숨을 거예요. 그렇게 할 수밖에 없겠죠."

"아……."

그제야 오유란은 수운이 택한다는 길이 은거라는 것을 알 수 있었다. 그때 수운의 얼굴이 무거워졌다.

"하지만 무림인들은 제가 사라져도 만족하지 않겠지요. 그들은 곧 무림정의를 위해서라며 우리 가족들을 핍박할지도 몰라요. 그렇게 되면… 우리 가족들을 누군가 해치려 한다면 전 싸울 수밖에 없어요. 그렇게 된다면… 이런 말 건방지다고 생각하지 마세요. 처음 산을 나올 때의 저라면 모르지만, 지금의 저는… 그래요. 제가, 처음부터 전력을 다한다면 공멸까진 몰라도 적어도 정마련 세력의 절반은 같이 황천으로 데리고 갈 수 있어요."

당소류가 나직히 감탄 섞인 말투로 중얼거렸다.

"오 할이라… 말 그대로 피바람이 불겠군요."

"……."

그녀는 그대로 옆에 있던 오유란을 바라보았다.

"그렇다는데… 어쩔 거예요? 비밀을 지키면 평화로운 세상, 비밀을 밝히면 공멸. 당신에게 달렸네요."

"저, 그 얘기는 당 소저께서는 비밀을 지켜주시겠다는 얘깁니까?"

"당연하지요. 저는 처음 유 공자를 봤을 때부터 뭔가 감추고 있다고 생각했어요. 유탄곡에서 추혈대를 해치운 것도, 혈성곤 도유천을 해치운 것도 모두 유 공자였죠?"

"…그걸 어떻게?"

그녀는 품에서 비단 주머니를 꺼내 유수운에게 건넸다.

"마무리가 허술했다구요."

"이건……?"

그 안에는 핏자국이 그대로 남아 있는 천이 들어 있었다.

"유 공자의 상처에 감겨 있던 천이지요. 그런데 그 천이 추혈대의 옷으로 만들어져 있더라구요."

그 말에 수운은 기억을 더듬어보았다. 호된 고통 속에서 상처를 싸맨 것까지는 기억났는데, 설마 그런 것으로 들킬 줄이야.

'뭐야, 그럼 하산하자마자 내 정체를 온 무림에 알리고 다녔다는 거 아냐? 하아… 삼 년 유람은 무슨…….'

돌이켜 생각하니 아찔해졌다. 사부 진현우의 말은 어느 하나 거짓이 없었다. 정마련 무인과 마주 서기만 해도 도망치라는 말은 허언이 아니었던 것이다.

아직 그들이 어떤 결론도 내리지 못했을 때, 수란에게 이끌려 혜월 대사가 방 안으로 들어섰다.

"아미타불… 중한 상처들입니다. 부상당한 상태에서 무리하게 진기를 돌려 내상까지 입었군요."

혜월이 치료를 하는 동안 방 안은 묘하게 공기가 무거웠다.

"자, 환자가 쉬어야 하니 모두들 일어나는 것이 좋겠습니다."

"유 공자님."

"아, 네……."

"저는 괜찮아요."

그녀는 싱긋 웃으며 그 자신은 계속 수운의 비밀을 지킬 것이라는 의향을 비추고는 슬쩍 오유란을 돌아보았다.

'어떻게 하실래요?'

'잘 모르겠지만…….'

두 여인이 그런 의미를 담은 눈빛을 교환하는 동안 수운은 불안한 눈으로 둘을 번갈아 바라볼 수밖에 없었다. 이제 그가 할 수 있는 것은 아무것도 없었으니까.

수란만이 혹시 모를 당소류의 간병을 위해 같이 남고, 나머지는 방을 나섰다.

"대사님, 손님들이 찾아오셨습니다만."

어느새 전욱이 나타나 그를 찾아온 사람들이 있음을 알렸다.

"손님?"

"소림의 공해 대사를 비롯해서 정마련의 무인들이……."

정마련의 무인들이라는 얘기를 듣자 혜월은 대강 사정을 짐작했다는 듯 잔잔한 웃음을 띠고 오유란을 돌아본 뒤 자리를 떠났다.

다른 이들이 정마련에서 온 무인들을 맞이하러 떠나고 둘만 남게 되자 수운은 초조한 기색을 감추지 않고 유란에게 말을 걸었다.

"저기……."

"아아. 뭐, 좋아요, 좋아. 정마련에서 왔다면 분명히 저를 보러 온 걸 테고, 유 공자님이 월광사신의 후인이냐 아니냐를 보고해야 하는 거니까. 그런데 이건 뭐 선택의 여지가 없잖아요. 임무를 성공시키면 전쟁이고, 실패하면 평화라니. 네, 실패할게요. 뭐, 실패해도 책임자는 다른 사람이니까 창피는 그분들이 당하겠죠. 더구나 그 책임자에게는 원한도 있구요."

그녀는 자신에게 꽃단장을 시킨 뒤 수운의 약혼녀로 위장 침투를 시도했던 무현종을 떠올리며 뽀드득 이를 갈았다.

생각해 보면, 그 때문에 이곳에서 수운의 약혼녀로 지내고 있는 것 아닌가?

그녀 스스로 자초한 일이었다는 것은 이미 잊고, 무현종만을 원망하는 오유란이었다.

"그러니까 화산의 설향검 오유란, 임무 실패할게요. 비밀로 해두죠. 그래요, 어차피 오십 년간 조용하던 무림이었으니까, 앞으로 오십 년 정도 더 조용하게 놔두자구요."

유란은 그렇게 말한 뒤 깊게 한숨을 내쉬었다.

"그런데요, 조심할 게 하나 더 있어요. 기억하고 계시겠지만, 공자님을 목격한 건 저뿐이 아니에요. 이후성 부대주님이 남아 있으니까 될 수 있으면 마주치지 않는 게 좋겠어요. 알겠어요? 그리고 중원무림 최대의 적이 그렇게 한심한 표정 짓고 있지 말아요. 이제까지 월광사신과 싸우기 위해 훈련받은 제가 다 허탈해지잖아요."

"…죄송합니다."

"아, 그리고 보니 유 공자님 말 중에 정말 공감되는 게 있네요."

"어떤 말 말입니까?"

"그러니까 지금 싸우면 정마련 정예 절반은 해치울 자신이 있다는 거 말이에요. 생각해 보니까, 공자님이 월광사신의 후인이라는 게 알려지면 전 무림인의 절반은 싸우기도 전에 화병으로 쓰러질지도 몰라요."

"……."

그는 가만히 상상을 해보았다.

…….

'타도 무림공적 월광사신'의 깃발을 올린 채 위풍당당하게 진을 치고 있는 정마련 진영 한복판으로 다가가는 겁먹은 전직 쟁자수 한 명. 그리고 그의 입에서 어색한 한마디가 흘러나온다.

"저, 제가 월광사신의 제자인데요."

그 말을 듣자 전의를 불태우던 정마련의 수많은 노장들이 '으윽, 혈압이!' 라는 대사를 날리며 뒷덜미를 잡고 쓰러진다…….

…….

"……."

'다른 의미의 전설이 될지도 모르겠군.'

그런 생각을 떠올리며 터덜터덜 오유란을 뒤따라가는 수운이었다.

                    *   *   *

혜월은 정마련에서 찾아왔다는 얘기를 듣고 아마도 오유란 때문일 거라 생각하고 있었다. 그녀를 되찾아가기 위해서.

그러나 공해를 비롯한 정마련의 고수들과 마주한 순간 그들이 원래는 보다 더 큰 임무를 맡아았다는 것을 알 수 있었다.

"공교롭게도 이곳에 혜월 대사님이 기거하신다는 것을 알고 이곳에 대한 감시의 눈길을 거두는 바람에 한 팔 거들지를 못했습니다. 혹시 이곳 식구들에게 해가 있었다면 우선 유감의 뜻을 표명해야겠습니다."

"아미타불… 부처님의 가호가 있으심인지, 다행히 이 댁 식구들에겐 별다른 해가 없었습니다."

"불행 중 다행이로군요."

공해가 이 일행의 통솔자이긴 했지만 혜월과의 관계도 있고 해서, 그간 실질적으로 정보를 취급해 온 무현종이 조심스레 혜월과 대화하며 사실 확인을 하려 했다.

간단한 인사치레를 나누던 무현종이 곧 본론으로 넘어갔다.

"실은, 몇 가지 확인할 것이 있어서 들렀습니다. 겸사로 받아갈 것도 있고 말이지요."

'받아갈 것'이라는 말에 묵묵히 둘의 대화를 듣고 있던 다른 일행의 입가에 쓴웃음이 맺혔다.

"대사님께 확인받을 일이라는 것은 이미 짐작하고 계실지 모르겠지만, 장무성 대인에게 행해진 습격에 관한 일입니다. 장 대표두는 그날 습격한 괴한들이 창궁대팔식을 사용했으며, 그 자리에 혜월 대사께서 동석해 있던 터라 위기를 넘길 수 있었다고 증언했습니다. 이 일에 대해 말씀해 주실 수 있으십니까?"

이미 확인된 일이지만 당사자인 혜월에게 사실을 듣는 것도 중요한 일이었다.

"아미타불, 확실히 그런 일이 있었습니다."

혜월의 입에서 선선히 사실 확인이 이루어지자 일행의 시선에 이채가 돌았다.

이미 연통이 와 있었지만 당금 무림에서 가장 존경을 받는 선승 혜월의 입에서 자신이 무공을 감추고 있었다는 이야기를 직접 들은 것이다.

"혜월 대사님, 주제넘은 질문인지는 아오나 어찌하여 그간……."

아무래도 자신의 신분으로 혜월에게 직접적으로 무공을 감추고 있었던 이유를 묻는 게 부담스러웠는지 무현종은 슬쩍 공해를 돌아보았으나, 그는 염주를 돌리며 지그시 눈을 감고 있을 뿐이었다.

"아미타불… 만법이 하나로 돌아가니[萬法歸一], 그 하나는 어디로 돌아가는가[一歸何處]……."

"……."

질문에 대한 답으로 난데없이 불가의 화두가 튀어나오자 그 진의를 파악하지 못한 무현종은 눈만 꿈벅거릴 수밖에 없었다.

얼핏 의미심장한 말인 듯한데 '만법귀일 일귀하처'라니, 이게 불법을 닦다 보니 사라졌던 무공이 돌아왔다는 얘긴지, 불법과 무공이 같은 것이라는 얘기인지 종잡을 수가 없었던 것이다.

그가 화두에 걸려 잠시 헤매고 있을 때 혜월은 화산 매화검수들에게 말을 걸었다.

"아미타불… 그간 심려가 크셨겠습니다. 하나 이곳에 머물고 있는 여시주라면 아무 일도 없답니다."

"하하… 이거 참 대사님께 민망한 꼴을 보이고 말았습니다. 그 아이의 신분을 이미 알고 계셨습니까?"

"아미타불… 그렇습니다. 사실 첫날 유란 시주의 손속을 봤을 때 짐작은 했었지요. 아무튼 노납이 소림에 적을 두고 있다는 것을 알고 난 뒤에야 자신의 신분을 밝혔습니다. 허허허, 사실 유란 시주의 신분을 늦게 파악한 덕분에 조금 곤란한 일들이 일어나긴 했으나, 별다른 탈은 없었습니다."

오유란이 무사하다는 소식을 듣게 된 화산 인물들의 얼굴에는 알고 있었음에도 슬쩍 안도감이 스치고 지나갔다. 매화검수 중 한 명이 정중히 고개를 숙여 보였다.

"이거 송구스럽게 되었습니다. 설마 대사님께서 이런 곳에 거하고 계시리라고는 미처 생각지 못한 터에 폐파의 제자가 못난 꼴을 보여 드렸습니다."

"아닙니다. 오해가 겹쳐 생겨난 일로 알고 있으니 귀파의 여시주에게 무슨 잘못이 있겠습니까?"

"그런데 대사님, 조금 곤란한 일이라면……?"

화두를 떨쳐 버리고 다시 대화에 끼어들어 온 무현종을 보고 혜월은 빙그레 웃었다.

곤란한 일이란 바로 그 당돌한 아가씨가 수운의 정혼자라고 주장하고 나서며 일어난 한바탕 촌극을 말함이었다.

"아미타불… 후에 유란 시주에게 직접 들으시는 게 더 재미있을 듯합니다."

노승의 눈가에 잔잔한 웃음이 깔려 있는 걸 읽어낸 무현종은 두슨 일인지는 몰라도 적어도 흉험함과는 관계없는 일이라는 것을 알고 화제를 돌렸다.

"알겠습니다. 하면 오 소저는 지금 어디에 머물고 있는지……."

"어제 이 집에 닥친 흉적들을 막아내느라 애쓴 탓에, 지금 잠시 휴식을 취하고 있는 중입니다."

무현종이 다시금 얼굴을 굳혔다.

"실은 그 일에 대해서도 대사님께 몇 가지 여쭙고 싶은 게 생겼습니다. 저들이 진정 녹림도는 맞습니까? 촌락에 이 정도 대규모 습격이라니, 무척이나 드문 일 아닙니까?"

"아미타불… 살아남은 자들을 심문한 결과 분명 녹림도임에 틀림없습니다. 다만, 그들이 이곳을 공격한 이유가 터무니없습니다."

"그들이 이곳을 습격한 이유를 말했습니까?"

"그렇습니다. 노납이 들은 바, 그들은 이곳에 막대한 재화가 있다는 소식을 듣고 산채 인원 전원이 이 습격에 가담했다 합니다."

"흐음… 이곳 주인이 작지 않은 부를 이루긴 했다고 듣긴 했지만, 산채 하나가 통째로 습격해 올 정도는 아닐 텐데요?"

"시주의 말이 옳습니다. 무엇보다 의문스러운 것은 아마 이번 일의 배후인 듯한 합격과 은신에 능한 무인들입니다. 더구나 노납이 직접 손속을 나눠본 바로는 그들이 사용한 무공이 창궁이십팔검이었다는 데 문제가 있습니다.”

또다시 남궁세가의 무공 이름이 밖으로 나오자 사람들은 서로 마주 보았다.

창궁대팔식을 사용하던 무인들의 배후에 월광사신이 있으리라는 결론을 도출한 지 얼마나 됐다고 다시 남궁세가의 무공이 흉악한 일에 거론된단 말인가?

뜻밖의 얘기를 접한 정마련 무인들은 낯빛을 굳혔다.

“으음… 대사님의 판단으로는 일전 장 표두를 암습했던 인물들과 같은 배후라 생각하십니까?”

“아미타불… 노납도 여러모로 궁리해 봤으나, 도무지 짐작할 수가 없더이다.”

“으음……”

무현종은 침음성을 내다가 실질적인 책임자인 공해를 돌아보았다.

어떤 연결 고리가 있는지 아직은 알 수 없지만 조사를 해볼 가치는 충분했고, 이곳에 파견된 인적 역량은 어마어마했다. 소소한 인원 동원이나 정보 동원 같은 것은 마음만 먹으면 쉽게 이루어질 수 있었다.

당연한 일이었다.

월광사신이 관련되었을 경우를 생각해 구성된 인원 구성이었으니 누구 하나 고수 아닌 이가 없었고, 만약의 경우를 대비해 생사강시까지 지근 거리에서 따라붙고 있지 않은가?

‘아무래도 련 차원에서 알아봐야 할 일이 하나 더 생긴 듯하군…….’

힐끗 공해와 매화삼수 등을 바라보자 그들은 암묵 중에 고개를 끄덕여 조사해 보는 것이 타당하다는 뜻을 비추고 있었다.

“대사님, 살아남은 도적의 무리와 시신들을 좀 살펴봐도 되겠습니까?”

"아미타불… 큰 상관이야 없지만 이 댁 가솔들이 관에 기별을 넣었으니 곧 수습하러 올 것입니다."

"알겠습니다. 가능한 한 관에 넘기기 전에 자세히 살펴둬야겠군요."

혜월은 다시 매화검수들을 바라보았다.

"다행히도 귀파의 여시주께서 이곳에 머물러 주신 탓에 피해를 줄일 수 있었습니다. 아미타불, 이런 상황이 되니 이곳에 머물게 된 것이 아무래도 인연인 듯싶습니다."

화산파 인물들 얼굴에 쓴웃음이 맺혔다.

"어수선한 상황에 거듭 죄송합니다. 결례인 줄 알지만 우선 그 아이를 만나보고 싶습니다만……."

"아미타불… 당연한 일입니다. 여기 전 시주가 안내해 드릴 것입니다. 부탁드립니다, 전 시주."

"그럼, 예는 아니지만 잠시……."

'이 애물단지를 어떻게 처리해야 잘 처리했다고 소문이 날까' 라는 표정을 지은 전욱을 따라나서는 매화검수들과 무현종 일행이었다.

공해만이 멀어져 가는 일행을 바라보며 그 자리에 가만히 서 있었다.

"무언가 하고 싶은 말이 있느냐?"

"예, 사백."

"허허, 무엇이 그리 궁금할꼬?"

공해는 슬쩍 사백인 혜월을 올려다본 뒤 질문을 던졌다.

"만법귀일 일귀하처라니, 세상에 사백 가실 날이 얼마나 남았다고 세상 중생들을 죄 장님으로 만들고 가실 생각이십니까? 무슨 생각이십니까?"

사질의 농에 그 역시 빙그레 웃다가 짐짓 근엄한 표정을 지으며 다시 한 소리를 읊었다.

"일즉일체다즉일(一卽一體多卽一) 일미진중함십방(一微塵中含十方)……."

"또 그러십니다!"

"허허허, 아는 놈들이 수두룩한데 늙은 중이 흰소리 좀 내뱉는 게 어때서 그러느냐?"

웃으며 선문답을 희언(戱言)처럼 주고받는 두 사질이었다. 어느 정도 회포를 풀자, 공해가 슬며시 혜월의 무공에 대해 이야기를 꺼냈다.

"사백, 산사를 나오실 때 어찌하여 사부님께도 이런 이야기를 안 하고 나오셨습니까?"

"그야 혜승, 그놈이 들었으면 나더러 '무공 도둑' 이라 할 거 아니냐? 허허허, 그 성깔에 미리 알았으면 노납을 악착같이 붙들고 늘어지며 '도둑놈 잡아라!' 라고 외칠 테니, 내 무엇 때문에 말을 꺼내겠느냐?"

그 말을 듣자 공해도 쓴웃음을 지을 수밖에 없었다. 공해의 사부인 현소림 방장 혜승이라면 능히 그럴 수 있었다.

아마 이 소식을 듣자마자 자신의 허벅지를 내려치며 '어허! 그 욕심 많은 사형이 빈손으로 나가기에 이상타 했더니, 기어이 법보(法寶) 하나를 몰래 들고 나가셨구나!' 라고 외쳤을 것이다.

그 뒤에 소림승이라면 아무나 붙잡고 혜월이 멋대로 들고 나간 소림의 보물이 무엇인지 확인해 보고, 쓸 만한 물건이면 받아 돌아오라 고래고래 소리쳤을 것이다.

그 광경이 눈에 선해 공해는 고개를 내저었다.

"그야 찢어지게 가난한 절간 살림을 챙기려면 그럴 수밖에 없지 않겠습니까."

"허허허……."

"어쨌거나 사백께서 사문에조차 비밀로 하고 나오셨으니 이런 큰 소동이 벌어지지 않았습니까? 처음 오유란 시주가 이곳에서 붙잡혔을 때에는 정마련이 발칵 뒤집혔습니다."

"그러고 보니 알 수가 없구나. 대체 유란 시주가 무엇 때문에 이곳을 감시했던 것이냐?"

그 질문에 공해는 잠시 망설였다. 오유란은 월광사신을 확인하기 위해 파견되어 있었다.

그는 혜월이라면 이 사실을 알아도 좋은 어른이라 결정하고 선선히 대답을 했다.

"달빛에 관계된 일입니다."

혜월의 눈썹이 일순 미미하게 흔들렸으나 공해는 그러한 것을 눈치 채지 못했다.

"월광사신과 관련된 일이라? 그러하다면… 정마련에서 이곳을 감시하고 있었다는 것이더냐?"

그의 질문에 공해는 간략하게 월광사신을 추적하게 된 경위를 설명했다.

"…해서 그 아이가 관련된 후보 중 한 명이었습니다."

"그렇다면 되었다. 그 아이의 내력은 내가 이미 확인해 보았으니."

공해는 수긍할 수밖에 없었다. 혜월 외에 천하에 누가 있어 월광사신의 기운을 알 수 있겠는가?

"이미 오는 도중 사백이 이곳에 계시다는 것을 듣고 혐의를 풀었습니다."

혜월은 선기가 가득한 눈으로 그를 내려다보다 문득 입을 열었다.

"내 지금 보니, 너와 화산의 매화검수를 비롯해 과할 정도로 많은 고수들이 이곳에 방문하였다. 네가 월광사신을 입에 담는 것을 보고야 이해가 되더구나. 그러나 이 과한 고수들도 월광사신과 상대한다 생각해 보면 허무히 허공에 흩뿌려지는 한 움큼 쇳털과 같은 것. 가능성이 희박하다 생각되었으면 이들이 오지 않았을 터이고, 높다 생각되면 이보다 더한 인원이 집결했을 터… 그리하여 노납의 늙은 머리로 생각해 보니 아무래도 '그것' 과 함께 온 것 같다만…….. 맞느냐?"

"……."

공해는 대답을 않고 죄스럽다는 듯 고개를 숙여 보였다.

"허허… 생사강시라. 그렇구나, 그것이 이곳에 와 있구나. 또한 네가 예까지 왔다는 것은 네가 그것을 움직인다는 얘기로구나."

"아미타불. 맞습니다, 사백. 한시적으로 제어권을 넘겨받았습니다."

"알겠다."

무엇을 생각하는지 잠시 눈을 감고 있던 혜월이 이내 고개를 끄덕이는 모습을 본 공해가 화제를 전환했다.

"한데 사백, 그보다 대체 본사에서 들고 나선 물건이 무엇인지 알려주실 수 없으십니까? 적어도 도둑맞은 물건이 무엇인지는 알아야 소리라도 질러볼 것 아니겠습니까?"

"허허… 이 늙은 중에겐 여물지 못한 뼈다귀와 가죽밖에 없다는 건 너도 잘 알고 있지 않느냐?"

"아미타불, 그것만으로 창궁대팔식을 상대할 수 있다면 필시 기보(奇寶)임에 분명하군요."

다른 검식도 아닌, 남궁세가 적전의 창궁대팔식을 일수에 패퇴시켰다 들었다.

의문의 검수들이 진경(眞境)에 들지 못했다고 생각할 수도 있지만, 월광사신에게 당한 이후 무공을 상실했다 여긴 혜월이 행한 일이 아닌가?

"아미타불… 그래, 내가 법보를 가지고 있다는 것을 어찌 확인할 셈이냐?"

공해가 할 양을 이미 알고 있다는 듯 미소를 짓고 있는 혜월을 바라보며 공해는 빙글빙글 웃는 낯으로 반장을 해보였다.

"사백, 실로 오래간만에 죄를 짓겠습니다."

그리고 공해는 지체없이 자신의 성명절기인 용조수(龍爪手)를 펼쳐 혜월의 완맥을 잡아갔다.

뜻밖의 공격이었으나 혜월은 전혀 당황치 않은 채 허허롭게 웃으며 왼손을 들었고, 그 간단한 움직임으로 공해의 용조수를 허공에서 막아냈다.

그러나 그 정도 반격은 예상했다는 듯 공해는 육장이 마주친 순간 내공을 일으켜 혜월을 핍박해 들어갔다.

공해는 소림 방장의 적전제자로 유력한 차기 방장감으로 지목되고 있는 고수였다.

그런 그가 천천히, 조심스레 소림구양공을 일으켜 혜월의 내력을 시험해 보기 시작했다.

삼성, 사성……

차기 방장으로 내정된 이후 소림 원로들이 새로이 행한 벌모세수와 대환단의 도움을 받아 근 삼 갑자에 달하는 내력을 가지게 된 공해의 얼굴에 천천히 놀란 표정이 드러나기 시작했다.

구성을 지나 십성에 가까운 내력을 흘려보내고 있음에도 혜월은 여전히 공해의 내력을 막아내고 있었던 것이다.

"이 이상은 위험하니 여기서 그만두는 게 어떻겠느냐?"

막대한 내력을 막아내면서 태연히 입을 연 혜월을 보고 공해는 경악했다.

그는 이 이상의 시험은 무의미하다고 판단하고 서서히 내력을 줄였다.

"이거… 이 못난 사질이 감히 사백께 죄를 지었습니다."

"괜찮다. 너에게 무슨 죄가 있겠느냐? 허허, 네 사부를 그대로 닮았음이니. 이러리라 짐작은 했다. 허허, 다 털고 나온다 했거늘 이제 와 보따리를 내놓으라는 격이 아니더냐? 참으로 절간 인심이 고약쿠나."

"그 궁벽한 절간에서 아무도 모르게 이런 커다란 보물을 들고 나오셨으니, 되려 사백께서 매몰찬 겁니다."

"허허허……."

혜월은 가볍게 고개를 저었다.

"버리고, 버리고, 버렸으면서 이를 보물이라 하는구나. 이 늙은 중이 어찌했으면 좋겠느냐?"

"무슨 말씀이신지……."

"너는 내가 무공을 수련하는 모습을 본 일이 있느냐?"

"……."

"그러니 하는 말이다. 아미타불, 무공이 없어진 이후 이 늙은 몸이 이날까지 행하고 행한 것은 달마역근세수밖에 없느니."

"네?"

"방금 네 내력을 받아낸 것은 역근세수경의 공력이라는 얘기다."

공해가 믿어지지 않는다는 듯한 얼굴로 혜월을 바라보았다. 소림은 오랜 시간에 걸쳐 달마역근세수경의 연구를 끝냈으며, 그 효과가 외공과 활근에만 치우쳐 있다는 것을 알고 있었다.

그렇기 때문에 달마 조사의 비전이랄 수도 있는 달마역근세수경을 일부이지만 아낌없이 소림 속가에 제공해 왔던 것이다.

"그렇다면……."

공해는 갑자기 등 뒤로 식은땀이 흐르는 것을 느꼈다.

혜월의 정심한 내력은 소림구양공보다도 오히려 더 순후하게 느껴졌다. 순수하고, 거대한 내력이었다.

이것이 달마역근세수경에 기재되어 있는 내력이라면…….

그렇다면, 혜월은 달마역근세수경을 완전히 깨닫고 새로운 방식으로 재해석해 냈어야 한다.

만약 그렇지 않다면…….

달마역근경에 이러한 묘용이 숨어 있다는 것이 알려진다면 지금 당장 소림 속가들부터 발칵 뒤집힐 것이며, 소림 무공의 비밀을 파헤치기 위해 역근경에 대해 전 무림이 연구에 들어갈 것이다.

공해는 자신도 모르게 식은땀을 흘리며 혜월의 인자한 얼굴을 바라보며 물었다.

"사백… 진정, 방금 전 사백께서 펼쳐 내신 것이 달마역근경의 공력입니까?"

"그러하다."

혜월의 답을 받은 그는 신중히 다음 질문을 던졌다.

"그렇다면 사백, 속가에 퍼져 있는 달마역근세수경으로도 사백과 같은 수련을 쌓을 수 있다는 말씀입니까?"

혜월은 잠시 생각을 하다 고개를 끄덕였다.

"그렇다."

가슴이 철렁 내려앉는 소리였다.

공해의 얼굴이 창백해지자 그의 내심을 읽어내기라도 한 듯, 혜월이 한마디를 덧붙였다.

"하지만, 그렇지 않기도 하겠구나."

공해가 무슨 얘기인지 모르겠다는 표정을 짓자 혜월이 고개를 내저으며 웃어 보였다.

"아미타불… 달마역근세수경은 오랜 세월 동안 그 자리에 있었지만 아무도 그것을 익힌 사람은 없지 않더냐?"

"그러시다면… 사백, 사백께서는 달마역근세수경을 새로 재정립하셨다는 얘기십니까?"

그렇다면 이야기가 달라진다.

달마역근경은 원본을 후대의 고승들이 여러 번 해독하면서 현재의 주해본으로 만들어져 왔다.

혜월이 달마역근경을 새로이 해석했다면, 그것은 달마역근경이면서도 달마역근경이 아닌 것이다.

소림 무공은 후대가 어떻게 해석하느냐에 따라 그 위력이 천양지차로 새로이 발전하곤 했다. 하물며 그간 소림 무공의 근간을 이룬다는 평가를 받았던 달마역근경임에야.

"사백, 제자가 생각하기에 이는 매우 중요하고도 중요한 일인 듯싶습니다."

그가 생각하기에 혜월은 소림 방장 혜승이 예상한 것보다 더 큰 것을 가지고 있었다.

소림 칠십이종 절예가 완성된 이후 고인 물과 같던 소림무학에 새로운 활기를 불어넣을 수 있는 매우 소중한 유산이었다.

공해는 곧바로 혜월을 바라보며 이야기했다.

"쓸 만한 잔가지들을 추려놓겠습니다. 사백께서 잘 보살펴 주시면 소담한 꽃을 피울 법한 가지들로… 십팔나한과 이대금강 정도면 한번 돌보아 꽃'피우는 보람이 있으실 듯싶습니다만……."

소림의 기재들을 새로운 길로 인도해 달라는 청이었다.

"아미타불, 십팔나한과 이대금강이라니… 잔가지치고는 실하지 않느냐?"

십팔나한과 이대금강을 고스란히 혜월에게 맡기겠다는 공해의 얼굴을 보면서 혜월은 허허롭게 웃었다.

소림을 대표하는 무력을 '잔가지'라 칭했다.

한때 밑에 들이고 경전을 가르칠 때부터도 알았지만 역시 이 사질은 사제 혜숭의 어린 시절 장난기를 고스란히 물려받은 듯했다.

"아미타불, 내 이미 생각이 있어 너에게 달마역근진경상의 내력을 보여주었는 바, 소림에서 난 것은 곧 소림으로 돌아갈 것이다. 다만 그것이 내 손에서 돌아가지는 않을 것이다."

"사백, 그것은 무슨 말씀이신지……."

"후에 알게 될 것이다."

혜월은 그렇게만 말하고 소매를 떨쳐 일어섰다.

그는 유수운이 월광사신의 후인이라는 것을 알게 된 이후, 그리고 정마련에서 생사강시를 움직일 정도로 진지하게 움직이고 있다는 사실을 알게 된 이후 마음을 굳혔던 것이다.

'아미타불… 이 낡은 육신에겐 이제 더 이상 시간이 없느니…….'

"사백?"

"정마련의 고수들은 언제까지 이곳에 머물 것이냐?"

"원래라면 곧 돌아가야 하겠으나 뜻밖에도 녹림의 습격이나 창궁이십팔검을 사용하던 괴인들이 나타났으므로 며칠 정도는 이곳에 더 머물면서 만리추종의 조사 결과를 기다리게 될 듯합니다."

"생사강시는 어찌 되느냐?"

"그거야… 저에게 제어권이 있기 때문에 제가 돌아갈 때 같이 돌아가게 되지 않겠습니까?"

"흐음… 그렇다면 내 몇 가지 당부할 것이 있구나. 그 마물(魔物)을 이 근처에 들이지 말 것이며 될 수 있는 한 빨리 련으로 되돌려보내는 것이 좋겠구나."

될 수 있는 대로 빨리 떠나는 것이 좋겠다는 혜월의 말에 공허가 잠시 머뭇거리다 공손히 머리를 숙였다.

"최대한 빨리 사백의 명에 따르겠습니다."

"이해해 준다니 고맙구나."

"아미타불. 하지만 사백, 생사강시가 비록 마물이라 하나 월광사신의 위협 아래 있는 현 무림에서는 유일한 대응책입니다. 수많은 목숨을 살릴 수 있는 구명줄입니다. 비록 상서롭지 못한 물건이라 하나 그리 꺼려하실 필요까지는……."

"허어……."

혜월이 크게 한숨을 내쉬었다.

"무릇 살아 있는 것은 죽고, 불타오르는 것은 꺼져 가며, 사막의 모래는 물을 기다리는 법. 이것이 정법(正法)이다. 그런즉 썩은 시신이 걸어다니고 잿가루가 불타오른다면 이것이 곧 난법(亂法)인 것이다. 네 심정을 모르는 바 아니나 머리 깎은 중이 난법에 의지하기 시작하면 그것은 마치 기갈에 헤매이는 자가 부처의 젖을 내치고, 마귀의 썩은 물을 들이켜는 것과 마찬가지인 것……."

"하오나 사백, 제 스스로 지옥에 가지 않는다면 누가 지옥에 가오리까……."

"어허……."

공해가 단호한 얼굴로 그렇게 얘기하자 혜월은 고개를 설레설레 내저었다.

사질의 눈에서 무림에 대한 책임과 열망이 고스란히 남아 있는 것을 살핀 것이었다.

그는 측은한 눈빛으로 그의 사질을 바라보았다.

"아미타불, 사람들이 지옥을 가리키는데, 너는 지옥을 보는 것이 아니라 그것을 가리키는 손가락을 보고 있구나. 네가 간절히 바라보고 있는 것이 지옥이더냐, 아니면 작은 손가락이더냐?"

"……."

"아미타불, 부질없도다……."

혜월은 그저 탄식한 뒤 발걸음을 옮겼다.

공해는 사백이 내던진 말을 곱씹으며 묵묵히 그 뒤를 따를 수밖에 없었다.

*   *   *

하태진 남매는 다음날 천천히 유수운의 집으로 향했다.

아무리 허술하더라도 녹림 산채 하나가 전력을 다해 습격을 한 데다, 뒤에서 남궁정의의 수하가 남모르게 조력할 것이니 지금쯤 그런 집 하나는 흔적도 없이 사라졌을지도 모른다는 생각을 하고 있었다.

그러나 그들은 현장에 도착을 한 뒤 자신들의 예상과는 판이하게 다른 상황을 맞이해야 했다.

시신들을 수거해 가는 관원들에게 물어보니 산적들이 떼로 죽어나갔다는 것이다.

"이것 봐라……?"

그가 알고 있는 바로 대흥산채가 그리 녹록한 곳이 아니었다.

그런 곳에서 근 백여 명을 투입하고도 모조리 도륙이 나다니, 이건 어지간한 고수들이 지키고 있지 않으면 생각도 못할 일이었다.

"혜월 대사를 지키는… 우리가 모르는 수신호위가 있었던 걸까요?"

옆에서 하혜진이 상식적인 의견을 내놓았다.

"그럴지도 모르지."

외유를 하지 않지만 그 높은 경지로 인해 일각에선 성승으로까지 취급을 받는 게 혜월이었다.

그런 고승을 지키기 위해 소림에서 비밀리에 호위 한둘 붙여놨다 해도 이상할 일이 없었다.

"이제 어쩌실 거예요, 오라버니. 아무것도 건진 게 없는 데다, 자칫 이 일이 밝혀지기라도 하면……."

"증거는 아무것도 없다."

그는 그렇게 잘라 말한 뒤 성큼성큼 문안으로 들어섰다.

"어쩌시려고요?"

"뻔하지 않느냐. 당 소저를 데리고 돌아가야지. 도적이 습격하는 이런 위험한 곳에 부상자를 계속 놔둘 수야 있겠느냐?"

"그렇군요."

두 남매는 그렇게 싱긋 웃으며 안으로 들어섰다.

오유란은 무현종 등이 둘러싸고 있는 가운데 사문의 어른들에게 눈물이 나올 정도로 엄하게 질책을 당했다. 그 때문에 무엇보다 곤란한 상황에 대해서는 아직 얘기를 꺼내지 못하고 있었지만, 결국 '그 이야기'를 해야 할 때가 다가오고 있었다.

"아무튼 무사하니 됐다. 이만 행장을 꾸리거라."

"저… 그게… 사숙, 제가 여기서 좀 더 있으면서 해결해야 될 문제가 조금 남아 있거든요……."

그 말에 매화검수의 위를 받고 있는 유솔의 눈썹이 다시 한 번 꿈틀거렸다.

"그사이에 또 우리가 모르는 무슨 문제를 일으킨 것이냐!"

"아뇨, 아뇨. 사숙, 그러니까 그게, 딱히 큰 문제는 아닌데요, 정리를 좀 하고 가야 되는 거라서요. 그러니까 인의에 대한 문제랄까, 그런 거라… 시간이 좀……."

"어허! 사설은 빼고 말하거라! 무슨 일인 것이야, 대체!"

사방에서 나름대로 험악한 눈길이 그녀에게 쏟아져 내렸다.

"그… 그러니까……."

"어허!"

유란이 말을 늘이자 기어이 유솔이 한소리를 내질렀다. 그 압박감에 유란은 자신이 현재 처해 있는 문제를 아주 간결하게 표현했다.

"혼약 문제를 정리하고 가야 되는데요……."

"……?"

화산의 인물들도 정마련의 다른 무인들도 갑자기 튀어나온 혼약 얘기에 서로를 돌아보며 눈을 꿈벅거릴 수밖에 없었다.

"혼약?"

"…네."

"누구랑?"

"그게… 일단은 이 댁에 있는 수운 공자랑……."

화산 인물들의 얼굴이 조금씩 시뻘겋게 달아오르기 시작했다.

이 철없는 사질이 또 무슨 짓을 저지른 것이란 말인가?

험악한 분위기를 감지한 유란은 급히 손가락으로 무현종을 가리켰다.

"저기요, 그러니까 무 대협이 시키신 거라서 어쩔 수 없어……!"

점점 재밌게 돌아가는 상황을 유유자적 지켜보던 무현종은 느닷없이 자신을 가리키는 오유란의 손가락에 펄쩍 뛸 수밖에 없었다.

언제 자신이 화산의 제자를 제 마음대로 혼약시켰단 말인가?

"아니, 오 소저, 그게 무슨……?"

"무 대협이 시키는 대로 했다가 일이 그렇게 됐단 말이에요! 무 대협

책임이에요!"

한동안 책임 공방에 대한 소란이 계속된 이후에야 간신히 오유란이 유수운의 혼약자 취급을 받게 된 이유가 알려졌다.

즉…….

혼약자를 가장해 유수운을 만나려는 훈련을 하다가 몰래 월담을 한 뒤 혜월에게 사로잡혔고, 혜월의 눈을 속이기 위해 혼약자를 사칭하다가 유수운의 가족들에게 덜미를 잡혀 그대로 혼약자 대접을 받고 말았다…….

참으로 길다면 길고 기구하다면 기구한 이야기였다.

사람들은 자세한 사연을 듣고 난 뒤 여러 가지 감정이 뒤섞인 표정으로 오유란을 바라보았다.

"후유… 알았다. 널 바로 데려가는 것도 방법이겠지만 혜월 대사님께서 그렇게 얘기하셨다면 네 스스로 해결하는 것도 좋겠지. 그만 나가보거라."

어른들의 훈계를 간신히 넘긴 그녀는 푸른 하늘을 바라보았다. 어찌되었던 혼날 일은 혼났고, 밝힐 일은 다 밝힌 셈이 되었다.

이제 남은 것은 당소류와 조금 더 얘기를 나눠보고 절명문주인 유수운을 정말로 어떻게 다룰 것인가를 상의해야 할 때였다.

어떻게 하면 이 집 식구들의 기분을 상하지 않게 혼담을 파(破)할 것인지도 궁리해야 했다. 아마 수운이 조력해 준다면 크게 어렵지는 않을 듯했다.

그녀는 잠시 기지개를 켠 뒤 후원 쪽으로 발걸음을 옮겼다.

마음속으로 투덜거리며 기분 전환 겸 산보라도 할까 생각했기 때문이었다.

'아니, 솔직히 말이야, 내가 뛰어든 덕에 말이야, 월광사신도 발견했고 말이야, 그러니까 사실은 내가 잘한 건데 말이야, 사숙, 사백들은 아무것도 몰라주고 말이야, 무 대협은 놀리기나 하고 말이야…… 아아, 이런 것이 바로 무림을 뒤흔들 비밀을 쥐고 있는 여인의 비애?'

임무는 제대로 완수했음에도 철없는 어린아이 취급을 받는 것이 못내 억울한 오유란이었지만, 천천히 심호흡을 하고 걸음을 옮기다 보니 어느 정도 억울함이 가라앉고 있었다.

그때였다.

"거기 네년."

"……?"

그녀는 '네년'이라는 것이 설마 자신을 호칭하는 것이라는 것이라고는 생각도 못했으나, 일단 멈춰 서서 말소리가 들려온 곳을 바라보았다.

그리고 곧 정말 보기 싫은 얼굴을 발견하고 말았다. 유성표국의 소국주 하태진이었다.

"후, 그놈의 혼약자라 했지? 당 소저가 있는 곳으로 안내하라."

사람을 멸시하는 듯한 그 눈초리에 그렇지 않아도 기분이 가라앉아 있던 오유란이 서서히 폭발하려 하고 있었다.

"너. 이봐, 애송이. 지금 그거 나에게 한 말이냐?"

하태진이 한 말을 그대로 되돌려주자 그는 순간 멍한 얼굴이 되었다가 분노로 벌겋게 달아올랐다.

"후후… 하찮은 것들이 주제도 모르고 기어오르는 것이 이곳의 풍속인가 보구나."

"우후훗. 하찮은 것? 주제도 몰라? 아하하하, 너… 정말, 그런 눈을 달고 용케도 강호에서 살아남아 있었구나?"

"이런 시건방진 년이!"

기어이 검을 뽑아 들고 앞에 있던 오유란을 도륙이라도 할 듯하던 하태진은 갑자기 어마어마한 압력을 느끼고 그 자리에 우뚝 멈춰 섰다.

'우웃? 이, 이 압박감은……?'

검을 치켜든 채 멈춰 선 그의 이마에서 땀방울이 선을 타고 흘러내렸다.

'움직일 수 없어! 엄청난 고수가 있다!'

누군가 그를 향해 엄청난 기세를 흘리고 있었다. 그것은 하태진이 태어나 몇 번 맛보지 못한 공포였다.

섣불리 움직였다간 그 순간 온몸이 찢겨질 듯한 압박감이었다. 의숙이었던 장무성이 진심으로 검을 들었을 때에나 느낄 법한 압박감이었다.

"칫."

오유란은 하태진을 향해 쏟아지고 있는 기세가 누구의 것인지 알고 있었기에 투정을 부리듯 혀를 한 번 찼다.

그와 동시에 푸른 도복을 입은 청수한 중년 도사가 뒷짐을 진 채 서서히 후원의 문을 거쳐 그들에게 다가오고 있었다.

그는 식은땀을 흘리는 하태진 근처에 온 뒤에야 자신의 기세를 풀었다.

"허억… 허억……."

하태진은 이미 천 근처럼 무거워진 검을 간신히 검집에 밀어 넣은 뒤 곧바로 포권했다.

"뉘신지 모르오나, 고인을 뵈옵……."

"자네는 누군가?"

"아, 예. 소생은 유성표국에 적을 두고……."

"아니, 내가 묻고 싶은 건, 자네는 과연 누구이기에 대화산의 제자에게 함부로 욕을 할 수 있느냐 하는 걸세."

그제야 하태진의 눈에 중년인의 옷에 수놓아진 매화의 개수가 보였다.

'매화검수?! 어째서 이런 곳에?'

검을 들어 휘두르면 매화가 만개하고, 그 향이 사방에 흘러넘치는 경지에 들어선 자들이 바로 매화검수들이었다.

무당과 함께 검법으로는 도문(道門) 일절로 불리는 화산의 정수를 터득한 검의 달인들인 것이다.

아무튼 매화검수가 어째서 이런 곳에 있는지는 제쳐 두고, 그가 말한 내용이 중요했다.

어째서 쟁자수 녀석의 혼약자라는 여자가 화산과 관계가……? 거기까지 생각하던 하태진은 아차 싶었다.

'화산 속가라고 했었지. 젠장.'

애초에 유수운의 혼약자 운운할 때부터 오유란 따위는 안중에도 없어서 잠시 잊고 있었다.

하지만 쟁자수와 혼약을 맺을 정도라면 속가라 해도 명맥만 우지한, 그렇지 않으면 어깨너머로 배운 한 수로 무관을 차린 곳의 제자일 것이 분명했다.

그러나 매화검수에겐 그러한 속가라도 일단 보호할 의무가 있을지 모른다.

재수없게 되었다, 그런 생각밖에 들지 않았다.

어쨌거나 저런 하찮은 것 때문에 강호무림에 명망 높은 매화검수에게 잘못 보일 생각은 추호도 없었다.

"그렇게 들으셨다니 죄송합니다. 하오나 소인은 감히 화산의 제자에게 함부로 말을 할 담량은 없사옵니다. 그렇지만 저 여인이 화산의 예를 이었다 스스로 주장하고 있으나 그 지닌 바 본성이 천박하고 배운 바가 없음에도 함부로 화산의 이름을 팔며 사람들을 희롱하기에 참을 길 없었습니다."

거기까지 듣던 매화검수가 어처구니없다는 듯 그를 바라보다가 오히려 헛웃음을 흘리며 오유란을 돌아보았다.

"이거 참… 얘야, 본성이 천박하고 배운 바가 없다는 말을 들으니 뭔가 깨달음이 오지 않느냐? 아, 본도는 이제 사형에게 보고하여 사질의 천일 폐관을 권하려……."

"사숙!"

매화검수의 농에 오유란이 눈을 흘기며 고함을 쳤다.

그와 동시에 하태진 남매는 벼락이라도 맞은 듯 몸을 떨었다.

매화검수에게 사숙이라니?

"자네… 누군진 모르겠으나 뭔가 오해가 있었던 것 같으니 이 이상 문제를 크게 만들지는 않겠네. 하지만 앞으로는 말을 내뱉음에 있어 재삼 재사, 충분히 조심하는 것이 좋아. 그렇지 않으면……."

갑자기 그의 전면에 아까 느꼈던 그 무시무시한 압박감이 몰려들었다.

"언제, 어떻게 은원을 맺을지 알 수 없는 게 강호니까 말일세."

말이 끝나자 압력은 한순간에 사라졌고, 매화검수는 다시 천천히 걸음을 옮기기 시작했다.

"그나저나 이왕 여기까지 왔으니 네 혼약자도 한번 만나봐야 돌아가서 사형에게 말할 거리라도……."

"사숙!"

"하하하……."

그가 떠나가고 다시 세 명만 남게 되자, 오유란은 차가운 눈으로 하태진을 바라본 뒤 성의없이 포권했다.

"강호의 친구들에게 설향검이라 불리고 있어요. 앞으로 다시는 만날 일이 없었으면 좋겠군요."

빈정거리듯 얘기를 끝낸 오유란 역시 매화검수가 갔던 방향으로 걸음을 옮겨 사라졌다.

"……."

"오라버니……."

하혜진이 걱정스러운 얼굴로 하태진을 바라보았다. 그러나 하태진의 얼굴은 의외로 평온해 보였다.

사실 그는 지금 분노에 잠겨 있는 것이 아니라 깊은 의혹에 빠져 있었다.

설향검이라면 그도 알고 있었다.

설향검 오유란. 후기지수 중에서도 상당한 명성을 지닌 여협이었다.

'화산? 소림에, 화산… 당 소저에 저 설향검까지? 그 녀석의 정체는 뭐지? 어째서 이 정도의 인맥과 무위를 가지고 있음에도 우리 표국에 쟁자수로……?'

그가 결정적으로 유수운이라면 이를 갈게 된 마구간에서의 첫 만남. 그때부터 느껴오던 의구심이 절정에 달하고 있었다.

"오라버니."

"으응. 그래, 일단 당 소저를 찾자꾸나."

그들은 곧 당소류에게 자신들과 함께 안전한 곳으로 자리를 옮길 것을 권했으나, 그녀는 당연한 듯 그들 남매의 제안을 거절했다.

그러자 하태진은 남궁정의에게 그녀의 안전을 부탁받은 이상 그녀가 머무는 곳에 같이 머물겠다며 유정의 별채에 방을 얻어 그곳에 머물기로 했다.

그것 역시 당소류가 완곡히 거절했으나 그것만은 양보할 수 없다는 그의 의지 때문에 어쩔 수 없이 허락할 수밖에 없었다.

◆ 第二十七章 ◆
절명문주, 월광사신의 소문을 듣다

절명문주, 월광사신의 소문을 듣다

월광사신의 흔적이 드러났고 청혈교에 의한 유탄곡 혈사에 이어, 그 청혈교를 감사하기 위해 파견했던 특감대의 연락이 끊기고 월광사신의 흔적을 찾아 나섰던 오유란이 잠시 납치되기도 했었다.

그 일로 전전긍긍하다가 결국 그 사건 자체가 절묘한 우연의 산물로 밝혀진 바, 안도의 한숨을 내쉴 수 있었다.

또한 연락이 끊겨 장명을 긴장시켰던 특감대 역시 무사 귀환하였고, 연락이 끊긴 것이 전서구에 관련된 지연 사항이라는 것이 밝혀졌기에 이제 남은 근심거리라곤 행적을 찾을 수 없는 월광사신의 후예뿐이었다.

이렇듯 이제 급박한 상황은 대강 마무리되었다 싶었는데 느닷없는 소문들이 무림을 들쑤셔 놓고 있었다. 그것도 어느 하나 허투루 볼 소문들이 아니었다.

주된 소문들은 다음과 같았다.

―월광사신의 비급 '월광심공' 이 나타났다.

―남궁세가의 절기가 나타나 사람들이 그를 쫓고 있다.

―월광사신이 재출도하여 정마련을 노리고 있다.

―월광사신이 은거하던 팔대천인(八大天人) 중 네 명을 참살했다.

―십만마교의 성물, 성화비가 나타났다.

―진시황의 잊혀진 보물을 찾을 수 있는 장보도가 흘러나왔다.

이것들이 불과 며칠 사이에 급작스레 퍼진 소문들이었다. 소문은 발없는 말과도 같다는 말을 증명이라도 하듯, 무림은 순식간에 이 이야기들로 시끄러워지고 있었다.

소문의 확산이 너무 빨라 정마련 정보망이 이 소문을 처음 포착한 것과 각 파 수뇌부들도 이 소문을 접하는 시기가 거의 비슷할 정도였다.

더구나 월광사신에 관련된 소문을 접하고 충격에 빠진 무림명숙들의 수많은 파발이 급전으로 정마련에 날아들었다.

그것들을 처리하는 일 때문에 정마련의 공식적인 업무까지도 마비될 지경이었다.

장명이 좌중에 배석한 수뇌진들을 바라보다 입을 열었다.

"아직은 단순한 뜬소문에 불과하지만 분위기가 심상치가 않습니다. 아직 제문파들의 동요는 보이지 않고 있다지만, 월광사신의 이름이 전면에 등장한 이상 언제 어느 때 중소 문파와 낭인묵객들의 통제가 불가능해질지 모르는 일입니다."

장명이 조용한 목소리로 말했지만 이곳에 자리한 사람들 중 사안의 심각성을 인식하지 못하는 자는 아무도 없었다.

"이 거지의 생각으로는 아무래도 누군가 사태를 주도하고 있는 자가 있는 것 같은데 말이오."

개방의 소진이 말을 꺼내자 모두들 고개를 끄덕였다. 소문의 진위에 대해 알려진 것도 없고, 어디서 처음 시작되었는지 알 수 없음에도 소문이 이 정도로 빨리 전파되고 있다는 것은 누군가 의도적으로 개입했음을 의심하기에 충분했다.

　"소 장로의 말씀이 타당하다고 여겨집니다. 소문이 너무 빠르게 퍼지고 있고, 여러 지방에서 거의 같은 시기에 시작되었음을 보면 조사해 볼 여지가 있는 것 같습니다."

　소진이 중얼거렸다.

　"조사를 하긴 해야겠지만 시급한 문제는 그게 아니오, 련주."

　"하면 또 다른 일이 벌어지고 있단 말씀입니까?"

　"헤헤헷. 그게, 일이라면 일이고 당연하다면 당연한 사건인데… 이 거지에게 들어온 소식으로는 벌써 여섯 명이 죽었고 서른 명 정도가 중경상을 입었다고 해서……."

　사람들이 서로 어리둥절해서 서로를 바라보았다.

　"뜬금없이 무슨 말씀이시오, 소 장로?"

　"거, 뭐시냐, 소문난 월광사신의 비급을 두고 지들끼리 서로 싸우고 지랄발광을 하다가 죽고 다친 무인들 숫자가 그 정도라 이 말입니다. 진짠지 가짠지도 모르지만 월광사신의 비급이 나타났으니 가만있을 놈들이 있나. 죄다 하던 일 때려치고 거기에 달려들고 있다더군요. 거, 부끄럽지만 심지어 우리 거지새끼들 중에도 몇 놈들은 거기 붙었다고 하니까……."

　심드렁한 소진의 말투와 달리 심각한 내용이었다.

　월광사신의 무공.

　마공이라 애써 치부하고 있지만 당년 월광혈사 때 전 무림이 달려들었어도 어쩌지 못한, 그야말로 천외천(天外天)이 무엇인지 말해주던 무공이었다.

쟁쟁한 무림명숙들이 월광사신의 일수(一手)에 말 그대로 낙엽처럼 흩어졌다.

두려움과 공포에 월광사신을 무림공적으로 규정했으나, 만약 자신이 그 무공을 얻어낼 가능성이 있다면 얘기가 달라진다.

욕망.

수많은 자들을 파멸시킨 그것이 무인들을 움직이기 시작할 것이다. 원한이 있는 자, 더 큰 힘을 원하는 자, 힘이 없는 자, 호기심에 이끌린 자, 그리고 월광사신에게 원한이 있는 자…….

정마련주인 인의폭렬도 장명이 한숨을 내쉬었다.

"좋지 않군요. 강호동도들에게 권고문을 내거는 게 순서일 것 같지만 그것 가지고 해결될 것 같지 않습니다."

그 말에 신기박 제갈영호가 고개를 끄덕였다.

"이미 쉬쉬하며 일을 처리할 때는 지났지요. 본인의 생각으로는 아예 무림대회를 열어 전 강호의 힘을 결집하는 것이 어떨까 싶습니다만……."

"헤헤헷, 거 좋은 생각이오. 시끄러운 일은 시끄러운 일로 덮어야지. 무림대회라, 우리 거지새끼들도 한동안 따슨 밥술이나 좀 얻어먹을 수 있겠구만."

개방 장로인 소진이 엄지손가락을 치켜 올리며 찬동의 뜻을 표했고, 다른 이들도 반대할 생각은 없는 듯했다.

"알겠습니다. 그렇다면 무림대회의 세부 상황에 대해서는 제갈 맹주께서 수고해 주시고, 당장 내일부터라도 강호에 무림대회 선포를 알려야겠군요."

"그렇게 하겠소."

"그리고… 다시 지금 세인의 관심을 집중시키는 물건들 말인데, 역시 그 일은 정마련에서 나서서 수습하는 게 좋을 듯싶습니다. 믿을 만한 분들이 필요할 듯하군요."

남궁선이 고개를 끄덕였다.

"련주께서 양해해 주신다면 창천팔식에 대한 것은 우리 남궁세가가 앞장서고 싶습니다만."

"마찬가지. 성화비에 대한 건은 우리가 맡지."

가문의 절예와 교의 성물이 소문에 등장한 남궁세가와 마교가 각각 앞으로 나섰다.

장명은 고개를 끄덕였다.

각각 자파의 비보가 나돈다는 소문을 들었으니 당연한 반응이었던 것이다.

"알겠습니다."

결국 소문 속에 떠돌고 있는 창천팔식과 성화비는 양 세력이 맡고, 그나머지는 각 파의 연합 세력이 동시에 추적한다는 것으로 결론이 났다.

만에 하나 월광사신의 비급이 진짜일 경우를 대비한 인원 구성이었다.

몇 가지 굵은 결론을 도출해 낸 뒤, 회의는 그렇게 끝이 났다.

회의가 끝나고 사람들이 발길을 옮길 때, 장명은 가만히 남궁선을 멈춰 세웠다.

"무슨 일이십니까, 련주?"

"회의 석상에서 얘기를 꺼내면 또 얘기가 분분할 것 같아서 이렇게 여쭤보는 겁니다만……."

장명은 작은 서신 하나를 그에게 내밀었다. 공해와 무현종이 연달아 보낸 서신이었다.

남궁선은 무슨 일인가 하는 표정으로 서신을 읽어 내려가다 가볍게 눈썹을 찡그려야 했다.

"창궁이십팔검? 이 말이 사실입니까?"

"목격자가 혜월 대사님이십니다."

"으음……."

"월광사신과 창궁이십팔검도 관련이 있습니까?"

남궁선은 얼굴빛을 굳힌 채 한참을 생각하다가 어렵게 입을 열었다.

"…본인이 아는 한 창궁이십팔검은 월광사신과는 관련이 없습니다."

"어찌하시겠습니까?"

많은 의미를 담고 있는 물음이었다.

현재 장무성을 습격한 인물들과 그들을 사주한 것으로 생각되는 정정운을 수색하고 있는 것은 그들 뒤에 월광사신이 있을 것이라는 추측 때문이었고, 그 추측의 근간이 그들이 사용한 창궁대팔식은 월광사신이 탈취해 간 것이라는 남궁세가의 주장이었다.

그런데 다시 또 다른 습격 사건이 발생했고, 그 중심에 역시 남궁세가의 무공이 사용되었다.

그것도 이번에는 창궁대팔식이 아닌 남궁세가의 정예들이 가려서 익힐 수 있게 만든 창궁이십팔검이었다.

창궁대팔식은 월광사신에 의해 유출되었다지만, 창궁이십팔검의 경우에는 외부로 유출되었던 적이 없었다.

그렇다면 몇 가지의 새로운 추론도 가능했다.

남궁세가 고위직에 반도가 있다거나, 남궁세가 자체가 이 모든 일의 배후라는 추측도 가능해지는 것이다.

'그럴 가능성은… 없겠지.'

의문의 세력이 창궁대팔식의 비급을 가진 것으로 추측되는 이상, 창궁이십팔검의 외형을 흉내 내어 만드는 것은 충분히 가능한 일이었다. 사실 창궁이십팔검은 창궁대팔식의 전반부 초식을 세세하게 나누는 과정에서 파생된 수련용 검법이 그 원류였다.

'아마도 그럴 거라 생각하지만, 이 일이 다른 문파로 흘러들어 가면 곤란해지겠지……'

만에 하나 다른 제문파에서 그런 의문을 품는다는 생각을 하자 등골이 서늘해져 왔다.

다행이랄까. 장명은 남궁세가에 대한 신뢰를 완전히 거두지 않은 것인지, 그렇지 않으면 이 이상 쓸데없는 혼란을 부추길 생각이 없는 것인지 이 일을 기밀로 분류해 주었다.

'아마도 후자겠지……'

남궁선은 그런 생각을 하며 련주를 바라보았다.

"…그 일은 세가에서 직접 조사하겠습니다. 적어도 그때까지만이라도 말미를 주실 수 있으시겠습니까?"

장명이 고개를 끄덕였다.

"물론입니다. 현장 책임자인 공해 대사님에게 양해를 구해놓겠습니다. 그리고 현장에서 만리추종이 일부 조사를 해둔 것이 있으니, 남궁세가에 그 자료를 넘겨 드리지요. 다시 말씀드리지만, 이 일은 되도록 조용히 조사해 주셨으면 합니다."

그는 장명의 말을 곰곰이 되새겨 보았다.

이는 생각하기에 따라 자칫 생선을 고양이에게 맡긴 격이 될 수도 있는 것이다.

현재 상황이 좋지 않은 장명으로서는 자칫 타 세력들에게 빌미를 주고 싶지 않다는 의사 표시였다.

"알겠습니다. 앞날을 생각해서라도 그렇게 하는 게 좋겠지요."

그는 여러모로 생각하다 고개를 끄덕였다.

"이해해 주신다니 감사할 따름입니다."

"아닙니다. 상황이 상황이니만큼 당연한 일이겠지요."

"흐음, 그나저나 지금 현재 남궁세가의 상당수 세력이 정정운의 뒤를 쫓고 있다고 들었습니다만, 강서 쪽으로 파견할 만한 인원을 따로 빼내실 수 있겠습니까?"

사실 남궁선은 장명과 대화하는 동안 우선 그쪽에 파견할 만한 인물을 머리 속으로 추려내고 있었고 마침 적당한 인력들이 있었다.

"마침 장무성 대표두 집에 파견 보낸 세가의 젊은이들이 있습니다. 더구나 조카도 그곳에 있으니 우선적으로 그들을 보내 만리추종을 돕도록 하겠습니다."

창궁이십팔검을 사용하던 자들이 남궁정의의 개인 세력이라는 것을 모르는 그로서는 당연하다면 당연한 인선이었다.

장명과 독대를 마친 남궁선은 그 길로 세가와 남궁정의에게 전서구를 날렸다.

두 사람이 독대를 하고 있던 시간에 고욱현은 자신의 침전으로 돌아와 있었다.

월광사신에 대한 대대적인 소문에다 잃어버린 성물 성화비의 출현이라니.

그는 조용히 자신의 수신호위를 불러냈다.

"은형."

스스슥―

오직 그를 위해서만 살아가는 충복 중 하나, 은형이 모습을 드러내자 고욱현은 서탁에 앉아 문방사우를 되는대로 만지작거리며 말했다.

"어떤가. 역한진은 아직도 본좌의 질문에 답변을 해오지 않았나?"

진조는 깊이 고개를 숙이며 간략하게 답했다.

"그렇습니다."

고욱현이 아무리 장명 앞에서 마도를 우습게보지 말라며 청혈교를 비호하고 있었으나, 그 역시 최근 청혈교의 돌출 행동을 수상하게 여기고 있었다.

그렇기에 역한진에게 자초지종을 고하라는 밀지를 전했으나 그는 무슨 생각인지 고욱현의 질문에 일절 답하고 있지 않았다.

아직까지 답변이 없다는 말에 고욱현은 어이없다는 듯 살소를 내뱉었다.

"크크큭, 애송이 놈이……."

"어떻게 할까요?"

"됐다. 이 상황에서는 우선은 성화비다. 소문이 거짓이라면 망령되이 성화비를 입에 담은 놈들을 죽여라. 사실이라면, 무슨 일이 있어도 성화비를 회수하고 겁도 없이 대마교의 신물을 노렸던 놈들에게 지옥을 보여주거라. 마정일대의 출진을 허한다."

"존명."

그림자가 사라진 뒤 고욱현은 침상에 앉아 생각에 잠겼다.

"역한진, 그 시건방진 애송이… 대체 무슨 생각을 하고 있는 거냐……."

*   *   *

부상당한 몸으로 수란과 혜린을 지키기 위해 싸우다가 더 심한 부상을 입게 된 당소류는 당연하게도 극진한 대접을 받고 있었다.

그녀가 누워 있는 방 안에는 언제나 유수란이나 오유란 등 다른 여인들도 모여서 한담을 나누고 있었는데 분위기가 화사했다.

그럴 수밖에 없었다.

유씨 집안 사람들에게는 수란과 장혜린 모녀의 생명을 구해준 은인이었으며, 오유란과는 현 강호상에서 가장 큰 비밀을 공유하고 있는 사이인 것이다.

오유란이 사문의 어른을 뵙는다며 잠시 자리를 비우자 잠시 얘깃소리가 멈췄으나, 곧 수란이 다른 화제를 바꿔 말문을 열었다.

"그나저나, 난 우리 수운이 동생 목숨을 구했다는 얘기가 농담인 줄 알았는데… 그날 수운이 녀석이 싸우는 거 보니까 알겠더라. 동생 목숨을 구해줬다는 거, 농담이 아니었던 거지?"

당소류가 살풋 웃으며 대답했다.

"네, 제가 위험한 순간에 도와주셨죠."

"하지만, 난 아직도 이해가 안 돼. 내 눈으로 직접 봤는데 말이야. 막내 녀석 말이야, 우리 그이랑 비무할 때 한 주먹에 코가 깨졌었다구. 얼마나 황당했었는지……."

"아마 사정이 있어서 무공을 감추고 있었던 건 아닐까요? 무림에선 흔한 일이기도 하고."

"흥, 사정이고 뭐고 가족들한테까지 비밀로 하다니. 더구나 이 누나에게까지. 정말 그런 거면 쓴맛을 보여줘야겠어."

그 말에 당소류는 쓴웃음을 지었다.

수운의 정체를 생각하면 가족들에게 비밀을 말할 수 없던 것은 당연했기 때문이다. 그도 그럴 것이 유수운은 월광사신의 후예가 아니던가?

만약 이 사실이 알려지면 전 무림의 힘이 이곳으로 집결될 것이고, 수운이 말한 대로 태반이 죽어나갈 것이다.

'절명문이라고 했지. 칠대 문주라고.'

당소류는 정체가 탄로났을 때 수운의 표정을 떠올리며 자기도 모르게 미소를 흘렸다.

"그나저나 하 소국주, 동생에게 마음이 있는 거 아냐?"

그 말에 당소류는 고운 아미를 찌푸렸다.

"그런… 그럴 리도 없겠지만, 만약 그렇다면 불쾌하다고 생각돼요."

"흐음. 그래? 하지만 얘기를 듣자 하니 하 소국주, 동생이 여기 도착한 날부터 날뛰고 있다던데? 하 소국주, 그렇게 개차반인 줄은 몰랐어. 가끔 시아버님에게 인사 올 때는 그렇게 의젓하더니 말이야. 뭐랄까, 지금의 작태는 그냥 한 마리 개랄까… 걱정되네, 앞으로."

"아, 그러고 보니 언니 부군께서 유성표국의 표두시지요?"

"후훗, 그래."

수란은 고개를 끄덕이며 옆에서 잠에 빠져 있는 자신의 아기를 바라보다가 소류를 가만히 들여다보았다.

"왜 그러세요?"

"으응, 아까워서. 유란이만 아니었으면 우리 수운이랑 맺어줘 볼까 하는 생각이 들어서 말이야. 이런 게 누나의 욕심이란 거지. 후후훗."

"그런……"

소류는 살짝 붉어진 얼굴로 고개를 저었다.

'하지만 어쩌면……'

그녀는 무슨 생각을 하는지 연신 고개를 흔든 뒤 다시 수란과 한담을 나누기 시작했다.

"야."

"또 왜."

"빨랑 나한테도 넘겨."

"뭘?"

"이 자식이, 형님 앞에서 수작은……. 뭘 또 어물쩍 넘기려고? 당연히 무공이지. 무공 말이야, 무공. 비급 없어?"

건들거리며 수운의 목에 턱 팔을 걸치는 수헌이었다.

그는 그날 수운의 무공을 견식하자마자 시전 아이들 돈을 수탈하는 불한당처럼 이러고 있었다.

"무공은 무슨 무공? 아니, 그리고 형이 그거 나한테 배워야 하는 이유가 뭔데?"

"이 자식이 근데, 야, 너 그거 진 사부님께 배운 거지?"

"응? 으응……."

수헌이 사부인 진현우의 이름을 꺼내자 수운은 떨떠름하게 고개를 끄덕였다.

그러자 형의 얼굴이 환하게 바뀌며 손을 턱하니 어깨에 올려놓으며 목소리를 깔며 말했다.

"그래, 그러니까 생각해 보게나, 아우. 즉, 이 우형 역시 한창 청춘 무렵에는 그분 제자였다는 말 아니던가. 아우는 모를 걸세. 후후후후, 이 우형이 지금도 그 당시 사부님의 가르침을 밑천 삼아 이 근처를 장악하고 있다는 것을. 아, 생각해 보니 그 당시 사부님이 이 우형을 참으로 흐뭇한 눈으로 바라보고 계셨건만……."

갑자기 '우형이 어쩌고…' 하는 그의 간지러운 어투에 얼굴을 찌푸리던 수운이 점잖게 어깨에서 손을 내렸다.

"그러니까 형이 말하고 싶은 게……?"

단도직입적인 질문에 수헌이 짓궂은 표정을 지었다.

"뭐긴 뭐냐, 이 녀석아. 사실 사부님도 나 같은 인재를 가르치고 싶으셨을 거라 이거지. 그런데 네 녀석이 골골거리는 바람에 그거 고치려고 눈물을 머금고 이 나를 두고 떠나실 수밖에 없으셨다 이거야. 그러니까 네가 배운 건 같은 제자인 나도 배울 권리가 있다는 얘기 아니겠느. 흐흐흐. 빨랑 안 토해내? 밥 먹고살기 싫으냐?"

말이 되는 듯 안 되는 궤변을 늘어놓으며 주먹을 흔들어대는 수헌을 보며 수운은 식은땀만 흘릴 수밖에 없었다.

한참 동생을 협박하던 그는 잠시 후 방법을 바꿔 처연한 표정으로 말을 꺼냈다.

"후우. 사실 말이지, 너도 알다시피 내가 한때 천하를 주름잡는 고수가 꿈 아니었냐? 그러나 줄을 잡지 못하고 이렇게 다시 촌부로 떨어졌지. 하지만 이렇게 네가 옛 스승님의 가르침을 담고 온 걸 보니 이것이 바로 하늘의 뜻 아니겠느냐. 네가 나에게 비전을 넘겨준다면 나도 역시 십 년 공부 끝에 강호를 주름잡아 사부님의 이름을 세세손손 남길 터이니… 그만 빼고 넘기도록 해라."

줄줄이 사문이 원하지 않는 것만 얘기하고 있는 형을 보며 수운은 남 모르게 한숨을 내쉬었다.

그러는 동안에도 수헌의 이야기는 도도히 흘러가고 있었다.

"생각하면 그 당시 뜻을 품고 출가했을 때 초지를 관철했어야 하거늘. 비록 하늘이 나 같은 영웅을 냈으나, 또한 아버지 같은 걸림돌을 내서서 내 지금 이 꼴이……."

"에라, 이놈아……."

빠악 소리와 함께 유정의 주먹이 수헌의 머리에 틀어박혔다.

"이건 기껏 키워놨더니 뒤에서 아비 욕이나 하고 있어? 이걸 콱! 그리고 가게는 어떻게 하고 여기 있어? 그냥 아들 하나 없는 셈치고 한번 물고를 내버릴까?"

뒤통수를 쓸어 올리며 수헌이 불퉁한 목소리로 그 얘기를 받았다.

"수운이 녀석 좀 달래서 취미로 무공 좀 배워볼까 하는데 이렇게 방해하깁니까, 아버지?"

"네 녀석이 무공은 배워서 뭐 하게?"

"뭐 하긴요? 당연히 천하제일이 돼야지."

"되면?"

"그야 당연히… 그러니까, 주지육림에 천하제일의 미녀랑……."

"옳거니. 처자식 있는 놈이 천하제일의 미녀라고? 내 보운이 에미에게 그대로 전해줄 테니 어디 목숨이나마 부지해 보려무나."

"어어, 아버지? 그거 반칙 아닙니까? 그러면 저도 어머니에게 고할 게 꽤나 되는 것 같은데요?"

"어허허! 이놈이 이젠 아비에게 공갈 협박까지?"

수운은 두 부자가 말도 되지 않는 것으로 옥신각신하는 것을 바라보며 다시 한숨을 내쉬었다.

어쩌면 어린 나이에 사부 손에 맡겨져 집을 떠난 것이 그의 인격 형성에 큰 도움이 되었을지도 모른다는 생각이 들었다.

"아, 수운아, 혜월 대사님이 찾으신다."

한참 동안 수헌을 구박하던 그는 어느 정도 쌓인 게 풀린 뒤에야 이곳에 온 용건이 생각났는지 그렇게 얘기하고는 수헌을 끌고 바삐 밖으로 나섰다.

수운은 이제 아무 쓸모도 없지만, 그래도 주변의 시선을 의식해서 지팡이를 짚은 채 혜월이 머물고 있는 객방으로 향했다.

*   *   *

공해는 소림과 정마련에서 자신에게 도착한 밀지를 살펴보고는 일이 심상치 않다 싶은 생각이 들었다.

월광사신에 관련된 소문이 천하를 뒤덮고 있다는 것이다.

특히 정마련에서 온 서신에는 이런 상황에 생사강시가 외부에 오래 나가 있는 것은 좋지 않으니 우선 귀환을 서두르는 게 좋겠다는 권고 사항이 적혀 있었다.

그는 곧 혜월에게 문안을 드린 뒤 지금의 상황을 자세히 고하기 시작했다.

"사백, 이상한 소문들이 천하를 뒤덮고 있다 합니다."

"이상한 소문이라?"

"네. 월광사신의 비급이 세상에 모습을 나타냈다고도 하고 월광사신이 모습을 나타냈다고도 합니다. 또한 남궁세가의 창궁대팔식이나, 마교의 성화비가 모습을 드러냈다는 얘기도 있습니다. 얘기뿐 아니라, 실제로 그것을 쫓고 있는 무림인들이 있으며 수많은 무인들이 그 대열에 동참하고 있다 합니다. 정마련에서는 곧 령을 내려 모든 활동을 자제하고 대기할 것을 명하려 하지만, 련에서도 단지 공고문 하나로 이 소란이 가라앉지는 않으리라 판단하고 있습니다. 문제는 이 모든 것이 사실일 때 발생할 충격이 어느 정도일지 상상도 가지 않습니다."

묵묵히 공해의 설명을 듣고 있던 혜월이 고개를 끄덕이며 공해를 바라보았다.

"아미타불, 큰 혼란이 일겠구나……."

"그렇습니다, 사백."

"곧 떠나야 되는 것이냐?"

"네. 사실 련에서도 생사강시의 빠른 귀환을 바라는 듯했습니다. 아무래도 중요 전력이다 보니 외지에 오래 둘 수는 없겠지요. 이곳의 일이 적당히 정리되는 대로 곧 길을 떠날까 합니다."

"그렇구나."

"그리고 천천히 말씀드리려 했으나, 일이 급하게 되었으니 지금 말씀드리겠습니다. 사부님께서 반드시 사백을 모시고 소림으로 오라는 엄명을 내리셨습니다."

"허허허. 그 사람, 늙어 죽을 때가 되었어도 욕심 많은 건 변하지 않았구나."

"그만큼 중요한 일이라 생각하고 계신 듯합니다."

혜월은 염주를 굴리다가 문득 입을 열었다.

"그러하면, 소림으로는 언제 돌아갈 예정이더냐?"

"사백께서 허락만 하신다면 날짜가 중요하겠습니까?"

"흐음… 가는 길엔 정마련에 들러야 하겠구나?"

"그것을 반납하기 위해서라도 어쩔 수 없습니다, 사백."

생사강시를 언급하면서도 그것을 마뜩잖게 생각하는 혜월의 심사를 아는지라 공해는 슬쩍 그의 낯빛을 살필 수밖에 없었다. 다행히 혜월은 그 점에 대해 크게 신경 쓰지는 않는 눈치였다.

"아미타불… 너는 나를 믿느냐?"

"그야 당연하지 않습니까? 물론입니다, 사백."

그는 뛰어난 선승이자 무승인 혜승의 수법 제자였다. 그도 혜승처럼 불(佛)과 무(武)를 조화시키려고 일평생 노력해 왔고, 사부처럼 혜월을 무조건 경배하고 있었다.

"그렇다니 말을 하겠다. 나와 소림의 시절 인연은 끝이 났느니……."

"사백! 어찌 그런 참담한……."

"아미타불, 시절 인연이 이미 끝났으니… 끊어진 가지는 이을 수 없으나, 그 상처에서는 곧 새로운 가지가 돋는 법. 혜승에게는 이렇게 전하거

라. 소림에서 난 것은 결국 소림으로 들 것이라고. 그리하면 알아들을 것이다."

그 말에 공해가 간절한 얼굴로 혜월을 바라보았다.

"사백, 인연이 끝이 났다는 것은 설마 사백께서 소림을 저버리시겠다는……."

그는 사질의 눈을 바라보다가 가타부타 말없이 천천히 눈을 감았다.

"법은 전해질 것이다……."

공해는 '법이 전해질 것이다'라는 얘기에 충격을 받은 채 천천히 방에서 물러 나왔다.

'어떤 법이 누구에게 전해진단 말인가? 사백께서 직접 사문에 전하지 않으실 이유라도 있단 말인가?'

그는 심장이 세차게 고동치는 것이 느껴졌다. 일세의 고승인 혜월의 법. 그것이 무공이건 그의 깨달음이건 그 중요함이란 이루 말할 수 없는 것이다.

'어째서 그것을 직접 소림에 남겨두지 않으시려는가?'

문득 그런 의문이 들었다. 일전에도 새로 정립된 달마역근경은 인연이 되면 다시 소림으로 돌아가겠지만, 혜월 스스로는 그것을 소림에 던져 넣을 생각이 없다 하지 않았는가?

"아, 대사님."

문득 정신을 차려보니 눈앞에는 집주인의 젊은 아들이 자신에게 합장하며 예를 차리고 있었다.

"아미타불… 시주께서 이곳엔 어쩐 일이시오?"

"네, 혜월 대사님께서 부르셨습니다."

그는 혜월의 방 안으로 들어서는 수운을 바라보며 눈을 빛냈다.

'설마 저 아이에게……?'

공해의 눈빛이 자신의 등을 바라보고 있음을 모르는 채 수운은 방 안으로 들어서 혜월과 마주했다.

"부르셨습니까, 대사님?"

"그래, 앉거라. 잠시 할 얘기가 있음이니."

수운이 자리에 앉은 뒤에도 혜월은 염주만 굴린 채 한동안 눈을 뜨지 않았다.

그가 무슨 일인지 조금 불안해하기 시작했을 때 혜월은 느릿하게 입을 열었다.

"네 몸은 이제 괜찮아 보이는구나."

"아, 네. 대사님 덕분입니다. 그리고 상혁 조장이 알려준 칠상권 역시 무림일절인 것 같아요."

잠시 뜨끔했으나 일단 모든 것을 혜월 대사의 훌륭한 추궁과혈과 진기도인, 그리고 칠상권 덕분으로 돌리는 수운이었다.

혹시 산적들을 날려 버린 무공에 대해 물어봐도 기초가 되는 육합권과 나한권이 혜월의 가르침 때문에 크게 발전이 되었다고 둘러댈 셈이었다.

"그렇구나. 그럼 산적들을 상대했던 것은 너의 선사께서 전해주신 비전인가 보구나."

"그게… 그러니까요, 제가 자질이 미천해서 미처 그 도리를 깨우치지 못하다가 최근 대사님의 가르침 때문에 작은 깨우침이 있었나 봅니다. 네……."

혜월은 고개를 끄덕인 뒤 그에게 말했다.

"육합권과 나한권의 만련이 도움이 되었다니, 노납도 기쁘구나."

"예에……."

"너도 알다시피 노납은 조만간 다시 길을 떠나야 할 듯싶다. 그렇지만 너와 맺은 인연이 적지 않으니 마지막으로 중요한 한 가지를 네게 전해

주고 싶구나. 자정경에 만나자꾸나."

"그런… 그러실 필요까지는……."

이미 가지고 있는 것만으로도 차고 넘치는 수운으로서는 혜월의 호의가 몹시 불편했으나 노승은 요지부동이었고, 그는 무리하게 거절할 수 없는 입장이었다.

"알겠습니다. 그럼… 자정에 다시 뵙겠습니다."

그는 그렇게 인사를 한 뒤 밖으로 나올 수밖에 없었다.

그는 최선을 다해 회피하고 있건만, 아직도 강호무림은 그에게 붙어 떨어질 생각을 하지 않는 듯했다.

*　　　*　　　*

오유란은 행장을 꾸려 나서는 매화검수들을 바라보고 있었다.

"왜 이렇게 급하게 돌아가시는 건가요?"

"어쩔 수 없구나. 그래, 공해 대사께서 여기 계시는 동안 여기를 습격한 자들에 대해 알아내고 싶었지만 다른 곳에 일이 생겼다. 너는 이곳에 남아 있다가 조만간 후성이가 이곳에 도착할 테니, 둘이서 임무를 마무리 짓고 정마련으로 귀환하도록 해라."

이후성과 오유란.

두 사람이 맡은 임무는 월광사신, 또는 그 후인의 추적이었으나 이 사실은 각 파의 장문인이나 그에 준하는 장로급에만 알려져 있었다.

즉, 이곳에 파견된 매화검수조차 아직 이 사실은 알지 못하고 있었다.

임무가 모두 실패했으니, 조만간 이 사실이 발표되긴 하겠지만 말이다.

"그런데 무슨 일이기에 사숙들이 이렇게 급히 움직이시는 거예요?"

유술 도장이 한숨을 내쉬었다.

"소문 때문이란다."

"무슨 소문이요?"

"월광사신에 대한 소문이지. 벌써 이곳 저잣거리까지 소문이 자자하단다."

그 말에 오유란은 자신도 모르게 심장이 덜컥 내려앉았다.

월광사신에 대한 소문이라니, 설마 수운에 대한 일이 어딘가에서 흘러나갔단 말인가?

"월광사신의 비급이 나돌고 있고, 월광사신이 팔대천인들을 찾아내해치고 있고, 그 외에도 월광사신이 훔쳐 간·비급이나 보물 같은 것들이 세상에 흘러나왔다더구나. 무량수불, 그러니 욕심에 눈이 먼 속인들이 적지 않은 소란을 일으키고 있다더구나. 그런데 너는 왜 계속 그런 표정인 것이냐?"

"네? 아, 아니에요. 그냥 놀라운 얘기들이라……."

유술 진인의 얘기를 들으며 월광사신의 소문이라는 것이 수운과는 직접적인 관련이 없다는 것을 알게 된 유란은 놀라서 날뛰는 심장을 간신히 진정시킬 수 있었다.

'그렇지만… 뭐지, 이 소문은? 분명히 일인전승이라 했는데, 다른 곳에서 월광사신이 활발하게 활동하고 있다는 소문이라고?'

그녀는 이 일에 대해 자세히 알아볼 책임과 권리가 있었다.

오유란은 떠나는 화산의 어른들을 배웅한 뒤 곧바로 상의를 하기 위해 당소류에게로 총총히 걷기 시작했다.

*   *   *

남궁정의는 숙부 남궁선의 서신을 받고서야 깊은 고민에서 빠져나올 수 있었다.

서신에는 혜월 대사를 암습한 무인들이 창궁이십팔검으로 추정되는 검법을 사용했으니 강서성으로 이동해서 사실 여부와 배후를 밝혀내되, 무리한 조사를 진행할 필요는 없다는 내용이 적혀 있었다.

남궁선의 성격으로 보자면 조사하는 시늉만 하라는 내용이나 마찬가지였다.

"후우―"

남궁정의는 깊게 한숨을 내뱉었다.

수하들에게 일이 어떻게 실패했는지는 이미 보고를 받았고, 이제 수하들을 제압했던 이가 소림의 고승 혜월 대사라는 것도 알게 된 순간부터 가슴을 짓누르던 압박감이 이제야 다소 해소되는 것 같았다.

자신이 벌인 일의 조사를 그 스스로 맡았으니 문제는 해결된 것이나 다름없었다.

더구나 조용히 넘어가라는 단서까지 붙어 있지 않았는가?

"천행이로군."

그렇게 중얼거리며 서신을 불태웠다.

그는 자신답지 않게 충동적으로 행동한 일에 대해 자책하고 있었다. 그 이유를 생각해 보니 아무래도 당소류가 개입된 일이라 자신이 너무 감정적으로 대처한 것 같았다.

사실 이제 와서 생각해 보면 유수운 따위에 신경 쓸 필요가 있었나 싶었다.

'소류가 그런 녀석에게 진심으로 마음을 줄 리는 없을 테니까. 허참, 오히려 하태진… 그 녀석이 마음에 걸리는군.'

이제 와 생각해 보니 하태진이 당소류를 바라보는 눈초리가 수상했다.

유수운 따위에 신경을 쓰는 것보다는 하태진을 조심하는 것이 더 좋았을지도 모른다.

'그 문제는 나중에 풀어나가도록 하고… 일단 내 손으로 문제를 해결할 기회가 왔으니까 혹여 뒤탈이 없도록 확실히 처리해야겠지. 우선 그곳에 있는 내 수하들의 시신을 되도록 빨리 처리해야 해.'

지금까지 운이 너무 좋았다는 것은 그 스스로 알고 있었다.

모두 지금 벌어지고 있는 소동 때문이었다.

그 때문에 다른 곳을 배후로 의심하고, 그 배후를 찾으려 하기에 아직까지 남궁정의의 행동이 밝혀지지 않은 것이다.

'정말 큰일 날 뻔했군.'

혜월이 그곳에 있었는지도 모르고 수하들을 보냈지만 그의 행위가 밝혀진다면 강호인들이 그 말을 믿을 리 만무했다.

그들이 물증을 잡는다면 소문은 '소림의 성승을 남궁세가의 자제가 암살하려 했다' 라는 식으로 퍼질 게 분명했다.

다행이랄까……

하태진에게 딸려 보낸 이들은 그의 권속에 속한 자였다. 더구나 정마련과 협력해서 일의 전말을 밝혀낼 책임도 자신에게 떨어졌다. 불행 중 다행이었다.

'조사 권한이 나에게 떨어졌으니, 이번 일은 무마할 수 있겠지. 하태진, 그자의 입만 조심하면 되겠지. 하긴, 그 역시 깊은 수렁 속에 발을 디딘 셈이니 알아서 함구하겠군. 이 일을 해결하지 않으면 둘 다 끝장이니 말이야.'

*　　　　*　　　　*

남궁정의가 고민에 빠져 있던 시각에 하상혁은 대표두인 장무성의 부름을 받고 그의 침실로 들어서고 있었다. 아직 몸이 불편한 장무성은 하루 중 거개 반 이상을 거동하지 못하고 있었다.

장무성은 하상혁이 들어오자 앞뒤 다 자르고 단도직입적으로 용건을 꺼냈다.

"상혁아, 너, 강서성에 좀 가줘야겠다."

"강서성이라면……?"

"그래, 사돈댁에 말이다."

"흠, 거긴 갑자기 왜요?"

"갑자기가 아니야. 너도 알지만 그쪽에서 다시 습격이 있었으니까……. 그쪽에 둘째 아기가 가 있는데 아무래도 불안해. 더구나 이번에 남궁세가에서 이곳에 보내놓은 애들까지 빼내서 그쪽으로 보내는 것을 보니 뭔가 더 있는 듯싶다. 지금 우복이나 우식이는 표국 때문에 돈을 빼지 못하니까, 너밖에 없다."

"이거 참, 이 몸밖에 없다는 건 알겠지만 당최 마음이 놓이질 않는데요. 솔직히 말입니다, 이 중요한 시국에 제가 대표두님을 안 지키면 그 노구를 책임질 사람이 달리 또 누가 있겠습니까?"

그 얘기를 듣자 장무성은 말없이 상혁을 바라보다가 가까이 오라는 듯 손짓을 했다.

상혁이 비척거리며 가까이 다가가자 장무성은 그의 머리를 사정없이 후려쳤다. 퍽, 소리와 함께 머리를 움켜쥔 상혁이 찡그린 얼굴로 투덜거렸다.

"아따, 거 골골하신 분이 아직 손은 매우십니다?"

"시끄럽다. 아무튼 가서 사돈 총각이랑 우리 며늘아기도 만나서 괜찮은지 잘 살펴보고. 그리고 여기는 남궁세가 인원이 빠지더라도 당분간 정마련 고수들이 상주하니까 걱정할 것 없다. 그러니까 네놈은 그쪽에서 상황을 지켜봐. 아무래도 심상치가 않으니까."

"남궁세가 말씀이죠?"

"그래, 무슨 일인지 모르겠지만 이곳에 상주시켜 놓은 애송이들까지 빼서 그쪽으로 돌리는 걸 보면 분명히 자신들에게 곤란한 일일 게야. 그러니……."

"흐흐흐, 알겠수. 여기서 쌓은 친분을 이용해서 그쪽에서도 잘해보지요."

그 말에 장무성은 속에서 천불이 묻어나는 스산한 웃음을 지어 보였다.

"친분은 무슨 얼어죽을 친분이냐, 이 자식아. 내가 남궁세가 애들 오면 건드리지 말라고 그랬지? 그랬어, 안 그랬어? 그런데 애들이 오자마자 세 놈씩이나 작살 내놓은 주제에 친분? 그건 저기 어디 부처님한테 엉기던 원숭이식 친분 다지기냐?"

"아니, 그럼 씨발, 세가 애들이 천지사방 모르고 엉기는데 그 꼴을 강호의 선배 입장으로서 그냥 보고 있으란 말입니까? 그리고 또, 한번 박살을 내놓으니까 애들이 빠릿빠릿 잘 움직이잖습니까? 원래 쫄들이 말 잘 들으면 친분이 쌓인 거 아니겠수?"

"그래, 알았다. 내가 이 나이에 뭔 말을 더 하겠느냐. 사돈댁 가서도 그 친분 가급적 잘 유지해서 소식 좀 잘 알아보고… 그리고 말이다, 내게 연락할 때는 유성표국의 연락망을 통하지 말고 다른 연락망을 사용하도록 해."

"흐음……."

상혁은 그 말에 수염을 긁적거렸다.

자신의 평생을 바쳐 일구어온 유성표국의 연락망을 믿지 못할 정도로 장무성은 하의민에 대해 신뢰를 잃은 것이다. 아무리 소 닭 보듯 살아왔다고는 해도, 그는 상혁의 친형이었다. 아무리 남과 같은 사이라지만 그래도 마음 한구석이 무겁게 변하는 것은 어쩔 수 없었다.

"알겠습니다. 그럼, 세가 애들이 떠나는 것과 맞춰서 떠나겠습니다. 그간 강녕하십시오."

"그래. 이쪽 걱정은 아예 하지 말아라. 약재를 준비해 둔 것이 있으니 사돈 총각에게 전해주고."

장무성은 언제나 말이 걸진 상혁이지만, 그가 자신의 호위 문제 때문에 계속 신경을 곤두세우고 있다는 것을 알고 있었다.

그렇기에 이 일을 일석이조의 기회로 생각했다.

그를 심적으로 쉬게 할 필요성을 느끼고 있었던 것이다.

*　　　*　　　*

땅거미가 어스름히 깔릴 무렵에야 진현우는 모아놓은 가죽을 팔기 위해 등짐을 지고는 오래간만에 마을로 내려갔다.

그는 가죽을 판 돈으로 오래간만에 술을 잔뜩 마신 뒤 객실 하나를 얻어 편히 자고 초옥으로 돌아갈 생각이었다.

"어이구, 진씨. 이거 오래간만에 내려오시는구만. 그래, 쓸 만한 물건들은 좀 있던가?"

"내가 가져온 물건이 언제는 하품이었던가?"

언제나 멸명마공으로 사냥을 했기 때문에 그가 가져온 가죽은 흠 하나 없는 마치 살아 있을 때의 그것과도 같은 특상품이었다.

가죽을 넘기니 무려 은자 닷냥이 수중에 떨어졌다.

그는 떨어져 가는 생필품을 몇 가지 구입한 뒤 가끔 들르던 주루에 들어섰다.

"어섭쇼! 손님!"

그가 들어서는 즉시 점소이가 얼굴 가득 웃음을 따우며 다가와 그를 자리로 안내했다.

"이쪽 자리가 좋습니다요."

"음."

이제 겨우 늦은 오후라 주루에는 사람들이 별로 들어차 있지 않았다.

"구운 오리 한 마리와 소채, 그리고 백주 한 병 내주게."

"알겠습니다! 잠시만 기다리십쇼!"

점소이는 바쁜 모습으로 사라지더니, 얼마 지나지 않아 죽엽청과 구운 오리 한 마리를 그 자리에 놓고 다른 객들을 맞이했다.

진현우는 느긋하게 술 한 잔을 따라 들고 단숨에 들이켰다.

이 순간만은 천하의 그 누구도 부럽지 않았다. 더구나 조금 불안하긴 했으나, 후계까지 키워놓지 않았던가.

그때 막 오리 다리를 뜯던 그의 귀에 다른 손님들의 대화가 문득 들려왔다.

"자네, 소문 들었나?"

"무슨 소문 말인가?"

"월광사신이 다시 강호로 나왔다 하네."

이제 월광사신에 관련된 소문은 천하를 덮고 있었으니, 아무리 궁벽한 산골에서 조용히 살고 있다 하더라도 결국 이 소문을 접할 수밖에 없었다.

진현우로서는 모처럼 주루에서 오리 구이에 죽엽청을 즐기고 있다가 청천벽력을 맞은 셈이었다.

월광사신 운운이라니.

그가 알기로 천하에 이런 사단을 일으킬 수 있는 인물은 단 한 명이었다.

"이… 멍청한 제자 녀석이!"

탕—

그는 소리나게 잔을 내려놓은 뒤 그대로 소문의 근원지—진현우가 추측한 바에 따르자면—인 수운을 찾아 나섰다.

그가 지금 어디에 있을지는 고민도 하지 않았다.

'그 녀석 성정이면 지금쯤 집에서 뒹굴고 있으렷다!'

십 년간 그의 성장을 지켜본 그의 판단이었고, 매우 정확한 판단이기도 했다.

그렇게 그의 걸음은 바삐 강서성으로 향하기 시작했다.

*　　　　*　　　　*

수운은 명상을 통해 자신을 관조하고 있었다.

심마에서 빠져나올 때 활연대오(豁然大悟)할 정도의 깨달음은 얻지 못했지만 적어도 자신을 탓하고, 사문을 탓하며 살아가는 것은 어리석은 짓이라는 것을 확연히 깨달았다.

이제 남은 것은 주어진 조건하에서 어떻게 살아가는가를 정하는 일이었다.

사실 그가 선택할 수 있는 가짓수는 그리 많지 않았다.

우선 그의 정체를 알고 있는 아가씨가 벌써 둘이나 있으며, 자신이 누군가와 싸울 때마다 확실히 어떤 흔적을 남기기 때문에 정마련에서 추적해 온다는 교훈도 얻었기 때문이다.

그렇기 때문에 어떤 경우에도 싸움은 불가하다.

아니, 싸우려면 일신의 공력을 전혀 사용하지 않고 외공만으로 싸운다면 큰 문제는 없을 것이다.

'외공……'

소림 무공은 원래 외공에서 시작되었다는 것이 정설로 인정될 정도로 강맹함을 근본으로 한다.

그렇기에 육합권과 나한권도 내가권이라기보다는 기본적으로는 외가권에 속하고 혜월의 지도를 받은 터에 자신의 외가 공부는 크게 발전했다.

오유란의 얘기대로라면 그 정도 수준이면 겁만 먹지 않으면 뜨내기 삼류무인에게 낭패를 당할 수준은 아니라고 했다.

고수와는 마주칠 생각도 없고, 혹시 좋지 않은 인연이 생기더라도 그저 엎드려 빌 생각이었기 때문에 계산에서 제외했다.

그렇다는 것은 당소류나 오유란이 양해만 해준다면 사부가 정해준 삼대조건 중에서 '삼 년 강호행'이나 '정법무관 들르기'를 되도록 빨리 끝낸 뒤 평범한 생활을 즐기다 인연이 닿는 아이에게 절명문의 법을 전하는 것도 한 가지 방법이었다.

그렇지만 그녀들이 허락하지 않는다면?

'엎드려 빌면 허락해 주지 않을까? 음, 사내대장부 체면에 그것도 꼴사납고. 거기에 그렇게 한다고 해서 허락해 줄 것 같지도 않고. 특히 당소저… 무섭잖아. 으아, 그 '난 다 알아요' 하는 눈빛은 정말……'

그는 한숨을 푹 내쉬었다.

따지고 보면 이게 모두 한순간 영웅심을 참지 못했던 결과였다.

그때, 탁살장 마우가 오유란 등을 해치는 것을 그냥 넘겼더라면, 청혈교에서 표국 식구들을 해치는 것을 그냥 넘겼더라면, 녹림도들이 가족을 해치는 것을 그냥 넘겼더라면……

거기까지 생각하던 수운은 고개를 저었다.

'따지고 보면 전부 사람을 살리려고 했던 일이잖아? 부끄러워할 필요도, 후회할 필요도 없을 것 같은데?'

사문의 무공을 독이라고 쳐도 이 경우엔 사람을 살리기 위해 독을 쓴 것이나 마찬가지였다.

그는 모든 것이 활인(活人)을 위한 과정에서 생긴 일이라 생각하다가 문득 한 가지 의문을 느꼈다.

'사람의 생명을 거두었음에도 이제 더 이상 가책이 느껴지지 않는다. 어째서지?'

그것이 의로운 일 와중에 생긴 일이어서인가? 그렇지 않으면 무엇인가의 생명을 빼앗는 것에 익숙해진 것인가?

그는 자신의 미래를 걱정하다가 새로운 상념에 빠져들었다.

"공자님!"

쾅!

"어헉! 넷!"

깊은 명상에 빠져 있던 그는 느닷없는 침입자 때문에 눈을 번쩍 떠야 했다.

혹시 운공 중이었다면 제아무리 호심공이 뛰어난 멸명마공이라도 주화입마를 면치 못할 정도로 놀라 버렸다.

"할 얘기가 있어요. 소류 언니 방으로 따라오세요."

"어… 저기, 이 야밤에 무슨 일이신지……?"

슬슬 오유란의 눈치를 보며 말을 늘이자 유란이 눈을 치켜떴다.

"지금 야밤이 중요한 게 아니에요. 중요한 얘기가 있으니까, 지금 곧바로 따라오세요."

수운은 그녀의 기세에 눌려 어물쩍 그 뒤를 쫓아 당소류가 요양하고 있는 방으로 향할 수밖에 없었다.

하태진은 멀찍이 떨어진 곳에서 당소류의 방을 계속 주시하고 있었다.

알면 알수록 새로운 의혹이 생겨나는 유수운에 대한 의혹을 풀기 위해서였다. 아직도 당소류에 대한 욕망은 접지 못했으나 일차적인 목적은 어디까지나 유수운이었다.

'때로는 그 지인들을 감시하는 것에서 확실한 정보를 얻어낼 수 있지…….'

사실 일이 여기까지 온 이상 하태진도 당문의 힘을 얻어 표로를 넓힌다는 등의 구상을 유지할 여유가 없었다. 당소류에 대한 욕심도 일단은 접은 상태였다.

그의 품속에는 아직도 미혼분이 들어 있긴 했으나 이런 상황에서 경거망동할 정도로 어리석은 그가 아니었다.

'당소류가 홀로 있을 때와는 상황이 다르다.'

지금 이 집 안에는 얕볼 수 없는, 아니, 강호의 절정고수들이 도사리고 있었다.

더구나 미혼분의 효력이 비록 쓸 만하다지만 당소류는 독의 조종(祖宗)이라 불리는 당문의 영애이다.

비전은 이어받지 못했다지만 이런 곳에서 하독했다가 그녀가 짧은 순간이라도 저항한다면 그 순간 사방에서 고수들이 기척을 눈치 채고 날아올 것이 분명했다.

'이번에 손을 쓰는 건 확실한 때뿐이다.'

그랬다. 지금은 형세가 좋지 않아 잠시 미뤄두고 있는 셈이지만 그 와중에 기회가 생긴다면 당소류를 취할 수도 있었다.

기회를 엿보다 보면 부상이 악화된 당소류를 오히려 쉽게 거둘 기회를 잡을지도 모른다.

그러니 지금은 참고 지켜볼 때였다.

'유수운. 네놈의 비밀은 반드시 알아내 주지.'

이것은 오기이자 자존심이었다.

대유성표국의 소국주가 취급하지도 않던 쟁자수에게 밀릴 수 없다는 자존심.

그렇게 생각해 보자면 처음 마구간에서 그와 만났을 때부터 그의 마음속에는 그런 생각이 자리 잡고 있었는지도 모른다.

그는 분명 유수운의 기세에 압도당했고, 그런 만큼 그에게 심한 거부감을 지니고 있었다.

그리고 그 거부감 뒤에는 진한 의심이 자리 잡고 있었다.

'흐음……'

오유란이 자리를 비우고, 당소류 혼자 방 안에 있게 되자 그는 주의 깊게 주변의 기척을 살폈다. 아직 방 안에 불은 켜져 있었으나 그녀는 분명 혼자였다.

하태진은 자신도 모르게 당소류를 취할 방법을 생각하는 자신의 마음을 깨닫고 피식 웃고 말았다.

그는 향이 반 정도 타 들어갈 시간 동안 주변을 살펴봤지만 누군가 다시 당소류에게 돌아올 기미는 보이지 않았다.

'후후후… 그래, 당소류를 노린다면 이 정도 시각인가?'

그렇게 되뇌고 있을 때 다시 오유란이 돌아오고 있었다.

'오는군.'

하태진은 오유란의 등 뒤에 자신이 기다리던, 그리고 상상하는 것만으로도 불쾌한 유수운이 걸어오고 있는 광경을 보고 눈살을 찌푸렸다.

좀 더 가까이 접근하고 싶었지만 당소류나 오유란, 그리고 아직 그 정확한 무위를 알 수 없는 유수운에게 이 이상 접근할 수는 없었다. 어쩌면 이 거리도 위태로울 수 있었다.

그는 자신이 발휘할 수 있는 최고의 은신술을 발휘해 그 자리에서 기척을 죽인 채 청력에 온 신경을 집중하기 시작했다.

어느 정도나 알아들을 수 있을지는 모르겠으나 다른 방도를 찾아내기 전에는 이렇듯 희미하게 들려올 한두 마디에라도 신경을 써야 했다.

수운은 두 명의 날카로운 눈빛에 주눅이 들 수밖에 없었다.

그렇지 않아도 여인에게 약한 터에 사문의 비밀까지 틀어쥔 그녀들이 노려보자 절로 심장이 항진했다.

"공자, 지금 시전에 돌고 있는 소문을 들어보셨나요?"

"네? 저기, 전 요즘 하루 종일 집에만 있었기 때문에……. 무슨 소문 말이신가요, 두 분 소저?"

당소류와 오유란은 서로 한 번 얼굴을 마주 본 뒤 다시 수운을 바라보았다.

사실 수운으로서는 마른하늘의 날벼락이었다.

사위가 고요한 야심한 밤에 느닷없이 처자 두 명에게 윽박지름을 당하다니, 이 이상의 불상사가 어디 있겠는가? 더구나, 무슨 일인지 알아야 대꾸를 할 것 아닌가?

아무튼 겉모습이야 유약하지만 그 내면은 당당한 일대종사인 수운은 최대한 당당하게 두 여인을 향해 말을 꺼냈다.

"저, 무슨 일이신지 알려만 주시면 성심껏……."

내면은 당당한 일대종사였으나 이 순간 그 행위는 무척이나 비굴해 보였다.

"……."

둘은 마치 거짓을 말하는지 아닌지 수운의 얼굴을 바라보고 있다가 수운이 안절부절못하자 그냥 씁쓸하게 웃고 말았다.

그리고 다음 순간 오유란의 전음이 수운의 귓속에 파고들었다.

[월광사신이요. 월광사신이 비급을 뿌리고, 팔대천인을 죽이고, 옛날에 빼앗은 각 파의 비전절기와 비보를 뿌리고 돌아다닌다던데요.]

수운은 그녀의 말을 듣자 그 즉시 반응을 보였다.

"예엣?"

그는 잠시 둘을 바라보다가 다시 한 번 '예엣?'을 반복한 뒤에야 필사적으로 손을 흔들기 시작했다.

"그런……."

"쉿!"

수운이 고함이라도 칠 듯하자 당소류가 손가락을 가볍게 그의 입에 대며 조용히 하라는 신호를 보냈다.

"……."

"공자의 짓이 아니라는 건, 공자를 부르기 전부터 대강 짐작하고 있었어요."

당소류는 조근조근 그렇게 이야기를 이어갔다.

사실 처음엔 잔뜩 흥분한 채 당소류에게 달려온 오유란도 시전의 소문을 얘기하다 보니, 유수운과는 전혀 관계가 없을 거라는 것을 직감할 정도였다.

그가 여인들에게 신뢰를 샀다기보다는 수운의 배포로 그 정도 일을 저지를 리가 없다는 판단을 불러일으킨 것이다.

달리 생각해 보자면 그는 가장 훌륭한 방법으로 둘의 신뢰를 산 셈이었다.

"하지만 알고 싶군요. 이게 어떻게 된 일이죠? 공자가 아니라면 다른 세력이 일부러 이런 소문을 퍼뜨리는 건가요?"

"전, 모르는 일입니다."

"정말이세요? 공자께서 우리에게 침묵을 지켜줄 것을 부탁하실 땐 분명 앞으로도 세상은 조용할 거라고 하셨죠? 더구나 일인전승이라 세력도 없구요. 욕심도 없고 재물도 없고 남은 건 조용히 살고 싶은 욕심뿐이라고……."

"네, 사실이에요."

그는 제법 날이 선 오유란의 질문에도 선선히 고개를 끄덕였다.

자신이 말한 것에는 한 올의 거짓도 섞여 있지 않았기 때문에 소심한 그였으나 당당할 수 있었다.

"그러면 지금 퍼지고 있는 소문은 정말 공자와 공자의 사문과는 아무 관련이 없는 건가요?"

"그렇다고 생각하는데요."

그들은 이쯤에서 서로 입을 닫을 수밖에 없었다.

"생각해 보세요. 아무리 우리 일문의 무공이 강하다 해도 지금 현재 있는 문도는 겨우 두 명이에요. 천하제일의 무공을 지니고 있다 해도 두 명으로는 아무 일도 할 수가 없잖아요?"

"정말 아무 세력도 없는 게 확실한가요?"

그 말에 수운이 처연한 얼굴로 둘을 바라보았다.

"이건… 사부님의 위신에도 관계가 있어서 말하기 싫었지만… 우리 사부님, 객주에서 한 달에 한두 번 푸짐하게 술을 마시는 것도 버거워하실 정도로 재정 상태가 엉망이셨는데요. 그런 판에 무슨 세력이 있겠어요?"

"……."

수운의 말은 그녀들에게는 다른 의미로 충격이었다.

제대로 술도 못 받아올 정도로 가난하고 어수룩한 문파 때문에 강호의 모든 문파들이 어마어마한 재정을 낭비하고, 후기지수들을 닦달해 가며 무공 연마에 매진하게 하지 않았는가?

당소류가 억울하다는 생각을 떨치기라도 하듯 머리를 흔들고 그에게 질문을 했다.

"그러면 지금 이 소란은 어딘가 다른 곳에서 획책한 것일 가능성이 높은 거군요?"

"그렇다고 생각하지만요, 우리 오대조… 그러니까, 그분을 사칭해서 강호무림을 놀라게 하는 것에 무슨 이득이 있는지는 모르겠는데요?"

순진한 그의 대답에 두 여인은 한숨을 내쉬었다.

"이 정도 인위적인 소란이 일어나면 다양한 사건들이 일어나게 돼요. 물자의 이동, 인력의 배치, 재원의 집중. 누군지 모르지만 그 움직임 중 하나를 노리는 거겠죠."

"정말… 이 험난한 강호에서 그 정도는 상식이라구요, 유 공자님."

"아니, 그러니까 말씀드렸잖아요. 전 강호 경력이 전무하다니까요."

"하아, 머리로는 알고 있는데, 심정적으로 자꾸 잊게 되는군요."

당소류도 머리를 흔들었다. 비정상적인 유수운의 경력은 역시 이해하기 힘들었다.

"저, 두 분 아가씨. 혹시 이번 일로 저에 대해 생각이 바뀌신 건 아니겠지요?"

수운이 걱정스러운 듯 두 여인을 바라보자, 유란이 걱정 말라는 듯 그의 등을 한 번, 팡— 소리나게 두들겼다.

"걱정 말아요. 소문 때문에 놀라긴 했지만 약속은 약속이니까요. 하지만 유 공자께서도 약속 잊으시면 안 돼요?"

"아하하……."

수운은 그녀의 말에 어색한 웃음을 지었다. 아무래도 강호행은 당분간 포기해야 할 듯했다.

하태진이 주워들은 것은 몇 마디 되지 않았다. 그나마 대화 중에 비교적 큰 소리로 흘러나온 단어였기에 얻어 들을 수 있었다.

"…중원에 퍼지는 소문? 약속?"

거리도 먼 데다 이야기의 내용도 구체적인 것은 아니었지만, 상당히 중요한 이야기인 듯싶었다.

'당소류와 오유란… 두 명이 유수운과 어떤 관련이 있다. 이건 어쩌면…….'

마구간에서 말먹이를 먹이다 자신에게 기세를 내보일 때에도 남궁세가의 무인을 내공도 사용치 않고 이겼을 때부터 왠지 모를 비밀이 있어 보이던 유수운이었다.

'소림의 일가라 했지? 지금은 혜월 대사의 밑에 있고…….'

두 여인은 그의 실체를 알기 때문에 낮지 않은 신분임에도 수운과 가까이하고 있을지도 모른다고 생각하고 있었는데, 어쩌면 그것이 사실로 밝혀질지도 모른다.

'소문이라는 건 무엇을 말하는 거지? 약속이라는 것은 또……?'

그의 본능이 그 외에 무언가 또 다른 비밀이 있을 것 같다고 속삭이고 있었다.

"역시… 자세히 알아볼 가치는 있을 것 같군."

그는 어릴 때부터 아버지인 하의민으로부터 처세와 용인(用人)에 대한 것을 배워왔다.

세력의 흐름에 대해 간파하고, 그것을 이용하는 것은 그에게는 공기를 호흡하는 것처럼 자연스러운 일이었다.

그러나 혼자서 이들을 조사하기엔 손이 모자랐다.

조력자를 생각하다 보니 그는 자연스레 한 명의 이름을 머리 속에 떠올렸다.

'남궁정의… 후후후, 일이 묘하게 되었지만, 너 역시 이미 손을 빼지 못하겠지. 헤어나올 방법이 없을 테니.'

남궁세가의 무사들이 이곳에서 죽었다.

그 사실이 발각이라도 되는 날엔 커다란 파문이 일게 될 것이다.

의도한 바는 아니었지만 그 사실을 밝히기 싫어서라도 남궁정의와 하태진은 서로를 배신할 수 없는, 서로 한 배를 탄 몸이 돼버렸다.

◈ 第二十八章 ◈

이 법은 인(因)도 아니고 연(緣)도 아니다

이 법은 인(因)도 아니고 연(緣)도 아니다

'월광사신의 비급이라……'

뜻밖의 소식을 접한 수운은 마음이 무거워졌다.

절명문은 움직이지 않고 있다.

그렇지만, 가만히 있는데도 선대가 퍼뜨린 악연의 씨앗들은 아직도 남아서 계속 그 줄기를 퍼뜨리고 있었다.

수운은 진정으로 자신이 건네받은 것이 무척이나 소중하고 무거우며, 또한 무서운 것임을 새삼 깨닫고 있었다.

그는 하늘을 바라보았다.

혜월 대사와 자시경에 만나기로 했는데, 대략 반 시진 정도 시간이 남은 것 같았다.

이대로 방에 들어가 누워 있기도 뭐하고 해서 그는 후원으로 향했다. 답답한 기분도 풀어볼 겸 연무라도 할 생각이었다.

'응?

후원에 가까워질수록 무언가 아련한 바람 소리가 그의 마음을 붙잡았다.

사아—

마치 날카로운 칼로 천이 부드럽게 갈리는 듯한 음색이었다. 한 폭의 비단이 갈리고 소리가 끝나갈 때, 다시 한 장의 비단이 놓여지고 기분 좋은 소리를 내며 곱게 잘린다…….

그것은 즐거운 소리였다.

'저것은…….'

후원에 도착한 수운은 그 소리가 검이 공기를 찢는 파공음이라는 것을 알 수 있었다.

그곳에는 전욱이 천천히 검을 움직이고 있었는데 안목이 부족한 수운의 눈으로 봐도 이전의 그와는 검의 움직임이 많이 달라져 있었다.

예전의 검이 그저 날카롭고 빠르기만 했다면 지금 움직이는 검에는 강약과 흐름이 추가되어 있었다.

수운은 묘한 이질감을 느꼈다.

'살기가 없다?'

무채색이며 오로지 살기로만 칠해진 그의 검에 다채로운 색향이 더해졌으나 오히려 살기가 빛이 바래져 있었다.

"후우……."

문득 달빛 아래 빛을 반사하던 검이 서서히 멈춰 섰다.

전욱은 느릿한 동작으로 돌아서며 자신의 연무를 지켜보던 수운을 바라보며 중얼거렸다.

"자네로군."

전욱의 연무를 방해한 것 같은 마음에 수운은 고개를 숙였다.

"연무를 방해했나 보네요. 죄송합니다, 전 대협."

"여긴 자네 집이니까."

평소대로 그렇게 중얼거린 전욱은 당황하는 수운을 보며 한마디 덧붙였다.

"방해된 것도 아니고."

그는 검을 갈무리한 뒤 복장을 바르게 하며 지나가는 말투로 수운에게 물어보았다.

"이 밤중에 온 걸 보니, 자네도 연무를 하러 왔나 보군."

"아뇨, 그게. 아하하, 연무라기보다는 잠이 오지 않아서 조금 움직여 보는 중이에요. 여기는 그냥 우연히 발길이 닿아서요."

전욱은 무심히 하늘을 올려 보았다.

"어땠나?"

"네?"

"방금 본 내 검법, 어땠나?"

"예에? 저는 무학에 대한 소양이 부족해서 그런 걸 말할 주제가 못 되는데요?"

피식—

전욱은 그저 웃었다.

혜월과 둘이 밤에 목격했던 그의 권무도 그렇고, 산적들을 상대로 했던 그의 무위를 생각해 보면 그에게 자격이 없다면 천하에 그럴 자격을 갖춘 자가 많지는 않을 거라는 생각이 들었다.

"그냥 되는대로 느낌만 말하면 된다."

재차 청하는 전욱의 말에 수운은 잠시 눈을 감고 방금 전욱의 검에서 울려 나오던 검명과 그 궤적을 떠올려 보았다.

"그러니까. 음, 왠지 초탈했다고나 할까… 무척 여유롭고 장중했어요."

"초탈하다, 장중하다……."

전욱은 수운의 감상을 듣고서 천천히 하늘을 올려다보았다.

"나는……."

그가 천천히 자신의 심경을 이야기하기 시작했다.

"그날 혜월 대사님을 만나게 된 것이 복인지 아닌지 아직도 알 수가 없다."

"……."

"그분을 만나고 그분의 말을 듣고 내 검은 느려졌다. 이곳에 와서 너의 형을 만나게 되고 내 검은 약해졌다. 너의 몸놀림을 보고 난 뒤, 내 검에서는 살기가 떠나간다. 내가 어린 시절부터 뼈를 깎으며 쌓아온 모든 것이 무너져 내렸다. 혈채는 줄어들지 않았건만, 내 속에 쌓여 있는 원한들은 조금씩 약해져 가고 있다……. 내 지난날의 생이 모두 부정되고 헛되이 사라지는 느낌… 발밑이 무너지는 느낌… 겁이 난다."

"……."

"그럼에도 나는 강해졌다. 느낄 수 있다. 지금의 나는 이전보다 강해졌다는 걸 느낄 수 있다. 그렇다면 아버지의 검이… 아버지가 남기신 이 낭인제일검, 혈랑검법이 잘못된 것인가? 정녕 낭인의 검이라는 것은 정통무가의 전통에 미치지 못하는 것인가? 나에겐 아버지가 남긴 검이 필요한 것인가 그렇지 않으면 복수를 하기 위해 그저 강한 검이 필요한 것인가? 이제는 내가 아는 모든 경계가 침범당하는 기분이 든다. 이제 진실로 아무것도 모르겠다……."

그는 서서히 발걸음을 옮겼다.

"말이 길어졌구나. 미안하다."

"아……."

수운은 뭐라고 말을 해야 할지 알지도 못했고 설혹 적당한 말이 있더라도 할 엄두를 내지 못했다. 한데, 떠나가는 전욱의 입에서 다시 한마디 말이 흘러나왔다.

"오늘 같은 날이야말로……."

수운은 보지 못했지만 문득 전욱의 얼굴에 희미한 미소가 드리워졌다.

그는 유수헌의 얼굴을 떠올렸다.

아마 자신이 어렸을 때부터 작은 마을에서 자랐더라면, 그래서 죽마고우란 게 있다면 아마 그와 같은 느낌일 것이다.

"술이 필요할 것 같다."

수운은 조용히 걸어가는 전욱의 뒷모습을 바라보고 있었다.

그의 모습은 자신의 모습과도 유사했다.

자신이 물려받은 것에 대한 완벽한 자신감, 그럼에도 그에 반하는 것에 이끌리게 되었을 때의 당혹감.

좌절, 고통, 희망, 번뇌…….

그의 말대로 새로운 경지에 접어든 것이 복이 될지 화가 될지는 알 수 없지만 수운은 마음속으로나마 전욱의 앞날이 평탄하기를 기원했다.

아직 혜월과 만날 시간이 적잖게 남아 있었기에 수운은 이제 익숙해진 칠상도인을 시작으로 육합권과 나한권을 만련으로 풀어내기 시작했다.

'자유롭다.'

산적들의 습격 이후 완전히 치유된 몸으로는 처음 해보는 연무였는데 과연 그 느낌이 완연히 달랐다.

신체 구석구석, 필요하다면 몸 구석의 솜털에까지 그 의식이 온전히 집중될 정도였다.

한 점의 내공도 사용하지 않고 있음에도 전신을 타고 흐르는 왕성하고도 청량한 대기의 기를 느낄 수 있었다.

그는 기초적인 권로를 끝마친 이후, 도저히 참을 수 없는 호기심에 '선'을 따라 투로를 이끌기 시작했다. 이전에는 중요한 순간에 종종 머리에 떠오르던 구결상의 선.

한때는 잊고자 했으나 이제 억지로 잊어야 한다는 집착은 버렸다.

그는 마음껏 몸을 움직였다.

모든 연무를 마치고 마지막 탁기를 내뱉으며 여운을 만끽하고 있을 때 혜월의 잔잔한 목소리가 들려왔다.

"좋구나."

"아, 대사님."

"아미타불… 모든 움직임에 거스름이 없으니, 뭔가 마음의 벽을 하나쯤 깬 모양이로구나."

"그 정도까지는 아닙니다, 대사님."

"잠시 따라오거라."

혜월이 그렇게 얘기하자 수운은 그를 따라나설 수밖에 없었다. 그러나 짧게 끝날 거라 생각했던 산책은 상당히 길게 이어졌다.

그러다 결국 근처 야산까지 오르게 되자 수운은 조금 걱정이 되기 시작했다.

"대사님, 어디로 가는 길이신지요?"

"음… 마침 저기 좋은 곳이 보이는구나."

그가 가리키는 곳에는 마침 앉아서 쉬기 편해 보이는 바위들이 몇 놓여 있었다.

"앉거라."

일다경이 지날 때까지도 혜월은 입을 열지 않았다. 그러다 마침내 입을 열었다.

"달빛이 참 좋구나……."

"네에."

"그러나 노납에게 이 달빛은 끔찍한 기억과 연결되어 있단다. 노납뿐 아니라 무림인들에겐 대부분 그렇겠지만……."

뜨끔—

혜월이 월광혈사에 대해 얘기를 꺼내려는 듯 보이자 수운은 가슴이 철렁 내려앉는 느낌이었다.

'설마? 대사님도 내 정체를……?'

이미 오유란이나 당소류 같은 젊은 무인들도 자신의 정체를 알아낸 상태였다. 가히 절세고수에 깊은 혜안(慧眼)을 지닌 혜월이 자신의 정체를 알아차렸다 해도 더 이상 놀랄 일이 아니었다.

두근거리는 수운의 마음과는 별개로 혜월의 이야기는 조용히 지속되고 있었다.

"월광혈사가 왜 벌어졌는지, 처음 월광사신을 도발한 것이 정확히 누구인지, 거기에 대해서는 비교적 자세한 내용이 알려져 있단다. 그러나 노납에겐 그런 기록보다 더 자세한 기억이 남아 있느니……."

문득 그의 노안에 짧은 회한이 스치고 지나갔다.

"그날, 노납은 월광사신과 마주했다."

그의 말에 수운의 몸이 아주 작게 움찔거렸다.

"노납은 그때 아직 혈기가 왕성한 장년이었지. 월광사신에게 어떤 사정이 있다 하더라도 그와 같은 혈로를 걷는 것을 용납할 수 없었지. 노납은 사부, 사형제들, 그 외에 다른 문파의 최정예 무인들과 함께 월광사신을 막아섰다. 모두들 당세에 대적할 자가 없다 소문난 무인들이었으나 그 누구도 월광사신을 막아서지 못했다. 그를 막아선 각 파의 고수들은 허망하게 쓰러져 갔지."

"……."

혜월은 비어 있는 자신의 한쪽 팔에 잠시 시선을 두었다가 말을 이었다.

"노납은 운이 좋았다. 이 팔 하나와 오 년의 세월, 진신무공은 잃었지만 결국 살아남았으니……."

"네? 그런 일이 있을 수가……?"

수운은 자신도 모르게 머리를 번쩍 치켜들며 그렇게 외쳤다. 절명기가 몸 안으로 파고들면 대라신선이라도 살아남을 수 없다. 혜월이 사문의 어른과 손을 섞었다면, 그러고도 살아남았다면…….

'이럴 수가. 멸명마공에 대항할 수 있는 힘이 혹시 소림 무공에 있을 수 있다는 얘기인가?'

수운은 자신의 처지도 잠시 잊고 어쩌면 사문의 무공을 약화시킬 수 있을지 모르는 작은 실마리를 찾은 기쁨에 일순 눈을 반짝였다. 혜월은 그런 그의 모습을 무시한 채 자신의 얘기를 계속 이어갔다.

"그리하여 당시 월광사신의 무공과 그의 내력, 생김새를 온전히 직접 보고 살아남은 사람은 노납이 유일하다. 또한 이는 강호무림에 알려진 사실이 아니며, 소림의 관계자들만 알고 있는 사실이니……."

그는 잠시 눈을 감았다.

"월광사신의 기세는 소림의 불문 무공과 비슷했고, 그 움직임은 권타와 우의 소림권과 닮아 있었다. 또한 월하논공 당시 그가 설파하던 무리(武理)는 소림 절예의 논리를 담고 있었다. 그리하여 월광사신이 소림의 반도거나 월광사신의 무공이 소림에서 만들어진 것일 수도 있고, 혹은 소림 승려가 봉인되어 있던 마공에 손을 댔다는 얘기도 있었다. 물론 태산북두로 우뚝 선 소림이기에 이 모든 소문은 그저 소문으로 흘러갈 따름이었다. 그렇기에 노납이 월광사신과 손속을 겨루고 살아남은 것은 절대 외부로 흘러나가서는 안 되는 비밀이었다. 소림이 의심받고 있는 상황에서 월광사신의 일장을 받고 살아남은 유일한 인물이 소림승이 된다면 그 파장은 상상하기 힘들 정도로 엄청날 터……."

거의 갑자 전의 무림 비사가 당사자의 입에서 생생히 흘러나오자 수운은 숨을 죽이고 혜월의 말에 몰입되어 갔다.

"행인지 불행인지, 노납은 일신 무공이 사라져 있었고 또한 이렇듯 한 손마저 버려야 했기에 은거 아닌 은거를 할 수 있었다. 처음 몇 년간은 노납도 미망과 회한에 사로잡혀 있었으나, 결국 노납 역시 머리 깎은 중이라, 여래의 옷깃을 잡고 간신히 나락에서 올라올 수 있었다."

거기까지 말한 혜월은 천천히 손짓을 했다.

"이제 너와 인연이 닿았으니, 나에게 찾아온 이 법을 너에게 전하려 한다."

"대사님… 말씀은 고맙지만……."

"나는 너에게 아무것도 묻지 않을 것이다. 너 역시 아무것도 묻지 말 것이며, 의문을 가지지도 말아라. 이는 서로 다른 두 가지가 하나가 될 수도 있음이니. 노납이 왜 너에게 법을 전하는 것인가, 어째서 소림에서 나온 법이 이 삼천세계 티끌처럼 많고 많은 중생 중에 너에게 전해지는 것인가. 그에 대해서는 가히 설할 방법도 없고 설할 필요도 없느니라. 무릇 '여래는 법상이 아닌 것을 말하나 다만 그 이름이 법상일 뿐[如來說爲非想 是故如來說名法想法想]'이라 하였다. 어찌 노납의 가벼운 말로 이 시절 인연을 설할 수 있으리오? 그저 한마디, 이 법은 여래의 말씀처럼 인(因)도 아니고 연(緣)도 아니라고 말할 수밖에 없느니라."

수운은 입을 다물 수밖에 없었다. 혜월의 눈빛 때문이었다. 그 눈빛을 보자 그가 이미 수운의 정체를 알고 있다는 것을 깨달을 수 있었다.

'대사님은 확실히 알고 계신 거야……'

월광사신의 진전을 이었다는 것을 알고 있음에도 아무것도 묻지 않고 그의 의발을 넘겨주겠다 말하고 있는 것이다.

수운은 한참 동안이나 대답을 않고 생각에 빠져 있다가 천천히 고개를 들어 고승을 올려다보았다.

이미 말로는 설할 수 없다고 했다.

그럼에도 수운은 알고 싶었다.

어째서 자신에게 이런 호의를 베푸는 것인지.

월광사신의 후인임을 알았음에도 자신의 일평생 깨달음을 맡기시려는 것인지, 정녕 알고 싶었던 것이다.

혜월 대사의 사부는 월광혈사 당시 수운의 사조에게 죽임을 당했다.

즉 월광사신과 직접적인 원한을 맺고 있지 않은가?

게다가 그 신분은 어떠한가?

구파일방이나 정도무림의 태산북두로 추앙받는 소림의 가장 큰 어른 중 한 명인 것이다.

그런데 어찌하여 무림공적의 후예에게 가르침을 내리려 하는 것일까?

"가부좌를 틀거라."

눈이 마주치자 혜월은 부드럽지만 단호한 목소리로 그에게 명했다. 수운은 잠시 망설였지만, 결국 혜월의 뜻대로 그 앞에 가부좌를 틀고 앉았다.

'그래, 대사님은 멸명마공의 절명기에 노출당한 뒤에도 생존하셨어. 내 정체를 알고도 전하려는 법이라면… 어쩌면 멸명마공을 약화시킬 수 있는 해답이 있을 수도 있지 않을까?'

그런 생각을 하며 가부좌를 틀고 앉자 혜월은 잔잔한 목소리로 그에게 주의를 주었다.

"잡념을 없애고 정신을 집중하거라. 결코 급하게 마음먹지 말고 노납이 이끄는 대로 따라오거라."

그가 고개를 끄덕이자 혜월은 나지막이 수운에게 전음성을 보내기 시작했다.

[반랄밀체역왈(般刺密締譯曰) 세존대의(世尊大意) 위학불승자(謂學佛乘者) 초기유이(初基有二) 일왈청허(一曰淸虛) 이왈용왕(二曰勇往) 청허무애(淸虛無碍) 용왕무나(勇往無懶)……]

수운은 지금 듣고 있는 것이 무엇인지 모르고 있었으나 혜월이 그에게 들려주는 것은 그가 새로이 정리한 '달마역근세수주해'였다.

첫 부분은 기존의 달마역근진경과 크게 다르지 않지만 중반부터 후반까지는 그가 새로이 정리한 내용이었다.

처음 접하는 달마역근경이었으나 수운은 어쩐지 오래된 옷을 입은 듯 편안한 기분을 느꼈다.

직접 익히지는 않지만 불문 무공의 기초를 이루고 있는 것이 달마역근경이었고, 절명문의 무공 역시 소림에서 뻗어 나온 불문 무공이었으므로 오성이 그다지 뛰어나지 않은 수운으로서도 혜월이 구술하고 있는 경문을 꽤 쉽게 이해하고 외울 수 있었던 것이다.

눈을 감고 있던 수운은 순식간에 혜월이 구술하고 있는 내용에 빠져들고 말았다.

한마디 한마디가 시원한 감로와도 같이 달콤했다.

혜월은 몇 차례 더 경문을 구술해서 수운이 달마역근세수주해를 완벽히 외울 수 있도록 해주었다.

수운의 마음이 새로이 얻은 경문을 핥듯이 참오하고 있을 때 갑자기 그의 명문혈에서 막대한 진기가 들어오기 시작했다.

'응?'

[방금 일러준 대로 운공하여 받아들이거라……]

'이건……?'

혜월이 무슨 일을 하고 있는지 금방 깨달을 수 있었다.

그가 진신내력을 수운에게 건네려 하고 있는 것이다.

거부하고 싶었지만 이미 시작된 이상 어찌할 수가 없었다.

혜월 때문에 멸명마공을 사용할 수 없는 그는 이를 악물고 혜월이 전해준 달마역근진경의 법문대로 진기를 도인하기 시작했다.

'으윽—!'

이가 뻐걱거릴 정도로 엄청난 고통이 전달되고 있었다.

당연한 일이었다.

수운의 몸에 쌓여 있는 절명기는 고작 반 갑자에 불과할 정도였다. 최근 무공이 진보했다 하나 내력의 급작스런 축적이 있을 리 없었다.

격체진력도 내력을 전달받는 사람도 그것을 다스릴 정도의 순후한 내력을 지니고 있어야 가능한 법이다.

그러니 혜월에게서 전해져 오는 근 사 갑자에 달하는 순후한 내력을 몸이 제대로 받아들일 수 있을 턱이 없었다.

더구나 수운은 본능적으로 몸 안의 두 진기가 부딪치지 않도록 조절하고 있었다. 이는 가뜩이나 좁은 절간에 황제와 그 참배객들이 마치 해일처럼 몰려드는 격이었다.

칠공에서 조금씩 피가 흘러나오고 전신의 작은 혈맥 하나에까지 혜월의 내력이 넘쳐나 부들부들 떨고 있었다. 몸 안이 모두 터져 나가는 듯한 환상에 빠져들었다.

'크으으으윽!'

일평생 경험해 보지 못한 거력이었다.

그런 거력이 수운의 단전과 혈맥을 가득 채운 채 떠돌고 있었다.

최선을 다해 단전으로 진기들을 도인했으나 혜월이 불어넣고 있는 진

기들은 형편없이 작은 데다 안방을 내주지 않는 불친절함에 잔뜩 성이
나 있었다.

'이, 이대로는······.'

말 그대로 몸이 터져 나갈 것 같았다.

수운은 끊임없이 혜월이 구술해 준 내용대로 진기를 운용하고 있었지
만 내심 멸명마공을 끌어올리고 싶은 마음뿐이었다.

다만, 두 종류의 다른 진기가 충돌하면 어떤 일이 벌어질지 불 보듯 뻔
했기에 하지 못하고 있는 것뿐이었다.

격체진력이 시작된 이상 혜월의 진신내력이 고갈되거나 수운이 몸 안
의 내기를 진정시킬 때까지 이런 상황은 바뀌지 않고 계속될 것이기에
수운은 고통스러운 중에도 최선을 다해 혜월의 공력을 받아들이고 있었
다.

그리고 마침내 중대한 고비가 찾아왔다.

멸명마공의 특성상 수운의 혈도는 몹시 깨끗했으나, 그 내공이 일천하
여 임독양맥을 타통하지 못한 상황이었었다.

평소라면 그다지 문제될 일이 없었으나 물경 사 갑자에 달하는 공력이
밀려들어 오자, 내력은 밀려 밀려 올라가 임독양맥을 두들기기 시작했
다.

귀에서 지이— 거리는 이명이 울려왔다.

참을 수 없는 고통에 악문 입에서 핏물이 새어 나오기 시작했다.

그러다 어느 순간, 머리 한구석에서 뇌성이 터지는 듯한 충격이 그를
습격했다.

막혀 있던 임독양맥을 뚫어버린 혜월의 내공은 신천지를 탐험이라도
하듯 노도처럼 수운의 온몸을 넘나들기 시작했다.

꿈결과도 같은 법열의 세계였다.

수운의 몸 안은 혜월의 내공과 멸명마공의 공력이 어느새 서로 어울려 다니며 떠드느라 마치 시장통과 같았다.

이미 그 자신이 혜월이 일러준 심법으로 진기를 도인하고 있는지, 아니면 멸명마공의 심법으로 도인하고 있는지조차 가물거렸다.

어느 순간 수운의 뼛속 깊은 곳에 스며 있던 미량의 독기조차 그 등쌀에 버티지 못하고 몸 밖으로 내쫓기기 시작하면서 수운의 신체 각 부분이 우둑거리며 움직이기 시작했다.

혜월은 고비를 넘기자 수운의 명문에서 손을 뗐다.

예상치 못했던 위험 상황이 발생하긴 했지만, 다행히도 그의 몸 안에 있던 진신공력은 남김없이 수운의 몸속으로 스며들어 갔다.

"허허허… 생각보다 더 재미있구먼. 반 갑자… 고작 반 갑자에 불과한 내력이라니."

그 반 갑자의 내력을 가지고 마도의 초절정고수인 도유천을 격살하고, 추혈대를 물리쳤을 생각을 하니 어이가 없었다.

'이 정도면 가히 무공이 아니라 신통이라 할 수 있으리라……'

그렇게 생각하자 문득 경전 하나가 머리 속을 스쳤다.

나는 이렇게 들었도다[如是我聞], 어느 날 부처께서 **나란타**(那難陀) 성 파바리엄차(波婆利掩次) 숲 속에 승려 일천이백오십 인과 함께 하셨도다[一時 佛在 那難陀城 波婆利掩次林中與大比丘衆 千二百五十人俱]…….

그가 무의식중에 떠올린 것은 '장아함경 제삼분 견고경'이었다.

어느 날 견고(堅固)라는 이가 부처에게 나란타 성의 사람들이 더욱 불법을 믿고 공경하도록 비구들에게 신통 변화를 나타낼 수 있기를 청하지만 부처가 거듭 거절하는 내용이었다.

그리고 비구들이 신통을 나타내는 것은 오히려 불법을 비방하는 것에 다르지 않다고 지적하며 그 이유를 다음과 같이 설한다.

…부처는 자신이 스스로 체득한 신통이 세 가지가 있는데, 각각 신족통(神足通), 타심통(他心通), 교계통(教誡通)이라 했다. 신족통은 수많은 몸을 만들어내거나 그 자리에서 범천에 이르는 공능이며, 타심통은 타인의 마음을 들여다보는 신통이고, 교계통이란 올바르게 가르치고 훈계하는 능력을 말한다고 했다.

신족통을 익히면 능히 한 몸으로서 무수한 몸을 변성(變成)하고, 무수한 몸을 두루 합해 하나로 만든다. 혹은 멀고 가까운 산과 물과 석벽을 다님에 걸림이 없어, 마치 허공을 노니는 것과 같다…….

…다른 사람에게 가서 '나는 비구가 무량한 신족을냄에 서서 범천에 이르는 것을 보았노라'고 말한다고 하자. 그리하면 믿지 않는 자는 '내가 들음에 구라주(瞿羅呪) 주문이 있어 이를 외우면 능히 무량한 신변을 나타내고 선 채로 범천에 닿는다'고 말할 것이다. 이것이 오히려 불법을 비방하는 것이 아니고 무엇이겠는가.

잠시 장아함경의 내용을 머리에서 되새겨 보던 혜월이 자신도 모르게 고개를 끄덕였다.

'허허허… 만일 수운이 물려받은 월광사신의 무공이 정녕 신통에 이른 것이라면 그것은 적멸통이라 이름 붙여야 마땅하겠구나.'

스스로도 실없다 생각하며 혜월은 가부좌를 틀고 무아지경에 빠-져 있는 수운을 자애로운 눈으로 바라보았다.

'저 아이라면 잘 이겨낼 것이야…….'

일신의 내력을 남김없이 전하고 난 뒤였지만 혜월은 진심으로 만족한 듯한 미소를 띠고 있었다.

그렇게 소림에서 나와 혜월이 깨달은 큰 법보 하나가 온전히 수운에게 귀속되었다.

그리고 혜월은 그렇듯 은은한 미소를 띠운 채 좌정한 뒤 그대로 입적했다.

혜월, 오 세에 소림 문하에 입문, 십일 세에 수계를 받다. 그로써 용맹 정진하다, 향년 팔십육 세에 열반에 들어 서방정토로 떠나다…….

◆ 第二十九章 ◆
절명문 전대 장문, 분노하다

절명문 전대 장문, 분노하다

혜월의 다비식은 조용히 진행될 예정이었으나, 향목의 향은 저절로 천 리를 뻗어나가 숲 속에 길을 만드는 법이다.

혜월의 법열 소식이 전해지면서 수많은 사람들이 강서성 인근으로 몰려들었고, 결국 다비 자체가 커다란 법사(法事)처럼 되어버렸다.

갑작스레 넘겨받은 혜월의 심득과 내공, 그의 열반.

그리고 혜월 대사가 자신의 정체를 알고 있었다는 충격까지 겹쳐 수운은 생각을 정리할 겨를도 없이 사람들 틈에 휩싸였다.

그 와중에 도착한 장무성의 부탁을 받고 강서성에 도착한 하상혁의 존재는 큰 위안이 되었다.

쓸데없이 입이 걸고 난폭해 보이는 사람이었지만 혜월의 죽음으로 충격을 받은 수운을 특유의 입담으로 잘 다독여 주었다.

수많은 민초들이 모여든 가운데 치러진 장중한 다비가 끝나고 난 뒤, 남겨진 잿더미 안에서 이백여 개의 영롱한 사리가 수습되어 사람들의 탄성을 자아냈다.

그렇게 혜월의 사리를 수습하는 것으로 다비의 예가 모두 끝이 났다.

"후우……."

방 안에서 수운의 한숨이 길게 이어졌다.

혜월이 열반에 든 이후, 그는 주변 친인들과도 가급적 얼굴을 마주치지 않은 채 홀로 방 안에 틀어박혀 있었다.

혜월의 입적도 충격이었거니와 그가 남겨주고 간 진신내력 때문이기도 했다.

사실 혜월이 남겨주고 간 사 갑자에 가까운 내력은 그것대로 고민거리였다.

달마역근경의 거력은 그의 몸 안에서 그대로 맴돌고 있었으나 수운의 내력으로는 그것을 다스릴 방법이 없었다.

수운이 본래 지니고 있던 내력이 최소한 일 갑자만 되었더라도 그것을 다스릴 방도가 있겠지만, 수운의 내력은 정순하긴 했으되 고작 반 갑자에 머물러 있었지 않은가?

다행이라면 수운의 몸에서 두 지고한 내력인 절명기와 역근진기는 서로 충돌하지 않고 서로 동거하고 있다는 점이었다.

그러나 평화로운 공존은 아니었다.

비유하자면 마치 거대한 맹호와 푸르른 창공의 청룡이 서로를 무시한 채 동거하는 형상이었다.

지금은 서로가 서로를 심드렁하니 바라보고 있으나 언제 어떤 사소한 시비가 일어 두 진기가 맞붙을지 알 수 없었다.

'하아…….'

그는 머리를 긁적였다. 다시 생각해 봐도 혜월의 속내를 알 도리가 없었다.

혜월의 입장에서 생각해 보자면 수운은 한 하늘을 이고 살 수 없는 원수가 아닌가?

어째서 그것을 혼자만의 비밀로 감추고 절기와 내력까지 전수하고 떠나간 것일까?

'지고한 경지에 다다른 고승들의 생각을 어찌 알 수 있을까만…….'

방에서 쉬고 있던 수운은 터덜거리며 밖으로 나왔다.

사실 쉬고 있었다기보다는 사람들을 피하다 보니 틀어박혀 있을 곳이라곤 자신의 방밖에 없었다.

그가 피하고 있는 사람들은 꽤 많았다.

우선 혜월 대사와 자신의 관계를 추궁할 것 같은 공해 대사.

그리고 오유란과 같이 수운을 목격했던 이후성 부대주.

그도 며칠 전에 도착해서 다비를 같이 참관하고 이곳에 머물러 있었다.

사실 이후성은 도착하자마자 오유란의 정인을 보겠다고 농을 걸 생각이었으나, 다비식 때문에 그런 생각을 접어야 했다.

수운의 입장에서 보자면 다행한 일이기도 했다.

그리고 말할 것도 없이 하태진 남매. 이들이 왜 떠나가지 않는지 알 수 없었지만, 그들도 다비식과 당소류의 안전 문제를 핑계로 들러붙어 있었다.

마지막으로는 남궁정의가 있었다.

그는 뭔가 세가의 일을 조사한다며 이곳에 도착해서 무현종과 함께 뭔가 서류를 조사하고, 관에 들락거리며 시신을 살펴보고 있었다.

그리고 당소류가 이곳에 머물고 있으니 자신도 이곳에 머물겠다며 당연하다는 듯 눌러앉았다. 집은 넓고 방도 많았으니 야박하게 거절할 이유도 명분도 없었다.

남궁정의를 피하는 사람은 자신만이 아니었다.

당소류 역시 내심 불편한 모양이었고 남궁정의도 그런 내심을 눈치 챘는지 둘 사이에는 어색한 기류가 흐르는 것 같았다.

'왜 내 집에서 도망 다녀야 하는 걸까……'

생각을 하니 한숨만 나왔다.

그는 밤하늘을 바라보다 고개를 돌리고 곧 후원으로 발길을 돌렸다. 왠지 하늘을 바라보고 있자니 한바탕 몸을 풀고 싶어져서였다.

한데, 후원에 가까워지자 무거운 밤공기를 타고 호탕한 웃음소리가 들려왔다.

'응?'

누구의 웃음소리인지 알 수 없었기에 잠시 발걸음을 멈추었던 그는 다시 후원 쪽으로 다가섰다.

후원에 도착하자 웃음소리의 주인이 누구인지 알 수 있었다.

'잘하는 짓이다.'

돗자리를 펴고 사내 셋이 술을 권커니 잣커니 마시고 있었다.

아니, 정확히 말하자면 한 명은 이미 무너져 있었고, 두 명이 부지런히 술잔을 돌리고 있었다.

세 명이 낄낄거리며 돗자리에 퍼질러 앉아 술을 동이째 끼고 퍼마시고 있는 모습을 보며 수운은 그렇게 중얼거렸다.

결국 답답한 마음을 한바탕 풀어내려 했던 수운의 소박한 희망은 이루어질 수 없었다.

사실 하상혁은 도착하자마자 무거운 분위기에 아랑곳 않고 전욱에게 치근거렸고, 껄렁함에서는 그 누구에게도 뒤지지 않는 수헌과도 죽이 맞아버렸다.

그렇기에 혜월 대사의 입적 때문에 분위기가 가라앉은 와중에도 셋은—정확히는 두 명과 그 두 명에게 휘말린 한 명—밤이면 밤마다 술로 목욕을 했다는 얘기를 전해 듣긴 했었다.

그 장소가 이곳인지는 알지 못했지만.

"오, 유수운이, 너 여기 웬일이냐?"

수헌과 무슨 얘긴가를 나누며 낄낄거리던 상혁이 수운을 발견하고는 반가운 얼굴로 손짓을 했다.

"그게… 그냥 바람 좀 쐬려다가……."

"마침 잘 왔다. 여기 앉아라."

"아니, 저는 아직 술을 마시면……."

"유수운이."

"넵."

"씨발, 뒤와라."

"넵."

수운이 빠른 동작으로 자리에 앉자 상혁이 옆에서 술을 들이켜고 있던 수헌의 어깨를 툭 치며 말했다.

"거참, 정말 이해가 안 가는구만. 어떻게 유 형 같은 호걸 밑에 저런 좀생이 동생이 있단 말이지?"

"그게 다 그 병 때문 아니겠습니까. 그것만 아니었더라도 장부로서 부끄럽지 않게 가르쳤을 텐데. 그래도 저 녀석이 하 형 같은 대장부에게 가르침을 받았었다는 것이 천행이오."

두 사람은 '우리가 왜 이제야 만났을까' 라는 얼굴로 서로의 얼굴에 금칠을 해대며 술잔을 교환하고 있었다.

수운은 간이 몹시 작았기 때문에 두 명의 자화자찬에 감히 끼어들 생각도 하지 못하다가, 돗자리 한구석에 시신처럼 쓰러져 있는 전욱을 발견했다.

"저… 근데, 아무리 그래도 전 대협은 왜 벌써……?"

"흑랑이? 이 자식이 말이야, 보기보다 비리비리해. 몇 잔 들이켜더니 곧바로 죽어가고 있지. 여기 유 형에게 듣자니 나름대로 교육을 시켰는데도 이 모양이라니… 쯧."

"그러게 말입니다, 하 형. 저러고도 어떻게 강호에서 칼밥을 먹어왔는지……."

"씨발, 칼밥은 무슨. 저 모양이니 칼질도 제대로 못하는 거요. 그래서 혜월 대사님도 저놈 사람 좀 만들려고 데리고 다니던 건데……."

혜월 대사의 이름이 흘러나오자 시체처럼 늘어져 있던 전욱의 몸이 꿈틀거리더니 곧 통곡 소리가 흘러나왔다.

"으흑흑흑… 아버지… 혜월 대사님……."

"……."

그의 입에서 울음소리가 흘러나오자 수헌이 별일 아니라는 듯 깔대기를 상혁의 손에 건네주었다.

잠시 후, 전욱의 입속으로 한 사발의 독주가 더 흘러들어 갔고 그의 울음이 그쳤다.

"씨발, 의젓해 보이던 놈이 술만 먹으면 질질 짜기는… 이래가지고 어떻게 칼질을 해댔는지. 쯧. 유수운이 잔 받아라."

칼과 술에 무슨 관계라도 있나요, 라는 소박한 의문은 감히 입 밖에 내지도 못한 채 수운은 얌전히 하상혁이 건네는 술을 마셔야 했다.

수운이 얌전히 술을 받아 마시자 하상혁의 입가가 미묘하게 뒤틀렸다.

"그나저나, 흐흐흐, 어리버리하게 봤는데 할 건 다 하고 다녔나 보지? 응?"

"네?"

수운이 술잔에서 입을 뗀 뒤 어리둥절한 눈으로 상혁을 바라보았다. 자기가 무엇을 하고 다녔단 말인가?

"크흐흐흐. 제법이야. 저 멀리서 님을 잊지 못하는 혼약자까지 찾아오게 만들고⋯⋯."

그제야 상혁의 말을 알아들은 수운이 급히 손을 흔들었다.

"아니, 그게, 저기⋯⋯."

그러나 옆에 있던 유수헌 역시 당황하고 있는 수운을 무시하며 자연스레 상혁의 말을 받아주고 있었다.

"흐흐흐흐. 하 형, 사실 저 녀석이 비리비리해 보이기는 하지만 따지고 보면 어렸을 때부터 의외로 실속파였습니다. 흐흐흐, 설마 병치레하는 동안에도 그런 아리따운 처자와 연분을 흘리고 다닐 줄은 이 유모도 예상치 못했는데 말이지요."

하상혁이 씨익 웃으며 은근한 목소리로 말했다.

"흐흐흐흐흐흐, 그뿐입니까? 거기에 당문의 당 소저까지 찾아왔지 않습니까?"

"으흐흐흐흐흐흐흐, 그렇군요. 안사람이나 동생의 이야기를 듣자 하니, 당가의 아가씨도 은근히 이 녀석에게 마음이 있다는 얘기를 들었습니다."

"⋯⋯."

수운은 형의 엄청난 비약에 제대로 말도 못하고 입을 딱 벌렸다.

"이거 참, 말하다 보니 이 녀석 엄청나게 능력 좋은 놈이었군요. 흐흐흐흐. 안 그렇소, 유 형?"

"흐흐흐흐흐흐, 제 동생이지만 가히 일절이라 할 수 있겠군요."

"아니. 저… 조장, 그 아가씨들과 저는 아무 관계가……."

"조용."

"……."

"넌 임마, 지금 자기 집이라고 반항하냐? 니가 그간 안 본 사이에 아주 정신 났냐? 새꺄, 형님들이 이렇게 말해주면 생판 모르는 여인네라도 '제 마누라가 맞습니다!' 라고 말하는 게 정상이지, 생판 모르는 사이입니다? 왜, 우리랑 술 마시는 게 무지하게 시껍하냐? 유 형, 이거 열받소, 안 받소?"

"크허, 당연히 받지요. 이거 오랜 시간 떨어져 있느라 동생에게 사내가 살아가는 데 있어 필요한 예의범절을 가르치지 못했군요. 야, 동생. 이 형이 하 형을 대신해서 다시 한 번 기회를 주마. 그 아가씨들 너랑 그렇고 그런 사이 맞아, 안 맞아?"

"아닌… 맞습니다."

아니라고 대답하려는 순간 얼굴이 일그러지며 손이 올라가는 하상혁을 보며 수운은 급히 대답을 정정했다.

그렇게 시시덕거리던 상혁이 문득 고개를 한쪽으로 틀더니 자리에서 몸을 일으켰다.

"대사님 오셨습니까?"

언제 왔는지 공해가 다가와 그들이 하는 양을 바라보고 있었다.

"아미타불… 시주들의 흥취를 방해한 듯합니다."

"여긴 어인 일로……?"

"여기 수운 시주와 나눌 이야기가 좀 있어서 찾아왔습니다."

상혁의 눈이 가늘어졌다.

"혜월 대사님과 관련된 일이겠군요? 혜월 대사님이 저 녀석을 좀 귀엽게 본 것 같긴 했지요."

대강의 사정을 짐작하고 있다는 투였다.

공해가 즉답을 하지 않은 채 불호만 외자 상혁이 어깨를 으쓱거렸다.

수운은 자리에서 일어서서 공해의 뒤를 따라나섰고, 상혁과 수현은 말 없이 그 장면을 바라볼 따름이었다.

공해의 뒤를 따르는 수운은 자신도 모르게 깊은 한숨을 내쉬었다.

'올 게 왔군.'

딱 그런 심정이었다.

갑작스런 혜월의 열반에 이어, 다비를 주관하느라 눈코 뜰 새 없이 바빴던 공해가 드디어 수운을 찾은 것이다.

'드디어……'

다비 기간 중 자신의 정체를 아는 사람이 혜월 대사 말고 또 있을까 하는 노파심에 슬슬 공해의 눈치를 봤지만 그런 것 같지는 않았다.

그렇다면 그가 찾아온 이유라면 단 하나가 남는다.

혜월이 입적하기 전 자신에게 전하고 간 심득.

그가 남겨준 무공구결이 얼마나 귀중한 것인지 본능적으로 느끼고 있었다.

더구나 혜월의 법과 멸명마공의 법은 하나인 듯 둘이며, 둘인 듯 하나라고 생각될 정도로 친숙한 것이었다.

무공에 어지간히 담담한 수운조차 자신도 모르게 처음부터 끝까지 구결을 되새겨 볼 정도로 매혹적인 것이기도 했다.

그렇기에 그동안 혜월의 다비에 참여하면서도 될 수 있으면 공해와 마주치지 않으려 했었지만 이제 그럴 수 있는 형편도 아니었다.

'대사님, 어찌 저에게 이런 애물단지를 맡기고 가셨나요……'

그게 솔직한 수운의 현재 심정이었다.

그도 그럴 것이 무림공적으로 지목된 문파의 장문인으로 자파의 멸명마공도 제대로 수습 못하고 있는 터에, 월광사신이라면 이를 가는 소림의 진신절기를 얻어 인연을 얻은 것이기 때문이다. 더구나 혜월은 수운이 월광사신의 후인임을 익히 알고 있는 듯했다.

'왜 나에게……'

아무리 생각해도 혜월의 의중을 알 도리가 없었다.

불타는 혜월의 육신을 보면서도 계속 생각해 봤으나, 그저 혜월의 탈속한 웃음소리만 귓가에 맴돌 뿐이었다.

공해는 공해대로 착잡한 심정으로 수운을 바라보고 있었다.

소림의 장문제자로 혜승 이후 차기 소림 방장으로 유력하게 지목되고 있는 공해였다.

그런 공해의 눈에 전직 쟁자수에 평범한 촌부의 아들이라는 배경을 지닌 데다 재질 역시 평범한 수운이 눈에 들 리 없었다.

행여 자신이 발견하지 못한 특별한 점이라도 있나 싶어 지난 며칠 틈틈이 그를 관찰했으나 아무것도 발견해 낼 수가 없었다.

'행여나 싶었는데… 사백께선 뭘 보셨기에 이 아이에게 법을 전하신 것인가?'

주변에 사람이 없음을 살핀 공해는 수운을 앞에 놓고 반 각 정도 말없이 수운을 바라만 보다가 애써 밝은 목소리로 그에게 질문을 던졌다.

"사백께서는 자네가 소림에서 뻗어 나온 곁가지라고 하셨네. 사실 궁금하기 이를 데 없네. 사백께서 칭찬하실 정도라면 범상한 곳이 아닐 터, 자네를 키워낸 사문의 이름이 무엇인지 알려줄 수 없겠는가?"

'물론이지요.'

당연한 일이지만, 사실대로 말할 수 없었다.

"저… 굳이 사문이랄까, 그런 건 없습니다. 그저 어릴 때 제 몸을 살펴주신 사부님이 건강해지라고 몇 가지 기본적인 몸놀림을 알려주셨을 뿐입니다."

"흐음… 그렇다면 자네를 가르친 선사의 존함은 어떻게 되나?"

"사부님이 함자를 함부로 남에게 흘리지 말라 하셔서……."

그 말에 공해가 '어허?' 하는 표정이 되더니 조근조근 따져 듣기 시작했다.

"내 듣자 하니 혜월 사백께서 자네를 거두었다고 들었는데 어이쿠, 그러고 보니 자네와 내가 사형제가 되겠군. 아무튼 같이 소림의 낡은 지붕 안에 들었는데 어찌 나와 남을 구별하는 겐가?"

"사, 사형제라니요! 당치 않은 말씀입니다."

"항렬이란 지엄한 것이지. 마음에 들지 않는다 해도 변치 않는 사실이라네."

'난감하군.'

혜월에게 직접 사사했으니 제대로 따지자면 아무리 속가로 취급한다 해도 그는 공해와 같은 항렬이 맞긴 했다.

공해는 크게 한숨을 내쉬었다.

"아미타불, 사실 사백께는 죄스러운 마음이 들지만, 이 늙은 사형으로서는 자네가 썩 마음에 들지는 않았다네. 허허허, 더구나 어떤 면에서는 자네야말로 소림에 큰 죄를 지은 죄인이거든."

'……'

죄인이라는 말에 수운은 고개를 숙였다. 혜월은 모든 내력을 자신에게 넘겨준 뒤 열반에 들었다. 마치 자신 때문에 일세의 고승이 사라진 것 같았다.

공해는 수운이 고개를 숙이자 작게 혀를 찼다.

"고개를 들게. 허허허, 이 늙은 사형이 말실수를 했구먼. 혜월 사백께서 서방정토로 떠나신 건 자네 때문이 아닐세. 평소에도 부처의 젖, 부처의 젖 하고 노래를 부르시더니 그저 훌쩍 뜨신 게지. 내가 자네를 죄인이라고 말한 건 자네가 도적질을 했기 때문인 게야. 허허허, 혜월 사백의 눈에 들어 소림의 큰 맥을 도적질해 간 건 사실 아니던가?"

"그건… 제가 고의로 그런 것이 아니라……."

"허허, 알고 있다네. 하니 공연히 겁먹을 일은 없네. 말이 그렇다는 것이니까. 하지만 한 가지는 확실하다네. 전하는 것은 혜월 사백의 일이겠지만, 그것을 관리하는 것은 소림의 의지라네. 자네가 소림의 뿌리에서 갈라졌다는 혜월 사숙의 말은 틀림없겠지. 하지만 그 연원을 알아내는 것이 내 임무가 아니겠는가?"

그 말을 듣는 수운의 심정은 '꼬여도 이렇게 꼬이는구나'였다.

그렇지만 곤란한 것은 곤란한 것이고, 뭐라고 말한단 말인가?

넌지시 수운의 배경을 떠보던 공해는 수운이 곤란한 표정만 짓고 있자 어쩔 수 없다는 듯 고개를 내저었다.

"흠… 그래, 뭔가 사정이 있을 수도 있으니 너무 캐묻는 것도 예가 아니라 할 수 있겠지. 좋아, 사제가 그렇게 곤란해하니 그건 그냥 넘어가겠네. 하지만……."

공해는 길게 말을 끌며 수운을 바라보았다.

"일이 이렇게 되었으니 그분의 의발을 어찌하면 좋겠나? 자네 생각에도 가벼운 일은 아니지?"

공해가 솔직한 심정을 담아 그에게 물었다.

그로서는 수운을 소림에 들어서 혜월이 남긴 법보를 소림에 되돌려 놓을 사명이 있었다.

그는 눈앞에 있는 어수룩한 젊은 청년이 그다지 마음에 차지 않았다.

근골도 오성도 딱히 눈에 차지 않는 것이 어째서 사백이 이 젊은이에게 의발을 전했는지 알 수가 없었다.

그럼에도 그는 혜월의 선택을 존중할 수밖에 없었다.

혜월은 열반에 들기 직전 '믿느냐?' 라고 물어왔고 공해는 믿는다고 답했다.

그렇다면 믿어야 한다.

본디 법이란 깨달은 선승에 의해서만 후인에게 인가를 받는 것이다. 그것이 비록 무공이라 하지만 사바세계의 상식을 뛰어넘어 깊게 깨달은 혜월의 심득이었다.

혜월만이 볼 수 있는 자질이 수운에게 있을지 모르는 것이다.

어쨌거나 전수받은 혜월을 어찌할 셈이냐 묻자 수운이 눈에 띄게 흔들리는 기색을 내비쳤다.

"저는……."

"사백이 자네에게 전한 것은 귀하디귀한 것이라네. 법보란 본시 문외 불출인 것. 문외로 나서는 것을 허가받으려면 가서 사문의 어른들에게 인증을 받아야 한다네. 속가위가 왜 존재한다고 생각하는가?"

"……."

"더구나 혜월 사백의 사리는 소림으로 옮겨져 탑사에 봉안되어야 한다네. 그렇다면 그분의 법을 자네가 직접 사리를 옮겨 봉안하는 것이 옳은 도리가 아니겠는가?"

옳은 이야기였다.

다른 곳도 아닌 정도무림의 태산북두 소림의 일이었다.

혜월의 신분이 비록 높다 하지만 정식으로 수계를 받지도 않은 수운에게 진신절기를 전수한 일이 쉽게 넘어갈 리 없었다.

"……."

지난 며칠 고민하던 일 중 하나가 바로 이것이었다. 공해의 말은 순리에 따른 것이어서 그로서는 거절할 방도가 없었다. 결국 수운은 순순히 고개를 끄덕일 수밖에 없었다.

"대사님 말씀에 따르겠습니다."

이리하여 수운의 소림행이 결정되고 말았다. 본인은 절대 바라지 않았지만 말이다.

수운이 자신의 말에 따르자 공해는 흡족한 미소를 띠운 채 자신의 거처로 사라졌고, 수운은 다시 한숨을 내쉬었다.

"소림이라……."

이렇게 된 이상 갈 수밖에 없겠지만 실은 정말 방문하고 싶지 않았다.

이미 가지 말라던 정마련 본산까지 들어갔던 경험이 있었기에 이 이상 곤란한 경험은 사양하고 싶었지만 방법이 없었다.

어쨌거나 갈 수밖에 없다면 이 기회에 미뤄뒀던 사문의 일을 하나 처리할 수 있지 않을까 하는 생각이 들었다.

세 가지 조건 중 하나.

창주의 정법무관에 방문하는 것을 이 기회에 할 수 있을 듯했다. 숭산 소림사는 하남성에 있고 소림사에서 조금 더 북상하면 하북성 창주였다.

"어쨌거나 이 일은 아가씨들과 얘기를 해봐야겠는데. 안 그랬다간 무슨 일이 날지 모르니……."

성격이 만만찮은 두 아가씨들에게 무슨 일을 당할지 모른다는 말은 속으로 삼켰다. 꼭 이런 일이 아니더라도 그녀들과 한 번쯤 만날 때가 되긴 했다.

지난 며칠, 정신이 없었던 것도 이유가 되겠지만 그녀들을 만나지 않왔던 가장 큰 이유는 오유란의 사형이자 또 다른 목격자 중 한 명인 이후성 때문이었다.

어쨌거나 늦은 시각이라 예의는 아니었지만 소림행이라는 중요한 안건이 있는 이상 당소류와 오유란을 만나야 했다. 그는 곧 두 사람이 거하는 처소로 향했다.

며칠 만에 두 아가씨와 만난 수운은 혜월과 자신 사이에 있었던 일을 간략하게 얘기하기 시작했다. 혜월이 자신의 정체를 알고 있었던 것 같다는 얘기를 할 때는 두 여인의 표정도 같이 창백해졌다.

어쨌거나 혜월이 그 자신의 심득과 진신절기를 전수했고, 그것 때문에 소림에 방문해서 법을 인증받아야 한다는 사실까지 털어놓았다.

"그런 일이 있었군요……."

"유 공자님, 마음고생하신 건 알겠지만, 그런 큰일이 있었으면 저희에게도 상의하셨어야 해요. 당 언니는 그렇다 치고 저는 월광사신의 목격자란 말이에요. 공자의 정체가 밝혀지면 저는 정말 어디 동굴에 처박혀서 할머니가 되도록 햇볕을 못 볼지도 모른다구요."

유란의 말에 수운이 쑥스럽게 웃었다.

"죄송해요. 하지만 저도 정신이 없어서요. 더구나… 혜월 대사님의 진신내력을 다스리는 데에도 알게 모르게 필사적이었구요."

그는 당소류와 오유란에게 자신의 몸 상태까지 털어놓았다. 어차피 당분간 몸 안의 내력을 수발하느라 무공을 쓰고 싶어도 제대로 쓸 수 없을 것 같다는 얘기까지 꺼내놓았다.

"그러니 소림에 가더라도 본 문의 무공을 꺼내 들킬 가능성은 한층 작아진 상태예요."

"그건 다행이군요. 하지만… 만일 무공을 제대로 쓸 수 없는 상태에서 공자의 정체가 밝혀진다면 몹시 위험할 텐데요."

"아하하, 아마 그런 일은 없을 거예요. 그리고 두 소저께서 찬성하신다면 이 기회에 사문의 일을 하나 처리하려고 하는데요."

"사문의 일이라면……?"

"이 기회에 하북에 다녀오려고 해요."

이왕 소림에 가게 된 김에 하북까지 다녀오는 것이 좋겠다는 얘기였다. 몇 가지 경우의 수를 놓고 우려를 하던 그녀들도 결국 고개를 끄덕일 수밖에 없었다.

"어쩔 수 없겠네요. 하지만 다행이라면 다행이네요."

"뭐가요?"

"저희도 정마련에 가니까요. 혜월 대사님의 다비 문제로 남아 계시던 어른들이 모두 돌아가시니까 저희도 따라가야 하거든요. 소림에 가기 전에 정마련에 들를 테니까 적어도 거기까진 동행이겠네요. 다행이죠?"

"…아, 다행이군요."

오유란이 눈을 가늘게 치켜뜨며 옆에 있던 소류를 바라보았다.

"언니, 방금 유 공자가 대답할 때까지 묘한 공백이 있었던 것 같지 않아요?"

"설마요."

유수운은 자신도 모르게 피식 웃으며 그녀들의 농을 받았다. 처음에는 자신의 생사여탈권─혹은 그 자신과 무림인 절반의 생사여탈권─을 쥐고 있는 그녀들과 마주하는 것이 부담되기도 했지만, 어느 정도 그녀들의 성정을 겪고 난 지금은 부담감이 많이 옅어진 상태였다.

주요 현안에 대해 결론을 내린 뒤에 수운은 그녀들과 두런두런 담소를 나눈 뒤 자신의 방으로 돌아갔다. 아직도 갑갑한 마음은 가시지 않았으나, 후원에 갔다가는 하상혁과 유수헌에게 붙잡혀 편히 쉴 수 없을 것 같아서였다.

다음날, 수운이 혜월 대사와의 인연을 알리고 소림사에 다녀오겠다고 운을 뗴었다. 사실 수운도 겸연쩍긴 했다. 십 년을 떠나 있다가 돌아온 아들 녀석이 걸핏하면 집을 떠나 잔뜩 상처만 입고 돌아온 셈이라 가족들 보기가 미안했던 것이다.

하지만 어쩔 것인가? 이번엔 소림의 공식 요청인 셈이다. 짧으면 한 달, 길면 몇 개월이 걸릴지 모르는 길을 떠난다고 하자 유정은 간단히 한마디 했다.

그가 전혀 걱정하지 않던 일이 아버지의 입을 통해 흘러나왔다.

"혜월 대사님이 네 녀석을 그리 좋게 봐주셨다니 삼생의 영광이다만……."

그렇게 운을 뗀 유정이 슬쩍 아들을 바라보며 말했다.

"유란이와 혼례를 치르지 않고는 집을 나설 수 없다."

"…예?"

"어허. 무슨 말인지 모르겠느냐? 가려거든 혼례를 올리고 가거라. 그래야 우리도 마음을 놓을 것 아니겠느냐?"

"저기, 아버지… 저랑 유란 소저는 그러니까… 아무튼 그건 그렇다 치고라도 시일이 촉박하잖아요. 전 당장 지금이라도 출발해야 하는데 어떻게 혼례 같은 인륜지대사를 그렇게 후다닥 치르겠습니까? 더구나 유란 소저 본가에 알리기 전에 그 얘기는 꺼내지 않기로 하셨잖아요?"

"그야 네 녀석이 다시 집을 떠나지 않을 때 얘기였지."

"겨우 한 달 정도인데……."

"한 달이면 많은 일이 일어날 수 있는 시간이다."

유정의 결의는 확고하면서도 간단했다.

혼례를 치르지 못하면 길을 떠나지 못한다.

길을 떠나고 싶으면 혼례를 치러야 한다.

이 조건을 내밀며 단 한 치도 물러설 기미를 보이지 않았다.

결국 사정을 알고 있던 공해가 끼어들어 중재하기에 이르렀다. 평범한 삶을 사는 그들에게 정마련 내부의 사정을 알릴 수도 없었기에 그는 유란의 정체를 끝까지 숨긴 채 유정 내외를 설득했다.

'모든 것은 인연이며, 둘의 인연이 얕지 않으니 억지로 맺어주지 않아도 곧 순리대로 맺어질 것이다' 라는 다소 신빙성이 떨어지는 설법과 유란도 같이 소림으로 떠날 것이니 그 기간 동안 둘의 사랑이 더욱 깊어질 것이라는 논리에 두 내외의 마음이 움직였다.

어떻게 보면 오유란은 유정 일가의 극성 때문에 손쉽게 집 안을 벗어날 수 있게 된 셈이었다. 소림으로 떠났다가 곧바로 정마련으로 복귀하면 될 테니까. 뒷일은 수운이 홀로 돌아와 '인연이 맺어지지 않아 헤어졌다' 라고 말하면 될 것이다. 그로 인해 수운이 집 안에서 어떤 불이익을 당할지는 모르겠지만.

가족들의 환송을 받으며 소림으로 떠나기 전에 수운은 하상혁과 전욱 두 사람을 만나고 있었다. 두 사람에게 집을 부탁하기 위해서였다.

"두 분에게 이런 부탁을 드리게 되어 정말 죄송합니다. 하지만 왠지 불안해서……."

"유수운이, 그런 걱정 하지 말고 마음 편히 다녀와. 여기는 이 하상혁이가 다 책임질 테니."

"후후… 나 역시 그간 공밥을 먹은 것이 부담스러웠는데, 너의 부탁을 들으니 오히려 마음이 편하구나. 잘 다녀와라."

"감사합니다, 전 대협."

"다음에 만나게 되면 그냥 형이라 불러라."

전욱은 헛기침을 한 뒤 몸을 돌려 성큼성큼 걸어서 나갔다.

"큭큭큭… 많이 나긋나긋해졌군, 흑랑이 놈. 대사님이 잘 만져 주고 가신 모양이야."

상혁의 말이 아니더라도 수운은 요즘 전욱의 기세가 일변한 것을 느끼고 있었다. 다가가기만 해도 베일 것 같은 살기가 많이 누그러졌다고나 할까.

특히 혜월이 열반에 든 이후 완연히 한 꺼풀 벗은 것 같았다.

"어쨌거나 혜월 대사님의 수법 제자라… 네 녀석 팔자도 꽤 드센 것 같다. 듣자 하니 지금 방장이신 혜승 대사님이야 그럴 일 없겠지만, 다른 소림 꼰대들이 어디서 떨어졌는지도 모를 널 인가해 줄지나 모르겠다. 새끼, 당최 비리비리하게 생겨서… 어쨌거나 다녀와라. 집 걱정 말고."

상혁과의 인사를 끝으로 수운은 다시 집을 떠나야 했다.

공해 대사 일행과 다비식 때문에 급히 되돌아와 있던 화산 매화검수들, 오유란과 이후성의 호위무사들, 하태진 남매, 남궁정의와 그 수하들……

모두 합치니 상당한 규모였고, 상재에 밝은 유정은 마침 정마련 근처에 보낼 물건이 있다며 수운에게 수레 하나를 넘기기까지 했다.

*   *   *

그렇게 수운이 소림 일행과 함께 떠나고 이틀 뒤, 유수운의 생가에 또 한 사람의 손님이 엇갈리듯 찾아왔다. 바로 수운의 사부이자 절명문의 전대 장문인 진현우였다.

마침 집 안에 있던 유정은 맨발로 뛰어나와 그를 맞이할 정도로 진현우를 극진히 맞이했다.

누가 뭐라 해도 막내아들인 수운의 생명의 은인인데다 최근 드러난 수운의 무공을 봐도 은거기인이 분명한 사람이었다.

진현우는 도착하기만 하면 수운이 어디 있는지를 닦달해서 곧바로 그를 요절낼 생각이었지만 유정의 환대에 휩쓸린 덕에 애써 화를 꾹꾹 눌러 참으며 오랜만에 유정과 담소를 나누어야 했다.

"한데, 유 대인. 수운이 녀석 말입니다……."

그때였다.

"진 사부님!"

진현우가 도착했다는 소식을 듣자 일터에서 곧바로 돌아와 그를 열렬히 맞이하는 유수헌이었다.

그는 도착하자마자 진현우에게 고두를 한 뒤 이글이글 불타오르는 눈으로 외쳐댔다.

"진 사부님! 너무합니다! 수운이에게만 무공을 전수하시고! 뭐로 보나 무골은 저 아닙니까!"

진현우는 부글부글 끓는 속을 애써 감춘 채 유정과 차를 나누다 수헌의 말을 듣자 간신히 유지하던 마지막 이성 한가닥이 뚝 끊어지는 느낌이 들었다.

'이노무 자슥… 가족에게까지 무공을 드러낸 거냐.'

진현우는 코로 김을 내뿜을 정도로 열을 받았다.

"수운이 이놈을……."

그의 기색을 살피던 유정이 걱정스런 눈으로 진현우를 슬쩍 돌아보았다.

"진 노사… 안색이 좋지 않으신데 혹여 수운이 녀석이 노사에게 무슨 잘못이라도……?"

"아……? 아, 아하하, 아닙니다, 유 대인. 그저 함부로 손발의 하찮은 재간을 뽐내지 말라 그토록 일러두었는데, 그것이 지켜지지 않은 듯하여 조금 놀랐을 따름입니다."

"허허허, 그러십니까? 그나저나 진 노사도 사람이 나쁘십니다. 손발의 하찮은 재주라니요. 세상에 수운이 녀석이 본가를 덮친 녹림도당을 쓸어 버릴 때 어찌나 놀랐던지……."

"…쓸어요?"

"네. 소림의 혜월 대사님이나 혈랑의 후인도 대단하긴 했지만 수운이 녀석이 이렇게 이렇게 손발을 놀리면 단번에 한 놈씩 나자빠지는 데……."

"죄송하지만 유 대인, 사람들 앞에서 무공을 펼쳐요? 더구나… 소림의 누구 앞에서요? 소림의 혜월 대사라면… 혹시 당금 소림 방장의 사형이라는 그……?"

"아, 그렇지요. 혜월 대사님이라면 당연히 당금 소림 방장의 사형이신 혜월 대사님이시지요. 후우… 정말 생불 같은 분이셨는데, 며칠 전 열반에 드셔서 서방정토로 떠나셨습니다."

진현우는 뒷말은 들리지도 않았다.

'소림 방장의 사형 앞에서, 그 앞에서 본 문의 무공을?'

그 광경을 상상하자 정신이 아찔하고 뒷골이 당기고 혼백이 흩날릴 정도였다.

"진 사부님?"

수헌의 부름에 간신히 정신을 차린 진현우가 수헌의 멱살을 잡고 흔들었다.

"수운이… 수운이 이 녀석, 지금 어디 있나? 응?"

"아… 수운이요? 조금 늦으셨네요. 길이 엇갈리셨어요. 공해 대사님과 함께 소림으로 떠났는데."

"누구랑 어디로 갔다구?"

공해라면 혜월에 이어 현 소림 방장 혜승의 수제자로 차기 방장으로 거론되는 무림명숙이 아닌가?

"공해 대사님이랑 소림으로요."

"…왜?"

"그야 그 어리버리한 녀석이 무슨 인연이 있었는지 혜월 대사님의 정종절예를 전수받았다던데요. 그래서 소림 방장님께 인가를 받으러……."

거기까지 들은 진현우는 다시 한 번 자신의 귀를 의심했다.

그는 잠시 자신의 귀를 한 번 손가락으로 후벼 판 뒤 다시 수헌을 바라보았다.

"…누구 무공을 전수받았다고?"

"소림 방장의 사형이신 혜월 대사님의 무공이요. 이야, 전해 듣자니까 엄청 훌륭한 무공인가 봐요. 공해 대사님이 안절부절못했다던가 그러더라구요."

"그러니까, 정말로 소림 방장 사형에게 무공을 전수받았다고? 그것도 엄청나게 귀중해서 소림의 차기 방장 스님이 안달복달 못할 정도로 귀중한 무공을?"

"네. 그리고 보면 수운이 녀석, 그 비리비리한 녀석도 묻어가는 운이 참 좋은 것 같아요. 아, 그리고 보니 그 모든 게 진 사부님의 공덕이죠. 수운이 녀석이 사부님께 배운 무공이 혜월 대사님의 흥미를 끌었다 하더라구요. 공해 대사님도 진 사부님의 정체가 몹시 궁금한지, 저랑 아버지에게도 많이 캐물으셨죠. 그런데 제가 사부님에 대해 크게 아는 게 없는지라……."

"그건 됐고. 그 녀석, 언제 돌아오나? 아니, 돌아오긴 하는 건가? 아니면 그대로 소림 제자가 되어 본산에 머무르는 건가?"

"돌아오는 거죠 뭐. 그냥 방장님에게 법을 인가받기만 하는 거니까. 아, 그러고 보니까 법을 인가받으러 소림에 가는 도중에 정마련에도 잠깐 들를 예정이라 돌아오려면 좀 더 시간이 걸릴 거라고 그러던데요."

대화는 갈수록 점입가경이었다.

"…어디에 들른다고?"

"정마련이요."

부들부들―

진현우는 울화가 뻗어 올라 전신을 부들부들 떨고 있었다.

역사상 가장 정신 나간 짓을 한 절명문도가 있다면 바로 유수운일 텐데 하필이면 그런 녀석을 키운 것이 바로 자기 자신이었기 때문이다.

그는 간신히 울화를 삼킨 뒤, 수헌에게 질문을 던졌다.

"…거긴, 왜?"

"아, 스승님도. 세상사에 어두우셔도 이렇게 어두우시다니. 그야 월광사신 때문일 게 뻔하지 않습니까? 요즘 월광사신이 나타났다고 세상이 떠들썩해요. 슬쩍 알아보니까 정마련에서 월광사신 타도를 위한 개회가 열린다니 그것 때문이겠죠."

"그러니까 정마련에 월광사신 타도 대책을 위해 떠나갔다고?"

"그렇죠. 듣자 하니 무림대회를 열어 월광사신을 토벌할 참월대를 조직할 예정이래요. 아, 드디어 난세인 것이지요. 그러니까 진 사부님, 이 같은 난세에 지금이라도 저 같은 인재를……."

진현우는 드디어 참지 못하고 벌떡 일어서며 부르짖었다.

"내 이 자식을 그냥―!"

그는 길길이 날뛰었지만, 소림승의 호위 아래 정마련으로 향하는 수운을 어찌할 방법이 없었다.

당장 뛰어가서 멍청한 제자 녀석의 멱살이라도 붙잡아오고 싶었지만 소림이 자신의 정체를 궁금해한다는 얘기를 들은 이상 그럴 수도 없었다.

섣불리 소림이나 정마련에 제자를 쫓아갔다간 오히려 더 큰 사단이 벌어질지도 모르는 일이었다.

어쩔 수 없었다.

곧 돌아온다니, 그때까지 머물기로 했다.

"으드득, 이 바보 제자 녀석… 사문의 금기란 금기는 모두 범했겠다? 만나기만 하자. 내, 지옥이 무엇인지 보여주마."

그 무렵, 공해 대사의 배려로 마차 구석을 차지하고 있던 수운은 갑자기 몸이 부르르 떨리는 느낌이 들었다.

'누가 내 얘기라도 하나?'

언젠가 다가올 지옥을 아직 깨닫지 못하고 고개를 갸웃거리는 수운이었다.

◆ 第三十章 ◆
유수운, 참월(斬月)의 구호를 외치다

유수운, 참월(斬月)의 구호를 외치다

정마련에서는 여러 방법으로 강호무림을 시끄럽게 만들고 있는 장보도와 무공비급들을 회수하며 소문을 흘리고 다니는 배후 세력에 대해 뒤쫓고 있었지만 별다른 성과가 없었다.

월광사신 추적이 실패로 돌아간 이후, 무현종을 곧바로 투입했음에도 별다른 성과가 없었다.

장명이나 정마련 수뇌부 입장에서는 월광사신의 후인을 찾아내지 못한 것이 뼈아팠다.

눈앞에 당장 적이 없으니 당장 막대한 자금을 들여 제련해 놓은 생사강시를 써먹을 길이 없었다. 생사강시를 다시 꺼내는 데 든 비용 때문에 정마련의 자금 회전력이 바닥을 치고 있다는 걸 생각하면 뼈아픈 일이 아닐 수 없었다.

따지고 보면 정마련이 강호상에 벌어지는 사태에 제대로 대응하지 못하는 이유 중 하나가 급격한 자금 고갈 때문이기도 했다.

이것은 장명에게 상당한 부담을 안겨주고 있었다.

그렇지 않아도 급격하게 그 영향력이 늘어난 장명을 견제하기 위한 움직임이 여기저기 눈에 띄고 있는 형편이었다. 지금은 침묵하고 있지만, 소문이 잦아들기라도 하면 강호인들은 책임을 떠안을 정치적 희생양으로 장명을 지목할 것이 분명했다.

정마련의 실패와는 관계없이 월광사신에 대한 소문은 착실히 퍼져 나가고 있었다. 수뇌부만이 알고 있던 몇몇 사실도 이미 전 무림에 퍼져 나가는 형편이어서 사실상 강호무림은 월광사신 혹은 그의 후인이 다시 무림에 등장했다는 것을 기정사실로 취급하기 시작했다.

그 때문인지 정마련에서 준비하던 무림대회는 애초 계획보다 더욱 열광적인 참여와 지지를 받게 되었고, 그 양적인 규모 또한 크게 불어났다.

가히 지난 백여 년간 유래를 찾아볼 수 없을 정도로 커다란 대회로 발전했다.

그리고 수운 일행이 정마련에 도착한 것은 이처럼 한창 무림대회의 분위기가 무르익어 갈 즈음이었다.

수운은 눈앞에 내걸린 구호를 바라보며 눈을 껌벅이고 있었다.

참월(斬月).

말 그대로 달을 벤다는 뜻이었고, 저기서 달이 무엇을 뜻하는지는 명확했다. 그는 적진 한가운데로 기어들어 온 셈이었다.

"이야, 이거 참……."

수운과 함께 옆에 있던 오유란이 묘한 미소를 지으며 수운을 바라보았다.

"하하하. 군웅들의 기상이 이와 같으니, 앞으로 무슨 일이 있더라도 잘 해결되겠구나."

유란의 감탄사를 잘못 해석한 이후성이 호탕하게 웃으며 그렇게 말을 받았다. 그가 마지막 월광사신 후보자를 확인한 뒤 곧바로 돌아온 것은 혜월 대사의 열반 이후였다. 그 후 그곳에서 같이 생활하다 이번에 같이 귀환한 것이다.

"네, 그렇네요."

당소류도 애써 웃음을 참으며 수운을 외면했다. 그의 얼굴 표정이 참으로 볼만했기 때문에 계속 보고 있자면 폭소라도 터뜨릴 것 같아서였다.

공해는 정마련에 도착하자마자 련주를 만나야 한다며 일행을 남겨두고 떠났다. 그리고 하태진은 오유란과 나란히 설 수 없는 일을 벌인 전례가 있었고 남궁정의는 당소류와 어색한 기운이 형성되기에 따로 떨어져 나갔다.

그리하여 오유란, 당소류, 이후성, 유수운만이 남아 멀거니 서서 무림대회를 앞둔 군웅들을 구경하고 있는 중이었다.

무림대회.

이번 무림대회는 지난 백여 년간 치러진 어떤 대회보다 성대한 규모였다.

그리고 그 수많은 인물들이 비무로 무공 고하를 가려 그중에서 수위를 차지한 이들로 참월대라는 핵심 단체를 만들 예정이기도 했다.

"오면서 듣자 하니, 이미 참월대의 수장을 맡는 이는 정해져 있다더군. 강호에 이름 높은 벽력검 상적양 대협이 참월대주를 맡을 것이고, 그 아래 부대주들은 비무의 승자들 중에서 택한다더군."

"하지만 계란으로 바위 치기 아닐까요? 아무리 그렇게 사람들을 뽑아봐야 월광사신에게는……."

유란이 말끝을 흐리자 이후성이 씨익 웃었다.

"생사강시를 참월대에 배치한다더군."

"생사강시를요?"

"그래. 드디어 전가의 보도를 꺼내 드는 셈이지. 서른일곱의 생사강시가 참월대, 그리고 무림명숙들과 함께 움직이며 월광사신을 추적하는 거야. 그리되면 참월대는 월광사신의 세력을 상대하고, 월광사신 본인은 생사강시들이 끝내는 거지."

얘기를 듣던 수운이 멀뚱하게 서 있다가 이후성을 향해 물었다.

"강시라면, 그 옛날얘기 속에서 나오는 팔딱팔딱 뛰어다니는 귀신 말인가요?"

"……."

"……."

사람들이 말없이 유수운을 바라보았다.

특히 당소류와 오유란의 시선은 '아무리 그래도 당신 사문 때문에 만들어진 그 극악무도한 마물을 아예 이름조차 들어보지 못했단 말인가?'라는 의미를 담고 있다.

"…정말 기가 막히는군요."

당소류가 한숨을 내쉬며 그렇게 말했다.

그리고 천천히 생사강시의 탄생 비화와 그 위력에 대해 설명해 나갔다.

당연한 얘기지만, 설명을 듣게 된 수운의 얼굴은 점차 사색이 되어나갔다.

'죽지도 살지도 못한 그런 괴물이 서른일곱이라고?'

그의 얼굴빛이 변하자 이후성이 수운의 등을 한 번 두드려 주었다.

"하하. 유 소협, 그렇게 놀랄 필요 없습니다. 생사강시들은 무슨 귀신 같은 것도 아니고, 월광사신이나 그 후예만 제거하고 나면 다시 흙으로 돌려보낼 예정이니까요."

그 후예가 바로 접니다, 라고 말하지 못하는 수운으로서는 얌전히 고개를 끄덕이며 애써 안색을 바로잡아야 했다.

술렁—

그때 군웅들의 기세가 일변했다.

"벽력검 상적양 대협이시다!"

"참월대주 내정자다!"

술병과 잔을 들고 단 위로 오르는 중년인을 보며 군웅들이 술렁이기 시작했다.

상적양은 단 위로 오른 뒤 들고 있던 잔의 술을 천천히 비워낸 후 군웅들을 바라보았다.

"오십 년……."

문득 그가 입을 열었다.

순후한 내력이 실려 있어 속삭이는 듯한 그의 목소리는 저 끝까지 막힘없이 스며들었다.

군웅들은 약속이라도 한 듯 입을 다물며 상적양의 말에 귀를 기울이기 시작했다.

"무려 오십 년의 세월 동안 우리는 인내해야 했습니다. 사문의 존장들과 같이 땀을 흘려 고련하던 사형제들과 한잔 술을 나누며 의와 협을 논했던 친우들의 죽음 앞에서 말입니다. 아시겠습니까? 무려 오십 년입니다. 그 당시 우리는 웃어른을 잃고, 절예를 잃고, 그리고 자존심을 잃었습니다. 그것을 앗아간 흉수를 찾아 지난 오십 년을 헤매었어도 우리는 그 존재를 찾아내지 못했습니다."

그의 말이 담담히 흘러갈수록 군웅들 틈에서 점점 열기가 피어오르기 시작했다.

"그 오십 년의 세월… 그 기나긴 시간과 노력의 결실이 한 덩이 과실이 되어… 우리 앞에 나타났습니다. 월광사신이 꼬리를 드러냈습니다. 이 상모, 그 얘기를 듣고 천지신명에게 감사 인사를 드렸습니다. 드디어 갚아줄 수 있는 겁니다. 드디어 찾아올 수 있는 겁니다. 우리의 명예를, 자존심을, 그리고 참혹하게 죽어 구천을 떠돌고 있을 선현들의 넋을……."

거기까지 말하던 벽력검 상적양이 들고 있던 술병을 돌연 바닥에 내던진 뒤 허리에 차고 있던 검을 뽑아 하늘을 가리켰다.

"이제 오욕과 굴욕으로 점철된 인고의 세월은 이제 끝이 났습니다! 남은 것은 처절한 복수뿐! 피는 피로써 씻어내는 법! 나, 상적양! 지금 이 자리에서 처절한 복수를 맹세합니다! 여러분은 어떻습니까!"

"우와아~!!"

군웅들의 함성이 광장을 뒤덮으며 군웅들이 분분히 병장기를 꺼내 하늘로 치켜들었다.

"그날의 치욕을 잊지 말자!"

"월광사신을 타도하자!"

"사신을 죽이자!"

"무림정기를 바로 세우자!"

수많은 군중들이 고조되어 외치고, 옆에 있던 이후성 역시 검을 뽑아들며 소리를 높였다. 이후성이 옆에 서 있던 수운을 힐끔 바라보자 그도 어쩔 수 없이 엉거주춤 손을 들며 작은 목소리로 구호를 따라 했다.

"타도하자……."

그렇지만 군중심리란 무서운 것이었다.

마지못해 따라 한 것이라지만 구호를 몇 번 외치기 시작하자 자신도 모르게 한껏 감정이 고조되어 갔고 결국 목이 터져라 같이 구호를 외치기 시작했다.

"월광사신 타도하자!"

월광사신이 자신의 조사이며 자신이 절명문의 문주라는 사실은 이미 잊은 듯했다.

"……."

그 모습을 옆에서 지켜보던 당소류와 오유란만이 어처구니없다는 표정을 지으며 수운을 바라보고 있었다.

월광사신을 타도하자니, 그것이야말로 기사멸조 아닌가? 그녀들이 무슨 생각을 하고 있건 분위기에 휘말린 수운은 상기된 얼굴로 '타도! 월광사신!'을 외치고 있었다.

이윽고 분위기가 가라앉고 군웅들이 흥분한 기색을 감추지 않은 채 각자 배정받은 처소나, 혹은 근처 주루로 발길을 옮겼다. 직후 이후성은 보고서를 제출하기 위해 먼저 발걸음을 옮겼고 수운들도 딱히 할 일이 없었기 때문에 배정받은 전각을 찾아가기 시작했다.

문득 당소류가 입을 열었다.

"아깐 무슨 생각을 했던 거예요, 대체? 타도라니……."

"……."

당소류가 어이없다는 표정으로 물어왔지만, 수운으로서는 뭐라 대답할 말이 있을 리 없었다.

"그게… 어쩌다 보니 분위기에 휩쓸려서 그만……."

"분위기에 쓸려갈 일이 따로 있죠."

유란도 웃음기를 감추지 않고 한마디 거들었다. 그들은 그 일을 가지고 농담을 하며 천천히 걸었다.

그러다 유란이 수운이 머물 처소를 알려주고 사라지자 그는 방구석에 가부좌를 틀고 앉아 들뜬 마음을 가라앉혔다.

'아직도……'

반개한 채 자신의 몸을 관조하기 시작하자 그의 몸 안에 떠돌고 있는 두 종류의 진기가 손에 잡힐 듯 느껴졌다.

절명기와 역근진기, 이 희대의 두 기공은 아직도 서로 섞이지도 않고 배척하지도 않은 채로 몸 안을 휘돌고 있었다.

좀 더 정확히 말하자면 반 갑자의 절명기가 사 갑자에 달하는 달마역근진기에 싸여 있는 상황이었다.

보통은 이종진기에 심한 거부 반응을 나타내는 절명기였지만, 이상하게도 달마역근경의 진기에게는 그다지 거부감을 나타내지 않고 있었다.

더구나 천천히 주변의 달마역근진기와 융화되어 가고 있는 것 같다는 느낌이 들기도 했다.

뭐랄까, 융화라고 해서 희석되는 것이 아니라, 말 그대로 혜월이 불어넣어 준 내력이 멸명마공의 절명기로 변화하기도 하고 절명기가 역근진기로 바뀌기도 하는 느낌이었다.

'사 갑자에 달하는 내공이라……'

여러 위험을 겪고 원치 않던 심득들이 찾아왔던 덕분에 그의 멸명마공은 어느덧 사부였던 진현우의 경지를 넘어서고 있다는 느낌이 들었다. 어쩌면 사대조 이후로 가장 높은 경지에 올라 있는지도 모른다.

더구나 사 갑자의 내력……

이 내력이 어떻게 작용할지 모르겠지만 현재의 몸 상태로 봐서 크게 해가 되지는 않을 것 같았다.

그러니 이대로 몇 개월이 지나면 역대 절명문 문도 중 최고의 내공 수위를 자랑하게 될지도 모르는 일이었다.

'그건… 아무래도 위험하지 않을까.'

심즉살(心卽殺).

마음에 살기가 일면 곧 목숨을 빼앗는 경지. 농담으로라도 그런 경지에 들어서게 되면 사람이 없는 곳에 홀로 초막이라도 지어놓고 살아야 했다.

절명문 칠대 장문인 유수운.

정마련 입성 첫날부터 그의 입에선 한숨이 떠나질 않았다.

＊　　　　＊　　　　＊

하태진은 한 주루에 앉아 생각에 잠겨 있었다.

'소문이라…….'

아무리 생각해도 근자에 천하를 시끄럽게 만드는 소문은 하나밖에 없었다. 지금 자신 주변에 몰려 있는 무인들이 정마련에 몰려와야 했던 이유와도 동일했다.

월광사신.

그렇지만 하태진은 그 명칭을 곧 머리 속에서 지워야 했다.

전 무림의 공적이 바로 월광사신이다. 그 이름과 유수운이라는 다소 명한 인물과는 아무래도 연결 고리가 없었으니 당연한 일이었다.

'아무리 그래도 저놈이 월광사신과 관련이 있으려고…….'

그렇게 여러 가지 상념에 잠겨 있을 때 옆에서 누군가 다가오는 기척이 느껴졌다.

"무슨 생각을 그리 골똘히 하시오?"

"아, 남궁 형. 별일 아닙니다."

홀로 술잔을 기울이고 있는 그 앞에 나타난 것은 남궁정의였다.

그는 숙부의 명을 받고 강서성에 있는 유수운의 본가에 달려갔고, 혜월의 죽음으로 분위기가 어수선한 틈을 타서 조사를 급히 끝마무리 지었다.

물론 무현종은 남궁정의의 주장을 그대로 믿지는 않았지만, 이미 윗전에서 지시가 내려왔기에 묵묵히 남궁정의의 조사 결과를 수용했다.

사실 제아무리 무현종이라 해도 남궁세가 내부의 일인데다 남궁정의가 이미 손을 써놓은 상황이었기에 화기를 상할 정도로 노골적으로 조사하지 않는 이상 발각될 리도 없었다.

혜월 대사를 제외하고 세가의 창궁검을 제대로 목격한 이도 없었기에 조작은 식은 죽 먹기였다. 해서 남궁정의는 현재 강호를 뒤흔들고 있는 신비 세력이 창궁대팔식의 무리(武理)를 빌어 세가의 창궁이십팔검의 형태를 만들어낸 것 같다고 재빨리 마무리해서 남궁선에게 보고서를 올렸다.

일을 크게 만들고 싶지 않았던 남궁선은 남궁정의의 보고서가 윗선의 추측과 얼추 들어맞자 그대로 공해 대사 일행과 같이 정마련으로 돌아오라는 답신을 보냈다.

좋지 않은 일은 빨리 마무리 짓고, 무림대회에 참가하는 게 좋겠다는 뜻이었다.

하태진은 남궁정의에게 자리를 권한 뒤, 점소이를 시켜 새로이 안주와 술을 내오도록 했다.

'적어도 그 화산의 오유란이 무슨 임무인지만 알았어도…….'

남궁정의에 의해 알게 된 사실이지만, 오유란은 모종의 임무를 띠고 이곳에 내려왔다고 했다.

그렇지만 애석하게도 남궁정의 정도의 위치에서 알아낼 수 있는 것은 거기까지였다.

둘은 새로 술이 식탁 위에 놓여지자 말없이 잔을 주고받았다.

사실 두 사람은 혜월 대사 암습 건 때문에 유수운의 집에서도 은밀히 만나 입을 맞췄었다.

다행히 남궁정의의 발빠른 수습과 무림의 상황 때문에 손쉽게 마무리를 할 수 있었지만 생각하면 할수록 아찔한 상황이 아닐 수 없었다.

"전부터 묻고 싶었는데… 하 형이 이곳에 온 이유는 무엇이오?"

생각에 잠겨 있던 하태진은 그의 물음을 듣고 고개를 들었다. 남궁정의의 눈동자에는 한 점 호의도 담겨 있지 않았다.

'후… 열꽃이 가라앉았으니 이제 사리 분별이 되는 건가, 남궁정의. 하지만 이미 늦지 않았나? 비록 일이 해결되었다 해도 우리는 같은 비밀을 공유하고 있지 않은가?'

하태진은 내심 그의 뒤늦은 행동에 코웃음을 쳤으나, 표면적으로는 정중히 되물었다.

"남궁 형이 무슨 뜻으로 이런 말을 하는지, 이 하모는 알지 못하겠습니다만……."

"유가 녀석 집에 소류와 같이 동행하라 한 것은 그럴 이유가 있었지만, 용무가 끝난 마당에 군이 이곳까지 따라온 이유를 알지 못하겠다 이 말이오만."

"흐음……."

"설마 유성표국의 소국주가 사사로이 무림대회에 참석하기 위해 이곳까지 왔다는 얘기는 아닐 테고……."

"무림대회도 몹시 흥미로운 일임에는 틀림없으나, 남궁 형 말씀대로 그 때문에 이곳에 오게 된 것은 아니지요."

"……."

"아, 오해는 마시길. 소제가 설마 남궁 형의 정인인 당가의 꽃을 노리고 이곳에 왔겠습니까? 하하핫."

"그렇다면……."

"그야 유수운 때문이지요."

그렇게 잘라 말하자 남궁정의도 달리 할 말이 없었다.

"유수운, 그자는 수상합니다. 무공을 감추고 있는 데다, 그 출신도 불분명합니다. 분명히 뭔가 있어요. 그렇기에……."

'그렇기에 손을 쓴 것 아니겠느냐'는 말은 뒤로 흘리며 하태진이 어깨를 으쓱했다.

"어쨌거나 남궁 형은 어떻게 하실 생각입니까? 버러지 같은 인생이었거늘, 갑자기 소림의 적통이 되어버렸어요."

"애초에 나와 관계가 없는 놈이었소."

"그럴까요?"

관계가 없다는 말에 하태진이 웃어 보였다. 관계가 없다니. 관계가 없는데 어찌 자신의 말에 넘어가 살인멸구에 도움을 주었단 말이던가?

그 웃음에 남궁정의가 눈을 꿈틀거렸다.

'이자가…….'

"남궁 형도 아시지 않습니까? 관계가 없다니, 당 소저가 그에게 끌리고 있는데도 말입니까?"

으득―

그의 눈빛이 사나워지자 하태진 역시 그를 마주 보았다.

"잊지 마십시오, 남궁 형. 우리는 이런 일로 서로 다투어선 안 된다는 사실을."

"……."

하태진이 가볍게 자신들이 공유하고 있는 비밀을 상기시키자 남궁정의의 눈에 가벼운 살기가 돌았으나 곧 그 살기를 갈무리했다. 그는 비어 있는 하태진의 술잔에 술을 따르며 말했다.

"알겠소. 하 형이 이곳에 온 이유는 따지지 않겠소. 하지만…….'

"……."

"우리는 이제 가급적 마주치지 않는 편이 좋겠소."

"…알겠습니다."

"그럼 이만."

남궁정의는 한잔의 술을 마저 비운 뒤 포권하며 자리에서 일어섰다. 하태진은 떠나가는 그의 뒷모습을 바라보며 다시 깊은 생각에 빠져들었다.

*　　　　*　　　　*

무림대회를 앞두고 연일 회의가 열리고 있었다. 혜월 대사의 열반 덕에 귀환이 늦어진 공해도 행장을 풀 틈도 없이 곧바로 회의에 참석해야 했다.

"혜월 대사님이라면 무림의 큰어른이시고, 생불이나 마찬가지인 분이셨는데, 너무 갑자기 서방정토로 떠나셨습니다. 마지막 가시는 길, 참석했어야 마땅하나 거리가 여의치 않아 미처 다가서지 못했습니다."

"아미타불… 련주의 마음이야 어찌 모르겠습니까?'

정마련주 장명의 발언을 시작으로 배석해 있던 각 파의 무림명수들도 공해에게 위로의 말을 건넸다.

약간의 시간이 지나 인사도 끝나가자 그들은 곧바로 회의에 들어갔다. 유수운의 집에서 혜월과 관련된 오해를 확인하고 왔던 공해가 먼저 발언을 시작했다.

발언이라고는 해도 월광사신의 후예로 오인받은 것이 유수운이켜 오유란이 무사하다는 얘기를 요약 보고한 것뿐이다.

공해의 간략한 이야기가 끝나자 장명이 고개를 끄덕였다.

이후 회의에서는 무림대회에 참여한 군웅들의 방 배치부터 식자재 현황, 세력 동향 등의 내용이 안건으로 흘러간 뒤 마침내 이날의 본안이 장명의 입에서 흘러나왔다.

"이제 소림을 대표하는 공해 대사께서도 돌아오셨으니 남아 있는 생사강시를 언제 깨울지에 대해 논의해 볼까 합니다."

비교적 사소한 의제를 가지고 회의에 임하던 무림명숙들의 기도가 일시에 변했다.

현재 움직이고 있는 생사강시는 모두 다섯 구.

나머지는 아직 신수 노사의 관리하에 비동에서 잠자고 있었다.

먼저 입을 연 것은 마교의 고욱현이었다.

"굳이 지금 깨울 이유가 있을까? 아직 구멍에 숨어 있는 월광사신의 꼬리도 제대로 밟지 못했거늘."

개방의 소진이 고개를 끄덕였다.

"이 거지 생각도 교주 생각과 같은데 말요. 급하게 벌써부터 그 비싼 것들 깨워서 뭐 하겠소? 지금 우리 거지새끼들이 눈에 불을 켜고, 쉰밥도 제대로 못 먹고 자취를 찾아 헤매고 있으니 곧 꼬리가 밟힐 거라 이 말이오. 만약을 위해서라면 벌써 다섯 구나 깨워서 여기 본산에 모여 있으니까, 빌어먹을 일이 생기면 그것들이 시간을 버는 동안 신수 노사가 나머지를 깨워 쪽수로 덤비면 되지 않겠소?"

두 사람의 발언을 시작으로 다시 회의가 열기를 띠기 시작했다. 대체로 지금 깨우자는 의견이 반, 뒤에 깨우자는 의견이 반 정도로 팽팽했다.

그때 청혈교의 진추웅이 입을 열었다.

"지금 모두 깨우는 것이 좋다고 생각합니다. 모두들 지금 때문에 숨이 막히는가 본데, 지금 그런 생각 할 때가 아니라 생각합니다. 무엇보다 이 번 무림대회에서 참월대를 조직하는 이유가 무엇입니까? 신비에 가려져 있는 월광사신의 세력과 정면 승부를 하기 위해서가 아닙니까? 그러니 지금 생사강시를 모두 깨우고 그 위용을 이곳에 모인 군웅들에게 보이는 게 좋다고 생각합니다. 비록 지금은 사기가 드높다 하나, 막상 월광사신 과 부딪칠 일을 생각한다면 분명 위축될 가능성이 높지 않습니까? 그러 니 그들의 눈앞에서 생사강시를 보여주고, 참월대가 강호로 나서는 날 그들과 같이 움직일 거라는 걸 확인시켜 그 사기를 최대한 끌어올리는 것이 여러 가지로 나으리라 봅니다."

"흐음……."

추령의 후임으로 앉은 진추웅은 그간 별다른 의견을 내세우지 않았는 데, 막상 입을 여니 대단한 달변이었다.

다른 것은 몰라도 모여 있는 군웅들의 사기와 질서를 유지하고, 숨어 있을 월광사신의 세력을 위협할 수 있다는 얘기는 주목할 만했다.

진추웅의 발언 이후 사람들의 의견이 다시 조율되기 시작했고, 진추웅 이 몇 차례 더 사리에 맞는 주장을 내세우자 결국 중인들의 의견은 생사 강시들을 모두 깨운다는 쪽에 맞춰졌다.

가장 중요한 결론을 내리고 나자, 회의장은 다시 느긋한 분위기로 바 뀌어갔다. 연청 진인이 문득 공해를 바라보고 호기심 가득한 눈빛을 빛 내며 물었다.

"허허. 그러고 보니 혜월 대사께서 열반에 드시기 전 의발 전인에게 그분의 심득을 모두 남기고 갔다는 얘기를 들었습니다. 이렇게 어지러운 시기에 새로운 젊은 인재가 등장하니 반가울 따름입니다. 그래, 소림은 그 아이를 이번 참월비무대회에 내보낼 생각이신가요?"

공해가 설핏 이마를 찡그렸다.

연청으로서는 소림에 새로운 얼굴이 등장했다는 게 반가워 별생각없이 던진 말이겠으나, 어린 사제(?)의 본신 실력에 비관적인 공해로서는 답하기 곤란한 질문이었다.

물론 수운이 산적 몇을 때려잡았다는 얘기를 그 아비인 유정에게 설핏 듣기는 했으나, 혜월 사백이나 혈랑의 후인이 다 처리하고 남은 떨거지 중에 몇을 운좋게 이겼다 생각하고 있었다.

'허허, 이거 참.'

가급적이면 소림에 데리고 들어가 사부인 혜승에게 보이기 전까지 세상에 노출시키고 싶지 않은 아이였다. 그러나 어물거리며 넘어갈 수도 없었다.

연청이 질문을 꺼낸 순간 모여 있는 각 파의 수뇌들이 모두 눈을 빛내며 그를 바라보았기 때문이다.

고강한 무공을 스스로 감춘 채 오십여 년을 살아온 혜월이었다.

그 마음 공부가 범상치 않으니 감추어둔 무공은 얼마나 심오할 것인가?

혜월의 무공 수준은 창궁대팔식을 사용하는 괴한들의 암습을 일거에 패퇴시킨 데에서도 짐작할 수 있지 않은가?

공해는 잠시 속으로 말을 고른 뒤 조심스레 말을 꺼냈다.

"아미타불… 사실, 이번에 사백께서 거둬들인 아이는… 아아, 아이가 아니지요. 사백께서 직접 거둬들인 아이니 순수하게 배분으로 따지자면 제 사제뻘이니까요. 아직 정식 수계를 받지 않았으니 배분이 어떻게 될지는 아직 정해지지 않았습니다만, 제 사제에 준하는 배분이 되리라 생각하고 있습니다. 그러니… 참월비무대회에 내보내기에는 배분 문제도 있고 해서……."

사백께서 직접 거둬들인 아이가 재주가 일천해서 비무대회에 내보냈다 망신이라도 당할 것 같다는 얘기를 어떻게 직접 할 수 있겠는가?

그리하여 눈을 질끈 감고 배분이 높아 내보내지 못할 것 같다고 둘러댔다.

공해가 곤란한 기색을 내비치자 가장 먼저 얘기를 꺼낸 연청도 허허 웃으며 얘기를 돌리려 했다.

"무량수불, 그렇군요. 아쉽지만 어쩌겠습니까?"

그렇게 좋게 넘어가려는 찰나였다.

"그렇게 쉽게 넘어갈 얘기는 아닌 것 같은데."

마교주 고욱현이 다소 냉소적으로 공해를 바라보고 있었다.

"아미타불, 무슨 이야기신지……?"

"소림은 월광사신의 일에 언제나 앞장서겠다. 이것은 늘 입에 달고 다니던 소리 아니었나?"

"그렇습니다만, 그 아이는……."

"본좌가 뭘 어쩌겠다는 얘기가 아니다. 명망 높던 혜월이, 이유가 무엇이든 무공을 숨기고 있었다는 게 드러났다. 더구나 누군가에게 무공을 전하고 곧바로 목숨을 잃었다지? 그렇다면 사람들이 무엇을 생각하겠나? 분명 진신내공까지 격체전공으로 전수했다고 생각할 거야. 내 생각도 그랬으니까."

"……."

"그런데 별다른 이유 없이 배분이 높다는 이유로 비무대회에 선을 보이지 않는다면 모여 있는 군웅들이 납득할 것 같나? 적어도 우리 마맹에 속한 녀석들 중에 그런 걸 납득할 녀석은 없어."

"하지만… 그 아이 역시 비무대회에 참가할 뜻이……."

"땡중, 만약 누군가 나서서 그 아이에게 비무를 신청한다면 소림은 그 비무 신청을 막을 수 있나?"

"……."

"그렇지 않겠지? 소림은 월광사신과 관련된 일에서는 언제나 앞장선 다고 공언한 상태이고 더구나 그 아이는 혜월 대사가 마지막으로 거둬들 인 제자. 여기에 와서 걸어온 싸움을 피한다면 그야말로 소림의 명예가 진창에 처박히는 꼴이겠지."

그제야 상황의 심각성을 다시금 인식하는 공해였다.

소문이란 이리 무서운 것이었다.

'비무대회가 시작되기 전에 소림으로 떠나간다면……'

가만히 얘기를 듣고만 있던 개방의 소진이 혀를 차더니 공해의 속을 짐작이라도 한다는 듯 중얼거렸다.

"대사, 설마 비무대회가 시작되기 전에 여길 뜨겠다는 생각을 하는 건 아니겠지? 그런 빌어먹을 생각은 관두는 게 좋아. 꼬리를 말고 도망갔다 는 소문이 돌 게야. 자칫 힘은 힘대로 쓰고 욕은 욕대로 먹을 일을 만들 수도 있어."

공해가 혀를 찼다.

'허허… 최소한 그 나이 또래에 부끄럽지 않을 무공 정도만 갖추고 있 어도……'

그는 잠시 망설이다 탄식이라도 하듯 말문을 열었다.

"소림은 월광사신에 대한 문제라면 언제나 선두에 서겠다고 천명했고, 그 다짐은 지금도 변하지 않았습니다."

"무량수불, 소림의 마음이야 여기 있는 무림동도 누구도 잊지 않았습 니다. 대사께서 새삼 그런 이야기를 꺼내실 필요가……"

"그럼에도 이번에 그 아이를 비무대회에 서지 못하게 하려는 것은 그 저 배분 때문도 아니고 단순히 체면 때문도 아닙니다. 사실, 그 아이는 여러분도 아시다시피 얼마 전까지 쟁자수를 하고 있던 중에 사백께서 뭔 가 인연을 느끼셨는지 거둬들인 것이라 아직 그 무공이 다른 사람 앞에 내놓을 정도로 쓸 만하지가 않습니다. 솔직히 말씀드리자면 제가 파악한 그 아이의 현재 무공은 고작해야 삼류 정도라 생각됩니다. 더구나 일전에 큰 부상을 입고 간신히 운신하게 된 지 얼마 되지도 않은 터라, 비무장에 세웠다 크게 다치기라도 할까 저어되서입니다."

"흐음……."

대강의 사정을 듣게 된 각 파의 수뇌들이 고개를 끄덕였다.

"그러한 사정이 있으니 모쪼록 이 이야기는 여기서 접어주시길 바랍니다. 그리고 이곳에 모인 군웅들의 도전을 모두 차단할 수는 없겠지만 가능한 이곳에 모이신 분의 사문이나 그에 관계된 곳에서 그 아이에게 도전을 한다거나 하는 일은 막아주셨으면 합니다. 그리고 가능하다면 비무대회 전이나 시작 직후에 소림으로 떠날 구실을 하나 만들어주셨으면 좋겠습니다만……."

드물게 소림에서 머리를 숙이고 나오자 배석해 있던 명숙들도 어색하게 고개를 끄덕여야 했다.

어쨌거나 하나의 화제가 사그라들자 장명은 곧 사람을 비동에 머물고 있는 신수 노사에게 보냈다.

마물, 생사강시를 모두 깨워야 할 시간이었다.

*   *   *

한 시진 후, 모든 준비가 끝났다는 신수의 전언을 받고 정마련의 고위 간부들은 지체없이 비동으로 이동했다.

그들은 복잡한 기관진식을 통과해 비동(秘洞) 내부로 들어와 어두운 지하에 거친 위압감을 내뿜으며 도열해 있는 삼십여 구의 생사강시를 바라보았다.

생사강시가 도열해 있는 비동의 지하 광장 주위는 특감대와 정마련의 각 고수들이 빈틈없이 포위하고 있었고, 신수 곁에는 특감대주가 자리하고 있었다.

만일의 사태에 대비해서였다.

"허어… 아직 깨어나지도 않았거늘 이리 모여만 있어도 저런 기파라니……."

"과연 명불허전. 고금 최고의 마물이라 불릴 만하오."

장명 역시 고개를 끄덕이며 생사강시들을 여러 가지 의미가 담긴 시선으로 바라보았다.

신수가 그런 중인들을 바라보며 고개를 내저었다.

"후유. 내 입으로 말하긴 뭐하지만 마물이야, 이것들은. 부디 일이 잘 끝나기를 바랄 뿐이네."

"잘 끝날 겁니다."

장명이 다짐이라도 하듯 그렇게 대답한 뒤 깊게 심호흡을 했다.

"노사, 이제 시작하시지요."

장명의 말에 신수가 고개를 끄덕였다.

신수는 특별히 제련된 방울과 수많은 약재를 조합해 만든 비약을 꺼내 들고 생사강시를 바라보았다.

이제 생사강시들을 깨우는 순간이었다.

사라락—

모두들 그 광경에 눈을 빼앗긴 탓에, 마지막 순간 한 걸음 물러서 있던 특감대주의 손에서 미세한 붉은 가루가 흩어져 나와 허공으로 흘러들어 가는 것을 목격한 사람은 아무도 없었다.

◈ 第三十一章 ◈
군웅들, 역근세수의 공(功)을 목격하다

군웅들, 역근세수의 공(功)을 목격하다

정마련에 도착한 뒤 사흘이 지나는 동안 그다지 특별한 일은 일어나지 않았다. 다만 정마련이 보유한 최고의 패인 생사강시가 전부 각성해서 월광사신과 대적할 준비를 하고 있다는 이야기가 떠돌아, 모여든 군웅들의 사기가 하늘을 찌를 듯 솟구치고 있었다.

사흘이 지나는 동안 공해나 다른 소림의 고수들은 내부에서 처리해야할 일이 바쁜지 수운을 찾지 않았다. 다만 인편을 보내 소식을 전할 따름이었다.

오유란이나 당소류 역시 무슨 사정인지 수운을 찾지 않았기에 그는 이틀 동안 온전히 홀로 시간을 보낼 수 있었다.

여러 가지로 복잡한 그에게 한적한 시간은 나쁘지 않았다.

"후아, 이제 숨 좀 쉬고 살겠다."

그가 쉬고 있는 곳이 정마련 심장부라는 점이 걸리긴 하지만 마음만은 녹림도들의 습격 이후 가장 편안했다.

그 편안함 속에서 그는 홀로 명상을 하며 자신의 몸속에 일어나는 현상을 관조하는 한편, 한 권의 금강경을 빌려 그것을 다시 읽으면서 마음을 가다듬었다.

그러다 보니 머리 속에서 사문의 무공 비결과 혜월이 전해주고 간 역근세수경의 구절들이 느린 속도로 서로를 침식하기 시작했다. 본래 한 뿌리에서 난 무공들이어서 그런지, 둘은 표리일체(表裏一體)라 부를 수 있을 정도였다.

처음엔 금강경을 읽으며 간간이 역근세수주해를 되뇌였을 뿐이었으나, 그것은 곧 절명문의 권장수신편의 내용과도 연결되기 시작했다.

그는 곧 궁리에 빠져들었다.

이제 가부좌도 팽개치고 벽에 등을 기댄 자세로 수운은 멍하니 머리 속에서 무공들이 살아 있는 생명체처럼 대화를 주고받고, 혹은 서로 권각을 겨루고, 때로는 서로 해치고, 어느 순간 합방을 하는 광경을 바라보고만 있었다.

시비가 찾아와 식사를 권할 때면 어기적거리며 일어나 식사를 했으나 그 순간에도 머리 속은 온통 희뿌연 안개 속과도 같았다.

몸은 마음을 따라간다 했던가?

생각이 칡처럼 뒤엉키자 몸 안에 애써 갈무리해 두었던 내공들도 점차 서로의 영역을 침범하며 서로 교류하기 시작했다.

그가 애써 뿌리쳐도 소용이 없었다.

아니, 그보다는 일전 심마에 든 이후 얻은 작은 깨달음에 의해 굳이 오고 가는 마음(心)을 강제하려 하지 않는다는 것이 바른 표현이었다.

그렇게 편안한 시간을 보내며 소림으로 떠나가길 기다리고 있었지만 그 시간은 그리 길게 지속되지 못했다.

마침내 무림대회가 시작되었기 때문이다.

그리고 그날 아침에야 바쁜 공무를 대강 정리한 공해가 그를 찾았다.

"아미타불, 그간 급히 처리해야 할 일이 있어 사제에게 크게 신경을 써주지 못한 듯하여 마음이 좋지 않구먼."

"아닙니다, 대사님. 편히 쉬었는데요."

빈말이 아니었기에 수운의 표정에선 지극히 만족한 빛이 어려 있었다.

"오늘부터 참월비무대회가 시작된다네."

"네. 그런데 저는 언제쯤 소림으로 떠나게 되는지요?"

수운의 입장에서 생각해 보자면 소림의 인가를 받기 위해 떠나온 길이고 정마련에는 공해 대사의 공무 때문에 잠시 들른 것이었다. 지금 정마련이 눈코 뜰 새 없이 바쁜 것은 비무대회 때문이니, 비무대회가 시작되고 나면 곧 소림으로 향할 것이라 생각하고 있었다.

사실 크게 틀린 생각이 아니었다. 공해 역시 세간의 눈을 신경 쓰지 않았다면 그리했을 테니까.

"그게……."

공해는 잠시 수운을 바라보다 고개를 저었다.

"일단 며칠 정도는 더 머물러야 할 것 같네."

그리고 대강의 상황을 얘기해 주기 시작했다.

정마련엔 잠시 들렀다 가는 것이고, 곧바로 소림으로 향할 것이라 생각하고 있던 수운 입장에선 어이없는 일이었다.

"…하니, 마음의 준비라도 해두는 게 좋을 것이네."

"하지만 대사님, 느닷없이 비무라니요? 그런 얘기는 없으셨잖아요?"

"그러니까, 어디까지나 만약의 경우일세. 그저 일이 닥쳤을 때 놀라지 말라고 말해두는 것이야. 후우, 각 문파에 상황을 얘기해 뒀으니 별다른 일은 없을 것이야."

비무라는 말이 떨어지자마자 호들갑을 떠는 수운의 행동이 마음에 들지 않아서 공해의 얼굴이 찌푸려졌다. 뒤늦게 입문을 했으니 무공이 모자라는 것은 이해할 수 있으나, 저런 마음가짐이 마음에 들지 않는 것이다.

"아미타불… 어쨌거나 자네는 혜월 사백이 두고 가신 마지막 전인이라는 점을 잊지 말아주게. 알겠나?"

"…알겠습니다."

"그래. 자, 이제 나가보세나. 그래도 지난 백 년 이래 가장 성대한 무림대회인데, 구경이라도 하고 가는 게 좋지 않겠나?"

공해가 다시 웃음을 머금고 그의 어깨를 두들겨 주었다.

자리에 도착하고 얼마 지나지 않아 정마련의 총사가 연단에 올라 참월무림대회가 시작되었음을 선언했다. 그 이후 강호의 명망있는 고수들이 연단에 올라 참월무림대회의 개요에 대해 각각 연설을 하고 내려가기 시작했다.

분위기가 최고조에 달했을 때 마침내 장명이 연단에 올랐다.

"이제 참월대에 속할 영웅들을 가려내는 비무대회가 시작됩니다. 어디까지나 월광사신을 상대할 이들을 뽑는 대회이니만큼, 가급적 서로의 화기를 해치지 않는 비무대회가 되었으면 합니다. 여러 영웅들의 건승을 기원합니다."

"우와아!"

그는 군웅들의 함성에 가볍게 손을 흔들어 화답한 뒤 연단에서 내려섰다.

장명의 마지막 개회 선언을 끝으로 다소 어수선했던 장내가 정리되었다. 텅 빈 비무대에 드디어 첫 비무 요청자가 올라서서 점잖게 포권을 했다.

"진무관의 서청원이라 합니다. 미흡하지만 본인이 먼저 비무대 위에 올랐습니다. 어느 분이 가르침을 주시겠습니까?"

그 말이 끝나자마자 누군가 비무대 위로 올라서며 마주 외쳤다.

"낙양 사가장의 사명운이라 하오. 귀하에게 도전하겠소."

두 사람이 가볍게 포권을 하고 뒤로 물러서 공간을 마련하자, 비무의 심사를 맡은 화산의 연청이 가볍게 고개를 끄덕여 서로 손을 쓸 것을 허가했다.

이렇게 시작된 첫 시합을 시작으로 참월비무대회의 열기는 점점 달아오르기 시작했다.

참월비무대회의 규칙은 매우 단순했다.

비무대에 올라섰을 때, 누구도 도전을 해오지 않거나 연거푸 세 명을 물리치면 통과하는 방식이었다.

더구나 참월대의 예정 인원인 이백 명을 채울 때까지 누구라도 계속 도전할 수 있었다.

처음엔 너무 간단하며 불합리한 규칙이 아니냐는 비판도 있었지만, 참여하는 군웅의 수가 기하급수적으로 불어나면서 이 방식이 아니면 비무대회 자체를 진행할 수 없을 정도가 되어 어쩔 수 없었다.

수운은 비무 시합을 보며 머리 속에 헝클어져 있던 수많은 이론과 그림들이 더욱더 흐트러지며 서로 뒤엉켜 가는 것을 느끼고 있었다. 그는 자신도 모르게 서로 손발, 검과 검을 맞대며 흉험한 싸움을 벌이고 있는 비무 시합에 침잠해 들어갔다.

그렇게 한창 시합에 열이 올라갈 무렵이었다.

열한 명이 참월대원으로 인증받았을 무렵, 다시 한 사내가 비무대 위로 뛰어들었다.

"유성표국의 표두를 맡고 있는 하태진이라 합니다. 미력하나마 무림의 일에 손을 거들기 위해 여기까지 달려왔습니다. 가르침을 청합니다."

'보기 싫은 녀석이 올라왔군……'

공해 대사 옆에서 혼몽한 상태로 비무대회를 관전하고 있던 수운은 갑자기 올라온 하태진을 보면서 그렇게 중얼거렸다. 하태진이 '무림의 평화, 운운하는 것이 마음에 들지 않았지만, 그 외에 특별한 감정이 남아 있지는 않았다.

어쨌거나 인간성과 무공은 과연 상관이 없는 것인지, 그는 제법 날카로운 검법을 선보이며 소검왕이라는 별호가 부끄럽지 않음을 확인시키고 있었다.

사실 유성표국주 하의민을 아버지로 두고, 패검 장무성을 의숙으로 둔 하태진은 어릴 때부터 집중적으로 무공을 지도받아 왔으니, 그 수준은 또래의 명문정파의 후기지수와 비교해도 손색이 없을 정도로 출중했다.

옆 자리에 앉아 있던 공해도 어린 친구의 검에서 제법 예기가 보인다며 기꺼워하는 소리를 몇 마디 던지고 있었다.

마침내 하태진은 어렵지 않게 세 명을 물리치고 참월대로서의 자격을 얻었다. 심사관을 맡은 연청 진인이 흡족한 얼굴로 그 사실을 선언하고 비무대를 비우라 말하려는 순간이었다.

하태진이 갑자기 다시 포권을 하며 목소리를 높였다.

"사실 제가 이 자리에 선 것은 참월대에 들어 강호의 큰일을 해보자는 것도 있었으나, 또 다른 욕심도 있었습니다. 듣기로 소림에 새로이 신룡이 나타났는데, 그의 연배가 마침 제 또래라 들었습니다. 마침 이 시기에 그가 이곳에 있으니, 아직 어린 저로서는 호기심과 호승심이 일어 마음을 다스리기 힘들더군요. 만약 소림에서 저의 결례를 용서해 주신다면 결례를 무릅쓰고 제가 감히 그에게 비무를 신청해 볼까 합니다."

비무를 관전하던 사람들 사이에서 술렁임이 시작되었다.

'저 자식이!'

공손한 말투 속에 숨어 있는 비웃음을 느낀 수운이 잠시 발끈했다. 그렇지만 곧 자신이 처한 상황을 깨달은 그가 난감한 얼굴로 공해를 힐끗 바라보았다.

공해의 얼굴 역시 굳어 있었다.

하태진이라면 유수운의 집에서부터 이곳까지 동행을 한 일행의 하나였다. 유수운이나 화산파 일행과 묘하게 거리감이 있긴 했으나, 유성표국의 소국주라는 신분이 있기에 그에게 별달리 신경 쓰고 있지 않았다.

더구나 유성표국과 무당의 인연이 적지 않을 터.

분명 비무에 유수운을 끌어들이지 말라는 은밀한 청을 듣지 못했을 리가 없었다.

그걸 제외하고라도 유수운과 인연이 적지 않다면 그의 무공이 아직은 일천하다는 것을 알고 있을 텐데도, 중인환시리에 이렇듯 도전을 해오다니.

공해의 눈살이 노기로 인해 절로 찌푸려졌다.

'허허… 참으로 고약한 일이로고…….'

"저런 비열한……."

숙부인 당염의 지시로 남궁정의와 함께 무림대회를 지켜보고 있던 당소류 역시 하태진이 공개적으로 수운에게 도전을 하자 주먹을 꽉 쥐며 분노에 찬 소리를 내뱉었다.

옆에서 지켜보고 있던 남궁정의가 그런 소류를 바라보았다.

"그저 도전한 것뿐인데, 비열하다는 얘기는 어울리지 않는데?"

"너도 알 텐데? 지금 유 공자는 비무를 할 수 없다는 것을?"

공해가 머리를 숙이고 들어왔기 때문에 거대 문파에서는 조용히 제자들에게 소림 속가제자인 유수운에게 비무에 관련된 어떤 일도 하지 말 것을 당부해 놓은 상태였다.

더구나 직계제자들에게는 혜월이 마지막 가는 길에 거둔 아이가 아직 일천한 무공 실력을 가지고 있는 데다 몸 상태가 정상이 아니라는 말도 덧붙여 쓸데없는 충돌을 막아둔 상태였다.

남궁정의도 그러한 사정은 대강 알고 있었지만 당소류가 대놓고 유수운의 걱정을 하자 자신도 모르게 퉁명스러워지는 말투를 어찌할 수 없었다.

"부상 말인가? 오는 도중 유심히 지켜봤지만 부상을 입은 흔적은 이제 없던데. 더구나 듣자니, 녹림도들이 덤벼왔을 때 펼친 무공 수위도 매우 훌륭했다던데."

'그건 생사를 가름할 때나 쓸 수 있지, 비무대회에서 쓸 수 있는 것이 아니다!' 라는 생각을 하며 당소류는 남궁정의를 바라보았다.

"어쨌거나, 지금 그는 제대로 된 무공을 쓸 수 있는 상태가 아니야."

"그걸 네가 어떻게 알고 있지?"

"너도 숙부님께 들었을 텐데?"

"내가 들은 건 소림에 시비를 걸지 말라는 얘기뿐이었어."

"……."

당소류는 대답을 하지 않고 다시 비무대 너머로 시선을 던졌다. 그녀의 시선 끝에 곤란해하고 있는 유수운이 존재하는 것을 안 남궁정의는 자신도 모르게 주먹을 말아 쥐었다.

소림 측에서 즉답이 없자 저간의 사정을 모르는 군웅들 속에서 한두 마디씩 외침이 흘러나오기 시작했다. 그 대부분이 하태진의 도전을 젊은 강호인의 패기 넘치는 행동으로 좋게 받아들이고 있었다.

"소림은 소검왕의 도전을 받아들여라!"

"패기가 보기 좋다!"

"혜월 대사의 제자는 원대로 한 수 가르침을 줘라!"

공해는 한숨을 내쉬며 옆에 있는 수운을 바라보았다.

'하태진이란 아이는 후기지수 중에서도 장래가 유망한 아이. 사백의 가르침을 받았다 하나 그것을 익힐 시간이 없던 이 아이가 이겨낼 수 있는 상대가 아니거늘…….'

나가서 패배하는 것과 아예 도전을 회피하는 것 중에 어느 것이 나을까. 지금 군중의 분위기로 봤을 때 하태진의 도전을 회피하는 것은 어려울 듯했다.

더구나 하태진은 이미 참월대원의 자격을 획득한 데다 그 신분도 강호에 이름 높은 유성표국의 소국주. 설혹 패배한다 하더라도 수습을 어떻게 하느냐에 따라 큰 흠결이 되지 않을 것 같았다.

마음을 정한 공해가 수운을 바라보았다.

"어쩔 수 없게 되었네. 사실 자네는 잘 모르겠지만 지금 강호두림에서는 자네에 대해 떠도는 말들이 많다네. 혜월 대사님의 마지막 저자라는 것과 그분 최후의 심득을 물려받았다는 것 때문에……."

수운은 다소 멍한 기분을 털어버리기라도 하듯 고개를 내저었다.

그는 두 가지 상반된 생각을 동시에 하고 있었다. 곤란해하는 자신과 그런 자신을 관조하는 또 하나의 자아가 머리 속에서 마주하고 있는 것이다.

그렇기에 지금 처한 일은 분명 자신의 일인데도 현실감이 느껴지지 않았다.

하태진이 등장하여 공개적으로 비무를 신청한 이후 뿌옇던 수운의 머리 속은 더욱 하얗게 변해가고 있었다.

"음……."

그렇기에 고개를 한 번 휘저은 뒤에야 그는 공해 대사의 말을 이해했다.

"그러면 역시……."

"나가봐야겠네."

"으음……."

"소림의 체면이 달린 일이야. 면전에서 도전을 받고도 나가지 않는다는 것은 패하는 것보다 더 큰 수치일세. 있을 수 없는 일이라네. 내 듣자 하니, 자네도 무공이 아주 없지는 않다 들었으니 그저 최선을 다하고만 들어오게. 이후의 일은 내 어떻게 수습해 보겠네."

공해가 그렇게 말을 하고 있을 때, 수운은 마침 머리 속에 떠오르는 몇 가지 가르침에 대해 생각하고 있었다.

"이보게……?"

공해가 그를 다시 부를 때에야 수운은 다시 현실로 돌아왔다. 그는 잠시 이곳이 어디인지 두리번거리다 비무대 위에 서 있는 하태진을 바라보고 난 뒤에야 알았다는 듯 고개를 끄덕였다.

"어… 예, 알겠습니다. 최선을 다하겠습니다."

그가 짧게 대답하고 천천히 일어서자 사방에서 함성 소리가 울리기 시작했다.

공해는 수운의 눈에 이상하게 초점이 없어지기 시작하자 그가 두려움에 위축된 걸로 오해하고 몇 마디 조언을 하려고 했다.

"그렇게 긴장을……."

"그런데요, 대사님께서도 미리 알아두셔야 할 게 있습니다."

"응? 그래, 말을 해보게나."

"그러니까… 음, 뭐랄까요, 저는 지금 단 한 점의 내공도 사용할 수 없으니까 혜월 대사님의 명성에 누를 끼쳐도 이해해 주세요……."

"음?"

"혜월 대사님은 돌아가시기 직전, 그분의 진신내력 전부를 저에게 불어넣어 주고 가셨습니다. 한데 제가 아직 미숙하여 그 내력을 다스리지 못하기에 함부로 내력을 움직일 수 없습니다."

멍한 표정으로 반쯤 진실인 말을 내뱉은 수운은 공해가 뭐라 대답하기도 전에 비무대를 향해 걸어나가기 시작했다.

사실 수운은 그가 자신에게 비무를 신청할 때부터 조금, 아니, 꽤나 화가 나 있었다.

머리 속을 가득 채우기 시작한 멸명마공과 달마역근세수경의 겨룸이 아니었다면 지금쯤 분노로 가슴을 가득 채우고 있을지도 모른다.

비무대 위에 선 채 오연히 자신을 바라보고 있는 하태진을 보며 비무대로 향하다 보니 문득 의문이 떠오른다.

'저 녀석은 대체 왜 나한테 저렇게 적대적인 걸까?'

화를 내야 할 사람은 그가 아니었다.

모욕을 준 것도 하태진이고 상처를 준 것도 하태진이었다.

그럼에도 그는 마치 자신이 커다란 모욕을 받은 것처럼 행동하고 있었다. 그는 분명히 수운에게 집착하고 있었다.

그런 생각을 하자 상황을 관조하던 자아가 웃음기를 내보였다.

'내가 그의 집착이라면 내가 곧 그의 기쁨이기도 하겠군.'

가르침을 생각하다 보니 문득 그런 생각이 들었기 때문이다. 그 웃음을 시작으로 하태진에게 품고 있던 작은 분노마저 사그라들었고 그 자리에도 몇 가지 무학 이론들이 스며들기 시작했다.

'아, 그렇겠구나⋯⋯.'

한데, 그 미소가 하태진에게는 잘못 비춰진 모양이었다.

이제껏 여유있게 걸어오는 그를 바라보던 하태진의 얼굴이 미소를 보자마자 갑자기 차갑게 변했다.

하태진과 유수운이 비무대 위에서 서로 마주 섰다.

"유 소협, 무기를 들지 않아도 되겠나?"

하태진이 검을 들고 있는 반면, 수운은 적수공권이었으므로 연청 진인이 일단 물어보았다. 무기를 들지 않겠냐는 물음을 듣자 수운은 반사적으로 고개를 끄덕였다. 그의 정신은 이미 다른 곳에서 노닐고 있었고 육신을 움직이는 것은 단순한 본능이나 마찬가지인 상태였다.

어쨌거나 소림은 전통적으로 권장법과 각법, 그리고 곤으로 강호에 명성을 떨쳤으므로 연청도 두 번 묻지 않았다. 그러나 그의 눈은 수운을 세심히 살피고 있었다.

'무공 수위는 둘째 치고 역시 공해 대사의 말대로 지금 몸 상태 자체가 정상적인 상태가 아닌 듯싶군.'

멍한 수운의 얼굴을 바라보며 연청은 힐끗 공해가 있는 쪽을 바라보았다. 침중한 낯빛을 보아하니 어쩔 수 없이 내보냈다는 것이 저절로 드러났다.

'여차하면 곧바로 중지시켜야겠군.'

그런 생각을 하며 연청이 비무 시작을 알린 뒤 천천히 뒤로 물러섰다.

'네가 무공을 제대로 익히지 못했다는 사실은 어지간한 문파에는 회람이 돌아 있는 상태. 하지만 난 네 녀석이 혜월의 무공이 아니라 무언가 다른 무공을 감추고 있다는 것을 알고 있다. 중인환시리에 몰아붙이면 네가 숨기고 있는 것이 무엇이든 그걸 알아볼 사람들이 있을 것이다. 그게 아니라면… 후후, 나의 검으로 앞으로 강호에서 얼굴을 들고 다니지 못하게 철저히 부숴주마. 다시는 내 앞에서 그 천한 얼굴을 들지 못하도록.'

그렇게 중얼거리며 하태진은 몸 상태를 점검했다.

사실 유수운의 무공을 대놓고 경시하고 있지는 않았다. 애써 수운을 폄하하고는 있으나, 몇 차례 직간접적으로 느낀 그의 무위를 알고 있기 때문이다.

"후웁—"

가벼운 심호흡을 한 뒤 신중히 발검(拔劍)을 한 하태진은 점점 기세를 올리며 자연체로 서 있는 수운을 압박하기 시작했다.

그 기세가 가볍지 않을 텐데도 수운은 어딘지 먼 곳을 바라보는 듯 하태진에게 집중하지 않고 있었다.

'건방진 녀석 같으니……'

"그럼, 가겠소."

"……"

연청 진인이 비무의 시작을 알리고 하태진이 공격하겠다는 신호를 보냈음에도 수운은 가만히 그를 바라보고만 있었다. 비무를 구경하던 사람들의 술렁임도 서서히 멎어가고, 두 사람 사이를 휘젓고 사라지는 바람 소리마저 들을 정도로 고요해져 갔다.

"타앗!"

비무를 관전하는 사람들을 의식해 한마디를 던지고 지체없이 거리를 좁혀 일검을 쳐냈다.

그의 가전절기인 청풍무류검 중 가장 흉험한 초식이라 할 수 있는 검진무봉이었다.

쐐액—!

"아앗!"

"위험하다!"

검이 바람을 가르는 소리와 관전자들의 비명 소리가 동시에 들려왔다. 검이 심장 앞까지 다가왔음에도 수운의 몸이 미동조차 하지 않았기 때문이다.

세심히 지켜보던 연청이 급히 날아들어 하태진의 검을 쳐내려는 순간……!

검이 다가오고 있다는 것은 알고 있었다.

수운은 그것을 그저 바라보고 있는 것만은 아니었다.

머리 속에서 수많은 손짓과 발짓, 몸이 움직여 가야 할 공간, 점해야 할 공간들이 떠오르기 시작했다.

그리고 그 순간 희미하게 현실과 이어져 있던 수운의 정신 세계는 완전히 그의 내우주로 떠나갔다.

절명문의 무공을 제외하고라도 혜월의 심득이 담긴 달마역근경주해, 초반부이긴 하지만 칠상권론이라는 희대의 절학을 익히고 있는 수운이었다.

'그 움직임은 일체의 선으로 낸다[拳打一條線]…….'

문득 수운은 소림권의 가장 기초적인 특징에 대해 중얼거렸다. 그러면서 의문이 생겼다.

'어째서 소림의 무공은 소 한 마리가 누운 넓이에서[拳打臥牛] 일체의 선으로 내는 것일까?

소림의 무예가 단순히 좌선을 돕기 위한 체조가 발전한 것이어서일까? 검의 궤적이 점점 그의 몸으로 다가드는 상황에서도 그는 끊임없이 사유했다.

한마디 말은 한 가지 현상만을 뜻하는 것일까.

아닐 것이다.

누군가 여래가 혹은 오며, 혹은 앉고, 혹은 눕는다고 말한다면 으히려 그 설한 바를 이해하지 못하는 것이라 했다.

'본시 여래란 어디서 오는 것도 아니며, 어디로 가는 것도 아니기에 여래라 일컫는 것……'

거기까지 생각하는 동안에도 하태진이 쥔 검은 끊임없이 그에게 다가서고 있었다. 수운의 입장에서는 길고도 긴 사유에 빠져 있는 동안이었으나, 다른 이에게는 그야말로 찰나에 불과한 시간이었다.

느림도 없고 빠름도 없다는 언구를 이해할 수 있을 것 같았다.

마침내 수운이 몸을 움직이기 시작했다. 아니, 그의 몸은 이미 처음부터 움직이고 있었는지도 모른다.

검이 그의 심장에 다다르려는 순간, 불쑥 손 하나가 투박한 동작으로 튀어 올라왔다.

턱, 소리와 함께 수운의 주먹이 검병을 쥐고 있는 하태진의 새끼손가락을 가격했다.

티익―

"크윽!"

내공이 실려 있지 않은 단순한 일격이었으나 얻어맞은 부위와 시기가 교묘했다. 그 여파 때문에 하태진의 검은 수운의 오른쪽 어깨를 스치며 빗나갔고, 검이 빗나가 중심이 흐트러진 순간 수운의 어깨가 슬쩍 하태진을 밀었다.

타타닥!

"홍!"

가볍게 부딪친 여파로 한쪽으로 비틀거리며 물러선 하태진이 다시 자세를 잡으며 이글거리는 눈으로 수운을 바라보았다.

수운의 눈은 처음과 똑같았다.

어딘가 먼 곳을 바라보는 듯한 눈길.

혜월이 지도해서 꽤 심도있게 진행되었던 만련.

그가 전해준 달마역근경의 심득.

그 이후 조금씩 시작되다 정마련에 도착하고 본격적으로 시작되던 두 무공의 충돌과 조화.

수운은 그 모든 것을 동시에 바라보고 있는 중이었다.

한차례 공방이 지나가자 관전자들이 술렁이기 시작했다. 하태진이 펼친 검법 때문이 아니었다. 그것을 받아친 수운의 초식 때문이었다.

"방금 저건⋯⋯."

"저거, 분명 도예구우미(倒拽九牛尾)가 아닌가?"

"확실해. 도예구우미였어."

"허허허."

"내가 보기엔 내력도 쓰지 않은 것 같던데⋯⋯."

"자네가 보기에도?"

"역시⋯⋯."

위기의 순간 검병을 쥐고 있는 손을 쳐올려 위기에서 벗어난 수법. 그 것은 이제 소림 속가뿐 아니라 민간에서도 도인법으로 널리 행하고 있는 역근경의 행법 중 하나로 도예구우미였다.

강호에 수많은 무공이 있다 하지만, 역근경 행법은 무공이 아니었다. 본격적인 수련을 하기 전 굳어 있는 몸을 푼다거나, 오랜 시간 좌선하여 굳어 있는 몸을 풀어주는 말 그대로 역근의 역할만 하는 동작들이었다.

초식이랄 것도 없는 도예구우미의 한 수로 하태진을 비틀거리게 하자,

안절부절못하며 이후성과 함께 비무를 지켜보던 오유란이 흥분한 얼굴로 손뼉을 쳤다.

"아! 저거……!"

오유란과의 인연 때문인지 수운에게 꽤나 흥미를 가지고 있던 이후성이 발갛게 상기된 그녀에게 물었다.

"뭔지 아는 거야, 사매?"

이후성이 궁금해하며 질문을 했지만 그녀는 대답하지 않고 유수운에게 시선을 고정하고 있었다.

'그거야! 그때 나한권하고 육합권의 만련! 나를 물러서게 만들었던 그거!'

오유란은 주먹을 꼭 쥐었다. 혜월 대사의 마지막 심득을 전수받았다고는 했으나 절명문 무공의 성격상 한 점 내공도 쓸 수 없으리라는 걸 알고 걱정하고 있었다.

그런데 내력을 사용하지 않고서도 가볍지 않은 하태진의 일수를 가볍게 뿌리쳤다.

적어도 크게 다치거나 망신을 당하고 내려오지는 않을 것 같아 그녀는 안도의 한숨을 내쉬었다.

'저 재수없는 녀석, 혼쭐을 내줘요, 유 공자!'

까드득—

하태진이 남몰래 검을 고쳐 쥐며 통증이 이는 손가락을 살폈다.

'빌어먹을…….'

펼쳐 낸 검이 수운의 심장에 닿는다 싶었을 때, 느닷없이 수운의 주먹이 검병을 쥔 새끼손가락을 타격했기에 궤적이 흐트러졌다.

내력을 싣지 않았는지 별다른 충격은 없었지만 중심이 흐트러진 상태에서 등과 등이 가볍에 맞닿은 덕에 꼴사납게 몇 걸음 비틀거리며 나아가서야 다시 자세를 잡을 수 있었다.

검사에게 있어 검병을 쥔 손을 얻어맞은 것이나 중심을 잃고 비틀거린 것은 더할 나위 없는 수치.

그는 자세를 고쳐 잡은 뒤 활활 타오르는 눈으로 수운을 바라본 뒤 곧바로 다시 출수했다.

"하아앗!"

이번 공격은 조금 전보다 더욱 매서웠다. 새파랗게 날이 선 검기가 사방으로 비산했고, 그 중심에는 여전히 수운이 놓여 있었다.

검은 여전히 날아들고 있었다.

수운은 천천히 한 걸음 앞으로 나아가며 청룡탐조(靑龍探爪)의 모습으로 하태진의 공격을 비껴냈다. 더불어 돌진하던 그의 기세에 자신의 체중을 실어 중심을 흐트리려 했다.

"두 번 당하진 않는다!"

내심 경계하고 있던 하태진은 공력을 끌어올려 버틴 뒤 바로 회풍무류의 수법으로 수운의 어깨를 찔러 들어갔다. 공격이 실패해서인지 수운의 몸은 온통 빈틈투성이였다.

그 순간.

수운의 몸이 한 걸음 물러서며 육합권의 조룡탐해(鳥龍探海)를 역으로 펼쳐 내는 모습이 한순간 환상처럼 그의 눈에 새겨졌다. 그것으로 끝이었다.

부앙―

"헛!"

하태진은 자신의 몸이 무언가에 끌어 올려지며 붕 뜨는 듯한 기분과 함께 시선의 상하가 뒤집히는 것을 느꼈다. 시야가 어지럽게 변하다가 한순간 푸른 하늘에 고정되었다.

풀썩―!

"……."

그는 짧은 시간 동안 자신에게 무슨 일이 벌어진 것인지 인지하지 못하고 있었다.

"이… 이건?"

흥분한 듯 웅성거리는 관전자들의 목소리가 서서히 커지기 시작할 무렵에야 그는 자신이 처해 있는 상황을 깨달았다.

장외.

비무장 밖으로 꼴사납게 떨어져 누워 있었다.

비무대 밖으로 나와 버린 하태진이 이를 부득 갈며 어처구니없다는 표정으로 비무대 위를 바라보았다.

"당당한 소림 제자가 이건 무슨 사술인가!"

하태진이 버럭 소리를 지르고 흘깃 심사관을 맡고 있는 연청 진인을 바라보았다.

그의 외침에 수군거림이 더욱 커졌다.

대다수의 관전자들 역시 일방적으로 공격하던 하태진이 어떻게 비무대 밖으로 내던져졌는지 알지 못했기 때문이다.

"진인! 이것은 정당한 승부가 아니었습니다!"

"무량수불… 노도가 옆에서 지켜본 바, 어떠한 암수도 행해지지 않았네."

"그런……!"

하태진은 욱하는 심정이 되었으나, 연청 진인이 투명한 눈으로 자신을 바라보고 있자 못마땅한 표정으로 검을 갈무리한 뒤 한숨을 내쉬었다.

"가르침… 고맙소."

하태진은 가볍게 포권한 뒤 애써 당당한 걸음으로 참월대가 모여 있는 곳으로 향했다.

'빌어먹을⋯⋯!'

제대로 손도 쓰지 못하고 패배한 것도 그렇고, 무엇보다 수운이 감추고 있는 무언가를 끌어내지도 못했다는 것에 분노가 치밀어 올랐다.

감추고 있는 밑바닥을 파내지 못해도 크게 망신을 주려던 것이 되려 망신을 당한 것이다.

그의 귀로 연청 진인이 외치는 소리가 들려왔다.

"소림 속가, 유수운 승!"

비무가 진행되는 동안 계속 안절부절못하는 당소류를 바라보던 남궁 정의는 꼴사납게 장외패를 당한 하태진을 향해 코웃음을 쳤다. 그리고 자리에서 일어섰다.

"뭐 하는 거야?"

"제대로 된 실력을 한번 보고 싶어서."

"그만둬."

"⋯⋯."

"정의 너⋯⋯."

"그만둬. 그저 비무를 해보고 싶을 뿐이니까."

"그게 아니잖아."

"그게 아니면 뭐란 말이지?"

"너, 소림의 체면을 깎을 생각이야?"

그 말을 듣는 순간 남궁정의의 몸에서 기이한 열기가 발산되었다. 정의는 차가운 눈으로 소류를 쏘아보며 중얼거렸다.

"소류 너, 그 이상 말하지 않았으면 좋겠어."

당소류는 발끈해서 뭔가 더 말하려고 했으나, 그의 눈을 보고는 고개를 내저었다. 어릴 때부터 친하게 지내왔기에 잘 알고 있었다. 저런 눈을 하고 있는 남궁정의에게는 더 이상 말이 필요없다는 것을.

"……."

"그래, 잘 생각했어. 이 이상 날 말리면 정말 화가 날 것 같았으니까."

남궁정의는 짧게 끊어 말한 뒤 몸을 날려 비무대로 향했다. 그가 비무대 위에 오르자 다시금 사람들의 환호성이 울리기 시작했다.

"우왓! 남궁세가다!"

그의 옷에 새겨진 표식을 보고 군중들이 소리쳤다.

"남궁세가의 남궁정의라 합니다. 유수운 소협에게 한 수 가르침을 청합니다."

남궁정의가 비무대 위에 올라 수운과의 비무를 신청하자 비무를 관전하고 있던 남궁선의 눈이 일그러졌다.

'저 녀석이 왜?'

최근 들어 가뜩이나 이런저런 구설수에 올라 있는 남궁세가였다. 다행히 정마련주의 호의나 기타 거대 문파의 이해로 화를 입지는 않았으나 최대한 몸을 낮게 가져가야 할 시기였다.

더구나 이미 남궁세가 계열의 제자들에게는 넌지시 소림 제자인 수운에게 비무를 신청하거나 하는 일을 금지시켜 놓은 상태였다.

한데 다른 이도 아니고 세가의 직계 자손이 혜월 대사의 제자에게 도전을 하다니.

'확실히 몸 상태도 정상이 아닌 듯한데… 훗날 소림과 불화라도 일면 어쩌려고.'

그 역시 고수였다. 비무대 위에 올라서 있는 수운의 눈동자에 초점이 없다는 것을 못 알아볼 리가 없었다. 더구나 하태진과의 일전에서 그는 단 한 번도 내력을 끌어올리지 않았다.

내력을 끌어올리지 않아도 이길 수 있다고 생각했거나 내력을 끌어올릴 수 없는 상태. 남궁선은 후자일 거라고 생각했다. 그렇지 않으면 자존심 강한 공해가 소림의 이름으로 비무를 피해가려 할 리가 없었으니까.

이겨도 져도 아무 득이 없는 비무였다.

'마음에 호승심이라도 일었단 말인가.'

어쨌거나 비무대 위에 올라선 이상 이제 말릴 명분도 없었다. 남궁선이 눈살을 찌푸렸다.

유수운과 하태진의 비무를 유심히 관찰하면서 대강 눈치 채고 있었지만, 비무대 위에 올라 가까이서 수운의 상태를 바라보니 더욱 확신이 들었다.

자연체로 풀려 있는 자세, 초점이 없는 눈.

정마련까지 동행하며 지켜봤을 때와는 전혀 다른 상태였다.

'무슨 사정인지 모르겠지만 이자는 지금 내공을 사용하지 못한다. 어쩌면 혜월 대사에게 물려받았다는 진원지기 때문에 무슨 사단이 났는지도 모르겠군.'

영약과 거대한 내력이 몸 안에 들어온다고 마냥 좋은 것이 아니라는 것을 명문세가에서 자라난 남궁정의는 잘 알고 있었다.

다스리지 못하는 기운은 오히려 독.

소림이 수운의 일로 다른 문파에게 고개를 숙였다는 것을 숙부인 남궁선에게 들었을 때부터 남궁정의는 '그의 몸에 뭔가 이상이 생긴 것은 아닐까' 하는 생각을 품고 있었다.

하태진을 물리칠 때도 방심한 채 무턱대고 돌진하던 하태진의 힘을 역이용해서 비무대 밖으로 떨군 것뿐 제대로 된 내력을 사용하지 못했다는 것을 짐작할 수 있었다.

'사량발천근이나 이화접목과 비슷한 수법이었으니, 그 수법을 사용하지 못하게 하면 끝이지.'

유수운과 하태진의 비무를 관전하며 이미 수운의 약점을 파악해 두었다.

초식의 절묘한 운용으로 상대방의 힘을 이용하는 수법. 혜월에게 무슨 가르침을 받았기에 단시간 내에 그런 초식 운용이 가능한지는 모르겠으나 결국 무인에게 가장 중요한 속도와 파괴력이 없었다.

그렇다면 자신의 힘을 이용하지 못하도록 더욱 빠르고 현란하게 몰아붙이면 되는 일이었다.

생각을 정리한 그는 이제 시작해도 되겠냐는 듯 연청 진인을 바라보았다.

"시작해도 되겠습니까?"

연청은 잠시 두 사람을 바라본 뒤 조금 전과 마찬가지로 비무의 시작을 알리고 뒤로 물러섰다.

하태진이 비무대 위에서 쓸쓸히 물러나고 새로운 비무 상대로 남궁정의가 올라오는 순간에도 수운은 자신만의 공간에서 심상을 만들어 그것이 움직이는 것을 바라보고 있었다.

찬연히 빛나고 있는 심상(心想)은 육합권, 나한권, 칠상권, 달마역근공, 그리고 절명문에 전해오는 권장수신편의 실전절예에 이르기까지 그 모든 몸놀림을 차근차근 펼쳐 나가고 있는 중이었다.

사부에게 배웠던 구애되지 않는 수련과 혜월에게 수련받았던 느긋하며 빈틈없이 움직이던 만련에 따라 법문에 감춰져 있던 수많은 절학들이 경쾌하게 머리 속에서 피어오르고 있었다.

수운은 자신이 어떤 문(門) 앞에서 춤을 추고 있다고 생각했다.

그 문은 너무나 거대하여 지금은 하나의 벽과도 같았으나 그 안에서 끊임없이 즐거운 노랫소리와 향기로운 산해진미의 향이 풍겨오고 있었다.

큰 도에는 문이 없으되[大道無門] 그 길이 천 갈래나 되며[千差有路], 그 관문을 꿰뚫는다면[透得此關] 하늘과 땅을 홀로 걷는다[乾坤獨步]는 게송처럼 수운은 그렇게 문 없는 문 앞에 서 있었다.

그것은 수운에게 있어서 또 한 번 맞이하는 중요한 순간이었다.

그렇게 섬광과도 같이 흐르는 수많은 심상들 속에서 수운은 난해한 점과 선, 면을 하나하나 줄여 나가고 있었다.

그때, 바람이 불어왔다.

번쩍이는 검에 질척하게 달라붙은 바람이었다.

그 바람은 끊임없이 그를 위협했고 때로는 산들바람처럼 때로는 폭풍처럼 수운을 쫓아왔다.

그러나 구름 위로 솟은 듯 거대한 문 앞에 서서 상상 속의 절예를 펼치며 그 문을 두드리고 있는 수운에게 바람은 큰 피해를 입히지 못하고 있었다.

바람이 약하면 휘저어 교란하고, 태풍처럼 몰아치면 잠시 몸을 굽히고, 비바람이 들이치면 다른 곳으로 떠날 뿐이었다.

가끔 태풍에 쓸려온 가지에 긁히고 비바람에 옷이 젖긴 했어도 크게 신경 쓸 정도는 아니었다.

아니, 그 바람이 도움이 되었는지 굳게 닫힌 채 미동도 않던 문이 미세하게 벌어지는 것이 느껴졌다.

수운의 얼굴에 환한 미소가 감돌았다.

똑.

남궁정의의 귀에 자신의 얼굴에서 흘러 떨어진 땀방울이 부서지는 소리가 유난히 크게 울렸다.

무려 일각이었다.

그는 자신의 앞에서 보일 듯 말 듯한 미소를 띠고 있는 수운을 바라보며 믿을 수 없다는 표정을 짓고 있었다.

비무대 위에 서 있는 유수운은 일견 낭패한 몰골이긴 했다.

몸 여기저기에 생채기가 나 핏물이 조금씩 흘러내리고 있으며 입고 있는 옷도 너덜거리고 있었다.

마치 패배 직전의 모습과도 같았다.

그렇지만 비무를 지켜보던 군중들이나 그를 몰아붙였던 남궁정의는 그것이 아니라는 사실을 알고 있었다.

일각 동안이나 일방적으로 몰아붙이고도 단 한 번의 유효타도 내지 못했으니 당연한 생각이었다.

오히려 일각 동안 쉴 새 없이 밀어붙인 탓에 그 자신이 서서히 호흡이 흐트러질 기미가 보이고 있었다. 공격을 멈춘 것도 호흡을 가다듬고 내기를 다스리기 위함이었다.

그는 이 결과를 믿을 수가 없었다.

'이화접목의 수법이 아니었던가…….'

그렇다고 무슨 대단한 절초나 고명한 무공을 사용한 것도 아니었다. 검을 내려치면 숙이고, 찌르면 물러서고, 베면 쳐내는 단순한 동작들의 절묘한 조합이었다.

'하태진… 그가 왜 이자에게 그렇게 집착하고 있는지 조금은 이해할

것 같군.'

턱 끝으로 부리던 자가 어느 날 갑자기 넘을 수 없는 벽처럼 변해서 나타난다는 것은 남아로서 겪을 수 있는 가장 큰 수치의 하나였다.

'그 길에 나까지 동참할 수는 없지.'

남궁정의는 천천히 검을 든 자세를 변경하기 시작했다.

'유수운… 나로 하여금 이걸 사용케 만들다니… 후회할 것이다.'

그에게는 아직 비장의 한 수가 남아 있었다.

창궁대팔식.

아직 그 진체를 완벽하게 익히지 못했지만 그가 알고 있는 무공 중 가장 강력한 것이었다. 설마 창궁대팔식을 사용하게 되리라고는 남궁정의 역시 예상 못했다.

그가 마침내 창궁대팔식을 사용하기로 마음먹고 자세를 바꾼 뒤 기세를 올릴 때였다. 그의 귓가에 한가닥 노성이 날아들었다.

[놈! 소림과 완전히 척을 질 생각이더냐! 그만두고 물러서거라!]

초조하게 비무를 관전하던 남궁선의 전음이었다.

[이미 군웅들은 너의 패배라 생각하고 있다. 이 이상 일을 벌이지 말고 내려서거라.]

그 말에 남궁정의는 문득 주변을 돌아보게 되었다. 숙부의 말은 사실이었다. 군중들 입장에선 무려 일각에 걸쳐 펼쳐진 쉴 새 없는 공격을 단순한 몸놀림만으로 파훼한 수운이 '진짜 실력'을 보인다면 남궁정의를 한순간에 물리칠 수 있으리라 여기는 눈치였다.

그것이 사실이건 아니건 생사결을 펼치지 않는 이상 이쯤에서 접어야 했다. 그것이 비록 당소류 눈앞에서라도.

"……후우."

애써 마음을 다스린 남궁정의는 한숨을 내쉬며 검을 거둬들인 뒤 가볍게 포권을 했다.

"좋은… 경험이었습니다."

그가 쓰게 웃으며 비무대 밖으로 걸음을 옮기자 연청 진인이 고개를 끄덕이며 수운의 승리를 선언했다.

"우와아~!"

중인들은 유약해 보이는 수운이 제대로 된 무공도 아닌 역근경의 행법과 나한권, 육합권의 몸놀림만을 가지고 이름있는 후기지수 둘을 연파하자 감탄사를 내뱉기 시작했다.

불안한 마음으로 비무를 관전하던 공해는 내심 안도의 한숨을 내쉬었다. 특히 마지막에 남궁가의 아이가 창궁대팔식을 사용하려던 것을 보고는 가슴이 뜨끔했었다.

'아미타불, 그나저나 본신진기를 사용하지 않은 채 초식 운용만으로 비무를 승리로 이끌다니. 내 저 아이를 잘못 평가했던 것인가. 과연 사백의 말대로 그 기초가 실로 경이롭구나.'

그렇게 공해가 가슴을 쓸어내리고 있을 때, 연청 역시 흐뭇한 표정을 지으며 수운에게 이만 내려가라는 말을 하려고 할 때였다.

"본인 역시 도전을 해보겠소."

웅후한 내력이 실린 목소리가 비무장을 울렸고, 사람들의 시선이 일시에 그쪽으로 쏠렸다.

"패력마도!"

"사천삼마의 노중천이다!"

"저런 고수가 왜……?"

서서히 비무장으로 다가가는 중년의 거한을 목격한 사람들이 하나둘 신음성을 흘리기 시작했다.

패력마도 노중천.

마맹뿐 아니라 전 무림으로 봐도 위명이 자자한 고수 중 하나였다. 아무리 수운이 혜월의 제자라 해도 고작 이십대의 나이. 상식적으로는 노중천이 비무의 도전자로 나설 리가 없었다.

정련 쪽 고수들의 얼굴에도 우려심이 나타나기 시작했다.

'저 정도 고수가 지금 나선다는 것은……'

공해는 마맹 진영 쪽에서 흥미로운 눈으로 비무장 위를 바라보고 있는 마맹주 고욱현에 시선을 던졌다.

'아미타불… 혜월 사백의 심득이 어느 정도인지 궁금하다는 것인가?'

노중천은 사람들의 시선을 받으며 천천히 비무대 위에 올랐다. 사실 패력마도 노중천 정도의 위치에 있는 이라면 굳이 비무를 할 필요도 없었다.

그가 비무대 위에 오르자마자 연청 진인이 입을 열었다.

"무량수불, 연이어 두 번의 격전을 치른 후배에게 굳이 비무를 신청할 이유가 있겠소?"

연청이 눈살을 찌푸리며 비무대에 오른 노중천을 책망하자 그는 오히려 짐짓 어리둥절하다는 표정을 지어 보였다.

"크크큭. 어차피 이 비무대 위에 오른 자, 참월대의 자격을 얻기 위해 삼세번을 이겨야 하지 않소?"

"그건… 여기 유 소협은 굳이 자격을 얻기 위해 나선 것이 아니라 도전을 받았기에……."

"아아, 복잡한 얘기는 뺍시다, 진인. 어쨌거나 참월대에 참가할 자격을 심사하는 비무대 위에 나왔고, 삼세번 중 두 번을 이겼잖소. 크크큭, 마지막 상대로 난 부족하단 말이오?"

"무량수불, 굳이 이 아이를 시험해 보셔야겠소이까?"

"크큭, 심하게 다루지는 않을 테니 안심하시오. 소림 땡초들의 비위를 심하게 건드릴 생각은 없으니까. 그저 이 애송이의 수법에 흥이 돋아 나온 것뿐이오."

"후우… 알았소이다."

연청도 눈치가 없지는 않았다.

보아하니 애초에 윗전의 지시를 받고 올라온 듯했기에 말없이 마맹 쪽을 쏘아본 뒤 뒤로 물러서야 했다.

연청이 뒤로 한 걸음 물러서자 노중천이 재미있다는 표정으로 수운에게 말을 걸었다.

"큭, 제법 재미있는 재간을 보이더구나."

"……."

"그 멍한 표정도 작전이더냐?"

"……."

"크흐흐흐. 뭐, 좋다. 마음대로 하려무나. 진인, 그만 시작합시다. 시간도 아까우니."

그는 환두대도를 뽑아 든 뒤 만면에 웃음을 지은 채로 연청 진인을 재촉했다.

연청이 마지못해 비무의 시작을 알리자 노중천이 환두대도를 한번 흉흉하게 휘둘러 보였다.

"크크크… 자, 한번 어울려 보자꾸나."

그가 힘있게 환두대도를 내지르는 것으로 비무가 시작되자 중인들은 숨소리도 죽인 채 다시 두 사람의 비무를 관전하기 시작했다.

노중천은 처음부터 전력을 다할 생각이 없는지 흥미로운 얼굴르 비교적 가벼운 공격만을 던져 보며 요리조리 빠져나가는 수운의 몸놀림을 지

커보았다.

그리고 어느 정도 그 몸놀림을 봤다 싶자 손을 멈추고 대소를 터뜨렸다.

"크하하하! 몸을 빼는 재주 하나는 제법이로구나. 하지만… 그건 이제 질렸으니 다른 놀이를 시작해 보자꾸나!"

광포한 웃음을 빼어문 노중천의 환두대도에 아지랑이 같은 기운이 맺히기 시작했다. 그가 자랑하는 독문무공, 현오층층도법이 시전되는 순간이었다.

"자, 받아보거라! 차압!"

우우우웅—

도기가 사방으로 휘몰아치며 일순간 수운이 움직일 수 있는 모든 방위를 점하며 날아들기 시작했다.

일파가 사라지기 전에 이파가 겹쳐 오고, 그 파동이 사라지기 전에 제 삼파가 몰려온다. 그것이 패력마도 노중천이 자랑하는 독문절기 현오층층도법이었다.

심사를 하던 연청이나 지켜보던 공해 모두 기겁을 할 정도로 놀라며 노중천에게 외쳤다.

"위험하다!"

"패력마도! 손속에 사정을 두시게!"

바람을 손으로 털며, 귀찮은 비바람을 피해 돌아다니던 수운은 어느 순간 하늘 가득 펼쳐지며 떨어져 내리는 유성을 바라보고 있었다.

'저건 피할 수 없겠는데…….'

전후좌우 팔방에서 몰아치는 검기에 노출되자 수운은 담담히 그런 생각을 떠올렸다. 그 한가운데에 놓여 있는 사람의 입에서 나올 말치고는 무척이나 담담한 자세였다.

　피할 수 없는 거력에 노출되자 아직까지 허황되다 생각되던 절대부동의 요결 한 자락이 손에 잡힐 듯 이해되었기 때문이다.

　무릇 작은 티끌 속에 천하가 들어 있으니, 한 걸음 내디디면 삼천 세계의 끝을 오가는 것.

　'그런 거구나……'

　새로 찾아낸 장난감이라도 되듯 구결 한 자락을 마음속으로 음미하는 순간 마침내 흉험한 힘이 수운을 휩쓸어갔고, 안타까워하는 사람들의 신음성이 비무장에 울려 퍼졌다.

　그리고…….

　"헛!"

　첫 경악성은 노중천의 입에서 터져 나왔다. 완벽히 공간을 장악하고 뿌려낸 검기의 폭풍이었고 처음부터 피했다면 모를까 검기에 휩쓸린 이상 파해법은 힘으로 뚫고 나오는 수밖에 없다 생각했다.

　그렇다면 본신의 힘을 감춘 채 요리조리 잘 도피하는 저 미꾸라지 같은 어린 놈이 더 이상 피하지 못한 채 원래 실력을 드러낼 수밖에 없으리라 생각했건만…….

　검기들이 완벽히 유수운을 갈가리 찢어놓았다. 노중천 스스로 동요할 정도로 완벽하게.

　'빌어먹을, 백도 놈들과 크게 척을 지게 생겼구만.'

　그가 생각하기에 모든 것은 이 유수운인가 뭔가 하는 놈의 잘못이었다. 쥐뿔도 없이 상대방의 공세에서 도망가는 재간만 익힌 주제에 뭔가 한 수 감추어둔 듯 행동한 건 뭐냔 말이다.

그 순간 갈가리 찢겨진 수운의 형체가 사라졌고 노중천의 입에서 두 번째 경악성이 터져 나왔다.

"으헛?"

그가 자랑하던 도법이 벤 것은 실체에 가까운 환영이었던 것이다. 그는 스러지는 환영 속을 헤치며 자신도 모르게 외쳤다.

"극성의 이형환위?"

공해가 벌떡 일어섰다.

"금강부동!"

그것도 극성에 다다른 완벽한 금강부동이었다. 당금 소림에서도 저 정도로 완벽히 이형환위에 이른 만큼 금강부동보를 시전할 수 있는 이가 몇이나 되겠는가?

몸이 부르르 떨려왔다.

저 정도 아이를 외모 정도로 평가한 자신의 눈이 한심스러웠다.

'사백께서 모든 것을 물려주셨다 하나 저 아이를 가르친 시간이 짧았다는 것은 주지의 사실. 일부러 저 아이를 눈여겨보고 모든 것을 주고 가신 까닭이 있었구나. 아미타불… 과연 사백의 눈은 밝고도 밝으셨구나. 후우, 우리 소림의 지류라… 나중에 좀 더 알아봐야겠구나. 누가 있어 저 정도 아이를 키워낼 수 있었을지.'

공해는 수행 깊은 고승답지 않게 흥분한 얼굴로 연신 고개를 주억거리고 있었다.

"…응?"

사람들이 금강부동이라 오해하고 있는 절명문의 절대부동이 펼쳐지자 이후성의 눈이 가늘어졌다.

"저건 설마……."

어디선가 본 듯한 장면이었다. 그것도 몹시 긴박한 순간에 말이다.

"그럴 리가 없을 텐데……?"

그렇게 중얼거리던 이후성의 표정이 한순간 침중히 변했다.

'맙소사, 왜 생각을 못했을까?'

'그' 였다.

정마련이 총력을 기울여 찾아 헤맸던 바로 그 괴인.

처음 만났을 때부터 사매인 오유란이 이미 아니라고 확인한 데다 혜월 대사의 전인이라는 선입견 때문에 떠올리지 못했을 뿐, 지금 생각하니 목소리도 유사했다.

'정말로 유 소협이 그때 그 괴인? 하지만 그렇다면 유란이도 알아봤을 텐데?'

친인들에게 장난치기 좋아하는 성격 때문에 그는 슬쩍 눈을 돌려 옆에 서 있는 사매의 얼굴을 바라보았다.

방금 전 수운이 보인 신위에 잔뜩 상기된 표정.

'설마 이 아이가…….'

이후성의 뇌리에 한순간 최악의 가정이 떠올랐다.

'위험하군…….'

그의 경험상 어떤 종류의 일은 반드시 드러나고 만다. 특히 이런 일은 손을 써야 했다.

내력을 사용하여 절대부동을 펼쳐 낸 순간 영원히 열리지 않을 것만 같던 거대한 문이 천천히 열리기 시작했다.

조용한 굉음이었다.

높기로는 하늘 끝까지 닿아 있고, 넓기로는 땅 끝까지 감싸고 있던 거대한 문이 열리는 소리.

심령이 울릴 정도로 거대한 소리였기에, 오히려 조용했다.

수운은 충만한 기쁨으로 문 속으로 걸어 들어가 문안을 들여다보았다.

그곳에는…….

…….

"어……?"

아련히 코끝을 스쳐 가는 향 내음을 맡으며 수운은 고개를 들어 사방을 두리번거렸다.

분명히 하태진의 도전 때문에 비무대 위에 올랐고…….

어찌 된 일인지 그다음에도 차례차례 누군가 자신에게 도전했던 것은 어렴풋이 기억이 나는데 세부사항이 기억나지 않았다.

그렇게 사방을 두리번거리다가 자기 앞에서 환두대도를 움켜쥐고 서 있는 거한을 바라보며 자신도 모르게 한 걸음 물러섰다.

그가 뚫어지게 자신을 바라보고 있었기 때문이다.

'뭐야? 왜 저런……?'

당황해서 주변을 둘러보니 군중들의 반응이 또한 심상치 않았다. 입을 딱 벌린 사람, 찢어지지 않을까 걱정될 정도로 눈을 치켜뜬 사람… 무언가 대단히 놀라운 것을 봤다는 표정들이었다.

자신이 무얼 했는지 제대로 기억하지 못하는 수운이야 등에 식은땀이 흐를 정도였다.

침묵 속에서 노중천은 흘깃 마맹 쪽을 바라보았고, 마맹주 고욱현의 고개가 미미하게 끄덕여지는 것을 확인했다.

'좀 더 알아보라.'

그런 뜻이었다.

"크하하핫!"

신호를 받자마자 고요한 비무장의 분위기를 일신하듯 노중천의 파안대소가 터져 나왔다.

"과연! 과연 소림의 신룡이로다! 이 노중천, 이제껏 소협을 경시한 것을 정식으로 사과하지."

그는 타는 듯한 눈으로 수운을 형형히 쏘아보며 환두대도의 날을 혀로 핥았다. 절정고수답지 않은 시정 하오배를 보는 듯한 움직임이었으나 수운에게는 그 모습이 더 오싹하게 다가왔다.

"몸을 빼는 재주는 질릴 정도로 보았으니 이제 손발의 재간을 보고 싶군 그래."

그가 환두대도를 앞으로 내세워 다시금 현오층층도법의 기수식을 취했고, 점차 도끝에 아지랑이 같은 기운이 맺히기 시작했다. 그 모습이 사뭇 위압적이었다.

"미리 말해두지만 이제 자네 손발의 재간을 보고 싶다고 했네. 소림 무공의 정수가 경신에 있지 않을 터. 이제 감춰둔 무공을 내보이지 않는다면 이곳에 모인 군웅을 기만하는 것이 될 것이야."

산전수전 다 겪은 마물답게 소림의 명예를 들먹이며 수운의 발을 묶어두는 노중천이었다.

절묘한 시기에 공격을 무산시키는 감각에 이형환위가 합쳐졌다.

비무대라는 한정된 넓이 때문에 공격하는 노중천이 유리했고 따라잡을 수 있다는 자신감도 있었지만, 애초에 이 자리에 올라온 이유가 수운의 감춰둔 무위를 알아보기 위해서였다. 경신의 재간은 질릴 정도로 알아냈으니 다른 것도 알아봐야 했다.

노중천의 현오층층도법의 기세를 맨몸으로 맞닥뜨리고 있는 수운은 숨 쉬기가 괴로울 정도의 압력을 받고 있었다. 공기가 무거울 수도 있고 스쳐 가는 바람이 칼날과 같을 수도 있다는 것을 새삼 느꼈다.

하지만 그 기세가 부담스럽지는 않았다.

반쯤 정신을 놓고 있었을 때 무슨 일이 있었는지는 모르겠지만, 어쩐지 몸과 마음에 충만함이 가득했다.

수운은 몸 안에서 꿈틀거리는 두 가지 상이한 내력을 관조하며 중얼거렸다.

'할 수… 있을까?'

반 갑자 정도의 절명기를 이 갑자 정도의 역근기공으로 단단히 둘러싸 폐맥시킨다. 마치 이무기의 내단처럼 말이다.

지금도 서서히 융화되고 있는 두 가지 이종진기였지만, 일단 두 내공이 완전히 조화되기 전이라면 절명기를 감싸 외부와 단절시키고 남아 있는 역근기공을 마음대로 쓸 수 있을지 모른다.

이는 오로지 혜월의 역근진기였기에 가능한 일이었다.

만약 이것이 다른 무공의 내력이었다면 그 위력에 관계없이 수운의 몸에 들어온 순간 산산이 흩어져 사라졌을 것이다.

일문의 내력에라도 노출되면 모든 생명을 죽음에 이르게 하는 절명기였으니 그 정도는 오히려 당연한 일이었다. 그러나 뿌리가 같으며 순수하기 이를 데 없는 역근진기였기에 오히려 절명기와 묘하게 상존하고 있는 것이었다.

그렇기에 가능한 일일 수도 있었다.

얼마 전부터 그런 생각을 떠올리긴 했지만, 그 정도로 내공수발이 자유롭지 못했었다. 고작 반 갑자의 내력을 건성으로 사용해 왔으니 무슨 절묘한 내력의 수발이 가능했겠는가?

한데 지금은 왠지 몸 안의 기경팔맥뿐 아니라 손발 끝의 터럭까지 마음 가는 대로 조절할 수 있을 것 같았다.

'할 수 있을 것 같아⋯⋯.'

그렇게 중얼거리고 있을 때도 노중천이 뿜어내는 기세는 점점 커지고 있었다.

"그럼, 가겠네."

쿠와아아!

공격이 시작되기도 전에 기파가 먼저 덮쳤다. 그것만으로 피부가 찌릿 거릴 정도였으니, 노중천이 펼치는 일도에 실린 위력을 미루어 짐작할 수 있었다.

'할 수 있다!'

현오층층도법.

일파가 몰려오고 그 뒤를 이어 또 다른 도기가 파도처럼 겹 싸여 몰려온다. 도법의 흐름을 방해하지 않으면 도기가 한 겹, 두 겹 싸여 상대는 그 막대한 잠력에 일엽편주처럼 휩쓸려 버린다. 노중천을 사천삼마의 일 인으로 만들어준 파괴지학이었다.

단번에 그 흐름에 휩쓸림과 동시에 수운의 손이 움직였다. 머리 속에서 떠오른 권장수신편의 기예 하나가 떠올랐던 것이다.

'이렇게 뻗으면⋯⋯.'

그 순간 뻗어낸 손에서 백색 광휘가 폭발하듯 터져 나왔다.

콰콰쾅—!

노중천과 유수운.

두 사람의 두 기운이 비무대 중앙에서 충돌하는 순간 엄청난 굉음이 터져 나왔다. 물론 터져 나온 것은 굉음뿐이 아니었다.

사방에서 비명과도 같은 외침이 터져 나왔다.

"백보신권!"

"우왓?!"

공해가 체면도 잊은 채 외마디 비명을 지르며 벌떡 일어났고 수운 역시 자신의 손에서 뻗어나간 흰색 구체를 보고 외마디 비명을 질렀다.

'뭐야 저건!'

수운이 눈을 부릅뜨고 속으로 그런 비명을 질렀을 때, 객석에서도 경악성이 터져 나오고 있었다.

수운과 맞서고 있는 노중천 역시 자신의 무거운 도기를 느긋하게 뭉개며 다가오고 있는 하얀 발광체를 바라보며 숨을 들이켜야 했다.

'크으윽!'

점점 다가오고 있는 수운의 경력, 그것에 실려 있는 내력은 실로 무시무시할 지경이었다. 칠성, 팔성, 어느새 극성까지 내력을 끌어올려 버텨봤으나 도기를 뚫고 거슬러 오는 권력을 감당치 못하고 있었다.

식은땀을 흘리기는 수운도 마찬가지였다.

그가 익힌 무공이 무엇인가? 한 푼의 내력만 접해도 목숨을 앗아가는 절명문의 무공이다. 비록 혜월이 남기고 간 내력으로 절명기를 모두 감쌌다고는 해도 그것이 효과가 있을지는 알 수 없었다.

노중천이 이대로 사망한다면…….

상상도 하기 싫었다.

권풍을 쳐낸 수운이야 무슨 생각을 하든 현재 가장 애를 먹고 있는 것은 권력을 막아내고 있는 노중천 본인이었다.

'크윽! 소림칠십이종 절예 중 백보신권인가? 그러나 백보신권의 권풍이 도기를 뚫고 거슬러 오다니! 이런 말도 안 되는!'

충돌이라면 이해할 수 있다. 그러나 마치 한 마리 연어처럼 자신의 도기를 거슬러 오는 권력이라니……. 등에서 저절로 식은땀이 흘러내렸다.

그그긍—

어느새 권력이 도기를 완전히 뚫고 환두대도의 검면을 갉아대며 기묘한 울림 소리를 냈다.

"크아아악!"

노중천은 마지막 남은 힘을 모두 쏟아 부어 도를 비틀어 내려쳤다.

쿠앙—!

수운이 내질렀던 권력이 방향을 틀어 그가 밟고 있던 비무대를 가격했고, 그 충격으로 비무대 한 귀퉁이가 굉음을 내며 무너져 내렸다. 노중천의 도기를 거슬러 올라가 힘이 약해진 뒤인 데다 단단한 청석으로 만들어진 비무대가 박살이 난 것이다.

보는 관중들의 모골이 송연해질 정도의 가공할 만한 위력이었다.

"소림의… 백보… 신권이었는가?"

얼마나 혼이 났는지 온몸이 식은땀에 절어 있는 노중천이 지친 표정으로 수운에게 말을 걸었다.

그렇지만 자신이 뻗어낸 주먹이 벌인 일이 믿기지도 않았고, 노중천이 아직 살아 있다는 것에 긴장이 풀려 버린 탓에 그의 질문에 제대로 답을 해주지 못했다.

질문에 대답을 않자 긍정의 뜻으로 받아들인 노중천이 천천히 고개를 끄덕였다.

"…졌네. 사정을 보아주어 고맙네."

그 말을 끝으로 노중천이 휘청거리며 비무대를 떠나며 중얼거렸다.

"약관에 저 정도 무위라니… 무림에 신성이 나타났군."

"우와아~!"

"최고다!"

"역시 소림이로다!"

노중천이 비무대를 떠남과 동시에 여기저기서 함성이 터져 나왔다. 소문에 듣던 혜월의 제자는 그것을 능가하는 청년 고수였다. 이제껏 이름난 후기지수라도 그를 능가하기 힘들어 보였다.

다른 사람도 아니고, 사천삼마의 노중천을 상대로 시연해 보인 무공이었다.

군웅의 함성 속에서 당연히 다음 도전자는 나타나지 않았다.

그리고 어찌 되었든 비무대 위에서 세 번 연거푸 승리를 거두었기에 수운에게는 월광사신을 베겠다는 참월대의 자격이 주어졌다. 중인들은 그것을 당연히 여겼고 그 무위나 배분으로 보아 최소한 부대주의 자격이 주어지리라 내다보았다.

월광사신의 일파와 결전을 앞둔 시기에 정파무림의 태두 소림에서 새로운 고수를 내보냈다. 이 때문에 참월비무대회의 분위기는 더더욱 후끈 달아올랐다.

공해는 뜻밖의 돈벼락을 맞은 졸부처럼 허허거렸고, 다른 구파일방이나 오대세가에서도 대체로 수운의 등장을 반기는 분위기였다. 시국이 시국이니만큼 어수선한 상황에서 분위기를 일신할 수 있는 새로운 청년 고수의 등장이기 때문이다.

마맹은 새로운 백도 후기지수의 등장을 꺼리고 있었지만, 그것을 입으로 말할 정도는 아니었다. 그렇지 않아도 새까만 후배에게 노중천을 내보냈다 창피를 당한 것 때문에 입을 닫고 있는 중이었으니까.

결국 이 사태를 진심으로 비통하게 생각하고 있는 것은 유수운 한 명뿐이었다.

"참월대… 조장이라구요?"

"허허, 그렇다네. 만장일치로 그렇게 결정되었어. 이제 자네 밑으로는 새로 뽑힐 참월대원 스무 명이 배치될 것이야."

"하지만 저는… 소림에 들렀다 곧바로 집으로……."

"그래, 저간의 사정은 대강 둘러댔다네. 소림에 들렀다 집으로 돌아가야겠지. 하지만 자리에 없더라도 일단 조장 직을 맡게 될 것이야. 참월대 자격을 획득한 이상 자네의 배분이나 무위를 생각하면 최소한 그 정도는 되어야 격에 맞기 때문일세. 사실 부대주 위를 내리자는 얘기도 있었지만 아무래도 자네 연배가 문제가 되어 기각되었지."

"그러면 어떻게 되는 건가요?"

"그다지 바뀐 것은 없네. 예정대로 소림에 들렀다 집으로 돌아가면 될 일이야. 하지만 자네가 이대로 참월대 조장 직을 수행하는 것도 좋다고 생각하고 있네. 어떤가? 강호가 전대미문의 위기에 맞닥뜨린 상황일세. 이제 자네도 소림의 일원이 된 이상 그것이 남의 일만은 아닌 것이고… 더구나 그런 힘을 가지고 있으니, 중책을 맡아도 될 것이고 말이야."

그럴 수야 없는 일이었다. 수운은 완곡한 거절의 뜻을 계속 밝혔고 공해 역시 억지로 권하지 않았다.

어차피 소림이 품은 인재였다.

게다가 그 무위도 가장 극적으로 시연해 보인 셈이다. 소림에 들러 혜월의 심득을 돌려놓은 뒤의 일은 흘러가는 대로 두어도 무방한 일일 것이다.

'어차피 월광사신이 준동한다면 세상이 이 아이를 쉽게 두지 않을 것이니…….'

벌써부터 소림권왕이니, 소림소패왕이니 하는 별호로 불리며 강호의 소문에 휩쓸리고 있으니 그의 이러한 생각은 크게 틀린 것은 아니었다.

공해와 만난 뒤에는 당연히 두 여인과 만나야 했다.

둘은 흥분된 얼굴로 느닷없이 발휘된 수운의 무공은 어떻게 된 일이 며, 내력을 사용했음에도 어떻게 노중천이 무사할 수 있었는지를 물어왔 다.

수운은 땀을 뻘뻘 흘리며 자신의 현재 몸 상태를 최대한 자세히 설명 해 주었다. 혜월의 내력이 멸명마공으로 완전히 녹아들기 전까지는 그 내공을 사용할 수 있다는 것과 혜월의 심득이 사문의 불완전한 요결을 일깨워 큰 깨달음을 얻었다는 것을 자세히 설명하자 무가의 여인인 두 사람은 알겠다는 듯 고개를 끄덕였다.

소림이나 무당과 같은 정종 무공을 익히는 이들 중에는 어느 날 갑자 기 정신적 깨우침을 얻고 크게 발전하는 사람이 적지 않았기에 쉽게 납 득할 수 있었던 것이다.

그들은 수운이 참월대의 조장으로 내정된 것을 놓고 한바탕 웃으며 담 소를 나눈 뒤 자리를 파했다. 그렇게 자리를 떠나던 당소류가 문득 수운 을 바라보며 중얼거렸다.

"저는 본래 이곳에서 곧바로 사천 본가로 떠나려 했으나, 사정이 있어 한두 달 머물게 되었어요. 소림에 들렀다 집으로 가는 도중 다시 한 번 들러주시길 바랄게요."

그 말에 또다시 정마련에 들어서기 난감했던 수운이지만 소류의 얼굴 을 보는 순간 자신도 모르게 고개를 끄덕였다.

"홍. 언니, 여기 진짜 정혼자가 버티고 서 있는데 선수를 치면 어떡해 요? 유 공자님, 저도 이곳에 있으니 다녀오실 땐 저도 불러야 해요?"

유란이 '정혼자'의 지위를 들먹이며 말하자 그들 사이에 다시 한 번 웃음이 일었다.

그러나 그 시간에 이후성이 정마련주 장명과 독대하고 있다는 사실을 알고 있었다면 그는 결코 웃지 못했을 것이다.

*   *   *

이후성이 월광사신의 일로 긴히 상의할 것이 있다며 독대를 요청하자 장명은 무슨 일인지 궁금할 수밖에 없었다.

"그래… 월광사신에 대해 비밀리에 할 얘기라는 게 무엇인가?"

"실은……."

사안이 사안인지라 이후성은 어렵게 입을 열었다.

유수운이 그때 목격했던 월광사신의 후인이라던 그 젊은 고수일 수도 있다. 장명의 눈이 꿈틀거렸다.

"그 얘기가 사실인가?"

"그렇습니다, 련주님."

"후우—"

한참 동안 아무 말도 없던 장명이 한숨을 내쉰 뒤 이후성을 바라보며 물었다.

"이 부대주, 어느 정도 확신을 하고 있는가?"

"아까 유 소협이 보인 모습과… 그 목소리를 떠올려 보자면 팔 할, 아니, 구 할 이상 확신하고 있습니다. 특히 무현종 대협의 조사 보고서를 맞춰서 생각해 보자면 그 무위도 이해가 갑니다."

"으음… 쉬운 이야기가 아니야. 이 부대주라면 지금 이야기가 무슨 의미인지 알고 있겠지?"

"……."

"유수운은 이제 단순한 개인이라 볼 수 없어. 혜월 대사의 마지막 진전을 이은 데다 오늘 비무로 새로운 신성으로 떠올랐지. 더구나… 오늘 비무에서 아무도 죽지 않았네."

"그거야, 비무니까 당연한 이야기 아니겠습니까?"

"…지금부터 들을 이야기는 각 파 장로 이상만 알 수 있는 이야기네."

"함구하겠습니다."

"실은 월광사신의 그 무서운 침투경은 펼치는 본인조차 제어불능이 아닌가 하는 얘기가 있다네. 추론이라기보다 그 당시 목격자들의 진술을 생각해 보자면 거의 사실이라 봐야겠지."

무공의 위력과 사망자의 수, 그리고 그 신분 때문에 월광사신을 역대 최악의 무림공적으로 만들어놓긴 했으되 고위층들은 월광혈사가 어떻게 시작되었는지를 알고 있었다.

더구나 세간에 알려진 바와 다르게 월광사신이 꾸준히 추격자들에게 '제발 오지 마라' 라거나, '나도 어쩔 수 없단 말이다!' 라는 말을 중얼거렸다는 점도 잘 알고 있었다.

거기서 내릴 수 있는 결론.

월광사신이 익힌 무공이 무엇이건 그 무공은 단순한 접촉만으로도 상대를 살상할 수 있으며, 본인조차 제어불능이라는 것이었다.

"탁살장 마우 일행을 떠올려 보게. 그들 역시 별다른 이상 없이 죽어갔지."

"그런……."

사실이라면 기사(奇事)도 그런 기사가 없었기에 이후성은 자신도 모르게 침음성을 흘릴 수밖에 없었다.

"그렇다면 제가 잘못 본 것이겠군요."

팔 할 이상이라고 확언을 한 이후라 얼굴이 붉어졌지만 어쩐지 안심이 되는 것 같았다.

"그렇게 생각해야겠지만……."

장명이 고개를 내저었다.

"우연도 겹치면 필연이 되는 법. 그는 유탄곡 혈사부터 시작해서 월광사신과 관련된 의혹에는 계속 등장했네. 사실 혜월 대사가 아니었다면 비록 자네 사매가 확인했다 하더라도 계속 관찰할 필요가 있는 아이였지."

"하지만 방금 전 련주님의 말씀은……."

"오십여 년이 흘러갔네. 어쩌면 무공 전반에 걸쳐 보완이 이루어졌는지도 모르지. 더구나 나는 이 부대주의 안목이 자네 사매보다 떨어지리라곤 생각지 않네."

"하면 어찌하실 생각이십니까?"

"자네는 어쩔 생각이었나?"

"……."

"이런 고얀 친구 같으니. 자칫하면 소림과 자네 사문인 화산과도 척을 질 수가 있어. 거기까지 생각하고 온 게 아닌가?"

현재 수운은 혜월 대사의 적전 제자였다.

그리고 화산 소속의 목격자 오유란이 아니라고 확인한 이후였다. 이런 상황에서 별다른 증거 없이 수운이 월광사신의 후인이라고 선언한다면 상당한 반발이 있을 것이었다. 특히 소림은 사문의 명예를 걸고 나설 것이 틀림없었다.

"그렇습니다. 하지만 유 소협이 정말로 월광사신의 후인이라면 대비를 해야 하지 않겠습니까? 그리고 련주님이라면 훗날 일이 잘못되더라도 화산과 유란 사매를 돌봐주실 수 있으리라 생각하고 있습니다만……."

"으음……."

장명이 고개를 끄덕였다. 이후성은 공으로 과를 상쇄하듯, 만약 유수운이 월광사신의 후인이고 훗날 그의 정체가 밝혀지더라도 화산이나 유란이 말려들어 가는 일이 없도록 해달라 에둘러 말하고 있는 것이다.

"알겠네. 이 부대주는 당분간 내색을 하지 말게나. 최악의 사태를 대비해서 내가 알아서 손을 써보도록 하지."

"기우로 끝났으면 좋겠습니다."

"그렇군."

그렇게 이후성이 물러가자 잠시 서성거리며 어떤 방법을 사용할까 고민하기 시작했다.

'우선은… 그의 친인들을 감시하는 것이 우선이겠지. 만약의 경우… 인질로 사용할 수도 있겠고.'

그는 자연스레 자신이 비밀리에 사용할 수 있는 인원들 중 수위에 놓인 특감대를 떠올리고 시비에게 명을 내렸다.

"특감대주를 들라 하라."

장명의 입장에서는 당연한 처리라 할 수 있겠지만 아쉽게도 그는 특감대가 청혈교에 갔을 당시 홍혼주에 의해 완벽히 심혼이 제압당한 상태라는 것을 알지 못했다.

특감대주가 장명과 독대하고 나온 지 일각 정도 지났을 무렵, 한 마리 전서구가 푸드덕거리며 하늘을 날았다.

*　　　　　*　　　　　*

비무대회가 끝나고 어느덧 사흘이라는 시간이 흘렀다.

유명세를 톡톡히 치르느라 바빴던 수운은 마침내 공해와 함께 소림으로 길을 떠나게 되었다.

정마련에서는 더 머물라는 입장이었으나 혜월의 사리를 봉안하는 일을 더 미룰 수 없다는 핑계를 대고 길을 떠난 것이다.

공해의 마음은 뿌듯했다.

그렇게 천천히 말을 달려 닷새 정도 지나자 숭산 소림사에 도착할 수 있었다.

그는 그곳에서 어머니인 한씨가 부처님과 동급으로 취급하고 있는 혜승 대사를 만날 수 있었다.

소림이라는 태산북두를 맡고 있는 혜승 대사를 만나는 것치고는 매우 간단한 절차를 거친 뒤였다.

혜월 못지않은 눈빛을 지닌 혜승 대사의 모습을 보고 수운은 자신도 모르게 무릎을 꿇고 존장에게 큰절을 올렸다.

인자한 미소를 띠우며 절을 받은 혜승이 수운을 일으킨 뒤 가벼운 목소리로 말을 걸었다.

"허허… 네가 사형이 빼돌린 물건을 지니고 있다지?"

"저, 그게… 본의 아니게 그렇게 됐습니다."

"괜찮아. 자자, 너무 그렇게 얼어 있지 말고 이리 오거라. 사문에 들렀으니 구경이라도 해야 되지 않겠느냐."

아직 정식 인가는 받지 않았지만, 혜승의 태도로 봐서는 이미 결정이 끝난 듯했다.

수운은 혜승을 따라 경내를 이곳저곳 따라다녔고, 소림승들의 정중한 인사를 받고 몸 둘 바 몰라 했다.

그렇게 하루가 지난 뒤에 수운은 탑림에 정식으로 혜월의 사리를 봉안할 수 있었다. 혜승은 혜월의 사리를 뚫어지게 바라보다 고개만 끄덕일 뿐 한 구절 게송도 읊지 않고 봉안 의식을 지켜보았다.

봉안식이 끝난 뒤에도 혜승과 수운은 혜월의 사리탑 앞에 서서 말없이 염주만 돌리며 만 하루를 서 있었다. 왠지 수운은 혜승의 마음을 이해할 것 같았다.

그렇게 혜월의 사리를 봉안한 뒤, 수운은 혜승에게 하루하루 여러 가지 가르침을 받으며 혜월의 달마역근경주해를 구술해 나갔다.

혜승은 구술되는 법문을 들을 때마다 한번씩 되뇌며 '허어― 이런, 이런 걸 들고 나가셨다니, 사형의 욕심이 이 정도일 줄이야' 같은 말을 중얼거리며 헛웃음을 지어 보였다.

"큰 도둑이 쥐도 새도 모르게 집에서 보물을 들고 나갔는데 네가 그 보물을 주워다 준 셈이로구나."

인자한 노스님의 농담에 수운은 어색하게 웃어 보일 뿐이었다.

                    *   *   *

"흐음… 장명이 유수운의 친가를 감시하려 한다……."

혈교주 역한진이 특감대주가 보내온 밀지를 받아보며 흥미로운 표정이 되었다.

"어째서일까요?"

역한진의 물음에 녹혈마왕 진천은 잠시 생각을 가다듬다 입을 열었다.

"속하의 미욱한 생각으로는 소림을 견제하기 위해서가 아닐까 생각됩니다."

"흐음……."

진천의 말도 일리는 있었다.

느닷없이 등장한 소림 출신의 영웅. 지금이야 월광사신 때문에 어쩔 수 없이 한 배를 타고 있어도 언제 뒤집힐지 모르는 것이 강호의 속성이었다.

"일리있는 생각입니다만, 단순히 그런 생각만으로 그가 가장 신뢰하는 특감대를 보냈다고 보기엔 조금 무리가 있겠군요."

그 뒤 역한진이 별 상관 없다는 듯 서신을 삼매진화로 불태우는 모습을 보며 진천이 중얼거렸다.

"하긴, 무슨 일이건 상관은 없겠군요. 거사가 머지 않은 데다, 특감대는 우리 손아귀에 있으니까요. 무슨 일인지는 느긋하게 알아봐도 상관없겠지요."

그 말에 고개를 끄덕이는 역한진이었으나 그의 두뇌는 기민하게 활동하고 있었다.

'유수운이라… 분명, 혜월 대사의 제자로 밝혀지기 전에는 월광사신과 관련있는 용의자였었지.'

이미 정마련의 여러 기밀 정보들을 아우르고 있는 역한진이었다. 특히 월광사신에 대한 정보는 그 자신도 관심을 기울이고 있는 분야였다.

'이미 아니라고 밝혀진 자를 특감대를 동원해 비밀리에 감시, 게다가 납치 계획까지 세우고 있다. 후후후, 재밌군 그래…….'

* * *

"그럼 시작해 볼까……."

수운은 달마역근경주해를 구술하는 시간이 끝나고, 홀로 남게 되는 밤이면 주어진 객방에 홀로 앉아 내력을 다스렸다.

처음엔 역근진기로 절명기를 폐맥시킬 수 있었으나, 결국 두 이종진기는 어느 순간 맹렬히 융합하기 시작했다.

그렇기에 소림에 들어서서 얼마 되지 않아 혜월이 남기고 간 사 갑자에 달하는 내력의 대부분이 멸명마공으로 융해, 흡수된 상태였다. 그렇기에 이제 다시는 노중천과 싸울 때처럼 마음껏 공력을 일으켜 상대와 겨룰 수 없다는 것이 아쉬워졌다.

더구나 일신의 성취가 어느덧 멸명마공 구단공(九段功)인 무해(誣害)에 다다랐다는 것을 깨닫고 남몰래 한숨을 내쉬어야 했다.

'구단공이라니.'

조사인 옥창선과 이조인 사유를 제외하고는 누구도 이룩하지 '않은' 경지였다. 즉 그 경지를 이루지 못한 것이 아니라 고의로 오르지 않은 경지에 자신이 올라선 것이다.

그는 내심 '왜 경지에 오르고 싶은 사람은 두고 나에게 이런 인연이 오는 것인가' 라는 자괴감을 가지기도 했다.

그렇지만 소림의 달마역근공으로 절명기를 둘러싸 내단을 형성시켰던 것은 큰 소득이었다.

비록 순식간에 멸명마공과 융화되더라도 그 잠깐의 유예 기간을 만들 수 있다는 점에서 수운은 '어쩌면…' 이라는 생각을 할 수 있었다.

그리고 틈나는 대로 멸명마공과 역근세수공을 수련하며 내부를 관조해 보았다.

그렇게 시간은 흘러갔고, 결국 달마역근경주해의 구술도 끝이 나고 수운에게 남은 마지막 행사는 소림의 인가를 받는 일뿐이었다.

이 부분에 대해서는 혜승과 공해의 강력한 주장에 따라 속가제자임에도 혜월의 제자라는 점을 인정받아 배분상으로 공자배의 막내 사형제로 인가가 되었다.

즉, 소림의 방장이나 장로들인 혜자배들을 사숙으로 모시고, 소림의 실세인 공자배를 사형제들로 둔 막강한 배분을 지니게 된 것이었다.

바라는 바는 아니었으나 거부할 수도 없었다.

이렇게 소림에서의 일이 모두 끝이 나자 수운은 창주 정법무관으로 눈을 돌릴 수 있었다.

'드디어 사부가 맡긴 세 가지 중 한 가지 일을 끝마칠 수 있겠구나.'

수운은 공해에게 이제 소림에서의 볼일이 모두 끝났으니, 정마련에 들렀다 집으로 가겠다고 했다. 또한 집으로 가는 도중 잠시 개인적인 볼일이 있으니 정마련에 조금 늦게 도착하더라도 크게 걱정하지 말라는 말도 덧붙였다.

공해는 잠시 고민하다가 반드시 정마련에 들러야 한다는 조건으로 수운의 청을 허락했다.

이렇게 소림에서의 일을 마친 수운은 드디어 창주의 정법무관으로 향할 수 있었다.

◆ 第三十二章 ◆
꿈을 꾸는 소녀, 수운을 만나다

꿈을 꾸는 소녀, 수운을 만나다

수운은 모르고 있었으나 그는 소림소패왕이라는 별호로 불리기 시작했으며, 그 명성도 이례적일 정도로 퍼져 나가고 있었다. 이는 그의 사문이나 무공 수위 때문이 아니라, 쟁자수라는 그의 전직 때문이었다.

쟁자수라는 표국의 말단으로 일하다 유탄곡 혈사 때문에 불구가 될 정도의 상처를 입었으나 혜월의 눈에 들어 상처를 치유하며 고강한 구공을 배우기 시작했다. 그러다 결국 혜월이 넘기고 간 내력으로 탈태환골했다.

이것이 널리 퍼져 나가고 있는 소문의 골자였다.
쟁자수에서 일약 소림의 신성으로 떠오른 절정고수. 소문은 그런 식으로 퍼지고 있었다.

더구나 첫 비무에서 그에게 도전한 것은 수운을 부리던 유성표국의 소국주였다. 이렇게 사람들을 흥분시키고 감동시킬 수 있는 영웅담도 드물었기에 그의 이름은 실력 여부와 무관하게 널리 퍼져 나가고 있는 중이었다.

정마련에 모여 있는 사람들은 수운이 모종의 이유로 당장 참월대 활동을 하지 못한다는 점을 아쉬워했다. 그 이유를 궁금해하는 사람이 끊이지 않았으나 소림에서는 그 이유를 자세히 설명하지 않았기에 아마 혜월의 무공을 대성하기 위해 폐관에 들었을 거라는 소문이 퍼져 나갔다.

소림을 떠날 때까지도 이런 사실을 알지 못했던 수운은 부지런히 말을 몰아 하북성에 들어서 창주 인근까지 도달하고 있었다.

그 무렵, 참월무림대회를 성공적으로 마무리한 정마련은 활기로 가득 차 있었다. 당초 이백을 뽑기로 한 참월대원이었으나 몰려든 고수의 수가 많기에 어쩔 수 없이 삼백으로 증원해야 할 정도였다.

강호무림의 정예 삼백과 삼십칠 구의 생사강시.

정마련은 참월대가 삼백으로 늘어난 정원을 채운 뒤 전 강호를 향해 정식으로 참월대가 활동을 시작함을 공표했다.

예정대로 벽력검 상적양이 대주로 선포되었고, 부대주로는 무당의 속가제일인 무당투검 이여립과 마교의 소마립 여패가 따로 선발되었다. 또한 삼백의 인원은 모두 열다섯의 조로 나뉘어 임무에 투입될 예정이었다.

이렇듯 지금 정마련 본타와 그 주변에는 현재 전 무림의 주력이 모두 몰려들었다 해도 과언이 아니었다. 어쨌거나 성공적으로 참월대의 활동 선포식이 끝나고 가벼운 연회가 베풀어져 모여든 군웅들은 너 나 할 것 없이 한잔 술을 나누고 있었다.

그렇게 정마련이 북적이는 속에서도 자신의 집무실에 들어앉은 고욱현의 인상만은 펴질 줄을 몰랐다. 그는 현재 성화비를 추적하고 있는 수하들의 보고를 들으며 인상을 찌푸리고 있었다.

"역시 가짜였군."

"그렇습니다. 하지만 그 모양새가 진품을 본 일이 없다면 만들어낼 수 없을 정도로 정교했습니다."

"흐음… 역시 월광사신의 세력이 뭔가 장난을 치려 했다?"

"……."

"알았다. 그 가짜는 어떻게 했나?"

"가짜라 하더라도 감히 성화비의 이름으로 강호에 떠돌게 둘 수는 없는 일이어서 회수해서 본 교로 옮겨두었습니다."

고욱현은 무표정하게 고개를 끄덕였다.

"그 위조 성화비에 달라붙었던 버러지들은?"

"비록 가짜라 하더라도 본 교의 성물을 노린 것은 사실이므로 모두 성스러운 불길에 던져 넣었습니다."

그제야 그의 얼굴에 미미하게나마 미소가 감돌았다.

"알겠다. 물러가라."

"존명."

수하가 조심스레 물러서자 고욱현은 잠시 뒷짐을 진 채 밤하늘에 떠 있는 고운 달을 바라보며 홀로 중얼거렸다.

"흐음… 남궁세가가 쫓던 물건 역시 주요한 구결이 교묘히 바뀌어 쓸모없는 위조품이었으니 월광보록이라는 물건 역시 위조겠군. 알 수 없군. 이런 장난질로 무슨 이득을 볼 수 있는 것인지……."

마교와 남궁세가에서 회수한 모조품들은 매우 정교해서 원본이 없다면 만들 수 없는 물건들이다. 즉, 물품의 진위와는 상관없이 오십 년 전 그것을 회수해 간 월광사신의 입김이 닿았다는 가장 확실한 증거였다.

월광사신이 자신이 존재하고 있으며, 곧 움직일 거라는 증거를 일시에 풀어놓았다.

그리하여 무슨 이득이 있단 말인가?

무림의 혼란?

무려 오십 년간 정마련으로 뭉쳐 있던 강호무림이다. 뜨내기들이나 각 문파에서 그 보물들에 눈독을 들였고, 분명히 큰 혼란이 일었지만 결과는 지금 이대로다.

오히려 무림대회를 열어 강호의 힘은 더 강하게 결속되었다.

현재 정마련엔 수백의 절정고수들을 비롯해서 각 문파의 정예란 정예는 모두 모여 있었고, 그에 더해 삼십칠 구 생사강시까지 정련과 마맹에 속한 문파에 비교적 고루 제어권이 쥐어진 상태로 움직이고 있었다.

모든 것이 정마련에 유리하게 돌아가고 있었고 그것이 계속 고욱현의 심기를 건드리고 있었다. 아마 정마련의 군사들도 이 점을 놓고 수많은 고뇌를 하고 있을 것이 틀림없었다.

'뭔가 거슬리는군…….'

그는 거슬리는 느낌을 접은 뒤 시녀를 불러 잠자리 준비를 시켰다. 이런 고민은 십만마도의 주인인 그의 몫이 아니었던 것이다.

스릉―

"음?"

편히 잠을 자고 있던 마교주 고욱현의 눈이 떠졌다. 극에 다다른 그의 무공이 어떤 위화감에 반응해 그 몸을 일깨운 것이다. 그 정도로 그가 느낀 위화감의 정체는 단순한 것이 아니었다.

병장기 소리.

희미하게나마 사방에서 병장기 소리가 들려오고 있었다.

'무슨 일이지?'

술이 과한 무인들끼리 시비라도 붙은 것일까? 그렇게 생각하기엔 병장기 소리와 소란이 점점 커져 가고 있었다.

"은형."

그가 짧게 자신의 수신호위의 이름을 불렀다.

스슥─

그 앞에 무릎을 꿇고 있는 수신호위 은형의 모습이 나타났다.

"언제부터였나?"

"주군이 눈을 뜨시기 바로 전부터였습니다."

"좋지 않군. 마수, 나가서 무슨 일인지 알아보고 오너라."

복명은 들리지 않았지만 또 하나의 수신호위가 그의 명에 따라 사라져 가는 것을 느낄 수 있었다.

"흐음……."

고욱현은 다시 의복을 걸쳤다. 아무래도 나가봐야 할 것만 같았다. 그때 그의 감각이 누군가 문밖에서 다가오고 있다는 것을 알렸다.

"누군가?"

당연히 들려와야 할 대답 없이 밖에 있던 인물들이 침실 안으로 들어섰다.

"후후후, 일어나셨습니까?"

침실의 문을 열고 들어와 태연히 인사를 건네는 사내를 보며 고욱현은 노기 섞인 신음성을 내뱉었다.

"역한진……."

그를 보며 웃고 있는 사내. 바로 혈교주 역한진이었다. 그가 알기로

혈교는 자중하는 의미에서 이번 참월비무대회에도 많은 고수를 내보내지 않고 있었다. 그런데 교주가 연락도 없이 정마련에 와 있다?

밖에서 일어난 소동과 관련있음은 젖먹이 어린애라도 알 수 있을 것이다.

고욱현은 이글거리는 눈으로 청혈교주 역한진을 바라보았다.

"이게 무슨 뜻이냐?"

"그야 당연히 당신의 목을… 아니지요, 정마련을, 무림을 취하러 온 것이지요."

그 말에 고욱현이 스산한 미소를 내보였다.

"후후후. 무림이라… 그전에 내 목을 가져가는 것이 가능하리라 생각하느냐?"

"그건 제가 신경 쓸 문제입니다."

"네놈을 때려죽이기 전에 한 가지 묻자. 이러는 이유가 뭐지?"

"아시지 않습니까? 강호는 너무 오랫동안 조용했습니다. 더구나 정, 사, 마가 뒤섞여 있다니… 술은 술로, 물은 물로, 썩은 것은 썩은 것대로 모여 있어야 하지 않겠습니까?"

"월광사신이 준동하는 이 상황에서 무림인들이 네 녀석 뜻대로 따를 것 같으냐?"

"그렇게 될 겁니다."

"감히……."

갑자기 역한진의 뒤쪽에서 두 신형이 모습을 드러냈다. 그 모습을 보자 어지간한 고욱현조차 헛바람을 들이킬 정도로 놀라야 했다.

"생사강시? 어떻게 네 구씩이나?"

"고생을 좀 했지요. 그나저나 마교주의 무공이 번천지복의 경지라 들었습니다. 한번 놀아보시지요."

그 순간 은신해 있던 은형이 튀어나와 역한진을 덮쳤다. 그와 동시에 시립해 있던 생사강시 중 하나가 벼락처럼 은형의 공격을 받아쳤다.

"컥!"

"음……."

수신호위였던 은형이 생사강시와 격돌하여 단 한 수 만에 목숨을 내주자 고욱현의 입에서 무거운 신음이 흘러나왔다.

과연 생사강시였다.

일반 강시와 달리 어느 정도 자체 판단 능력까지 보유한 반생반사의 마물…….

"충성스런 수하처럼 보였는데 안타깝군요."

"한 가지 묻지. 강호에 퍼졌던 월광사신의 소문. 네 짓이었더냐?"

그러면 앞뒤가 맞는다.

"글쎄요."

"성화비나 남궁세가의 비급 같은 것은 진본이 없으면 위조할 수 없는 일이거늘. 설마 네 녀석들이 월광혈사 당시 그 기보들을 회수한 것이냐?"

"본 교가 그런 승냥이 같은 짓을 하지 않는다는 것은 알고 계실 터."

"하면 어찌……."

그 순간 고욱현의 머리 속이 환해졌다.

"설마 네놈들, 월광사신과 손을 잡은 것이냐?"

"그들이 월광사신의 세력인지 아닌지는 모르겠지만, 서로 거래를 했다고 보면 되겠지요."

"미친! 어쩔 생각이더냐?"

"말했듯이, 그건 제가 할 고민입니다. 밤이 길면 꿈이 많은 법. 이제 당신의 목숨, 제가 거둬가야 할 것 같습니다."

"어림없다!"

고욱현이 필사적으로 몸을 빼려 했으나 어느새 생사강시들의 승부는 길지 않았다.

"크으윽."

제아무리 고욱현이라 하나, 둘이면 팔대천인이나 십대마인을 감당한다는 소문이 퍼져 있던 생사강시 네 구와 역한진을 동시에 상대할 수는 없는 노릇이었다.

"네, 네놈……."

"잘 가시오. 저승에서나마 마도천하가 세워지는 모습을 감상하시길 바라오."

그 말과 함께 생사강시의 팔 하나가 고욱현의 가슴에 틀어박혔다.

고욱현.

마도를 걷던 일대 패자치고는 너무나 허무한 결말이었다.

"틀에 안주한다면 마도는 이미 죽은 것. 당신은 이미 오십 년이나 죽어 있던 셈이니 나를 원망하진 마시오."

그는 밖에서 벌어지고 있는 소란에 눈을 돌렸다.

마무리를 해야 할 시기였다.

"가자."

모여서 술잔을 기울이던 군웅들은 날벼락을 맞은 기분이었다. 갑자기 들이닥친 흉수들은 그렇다 치더라도 생사강시들마저 갑작스레 군웅들을 공격해 왔다.

말 그대로 아비규환이었다.

절정고수들과 아직 제어가 가능한 생사강시들을 총동원해서 습격해 온 이들과 맞서봤으나 완벽히 허를 찔린 탓에 엄청난 피해를 낸 뒤 흩어져 도주해야 했다.

이렇게 정마련이 불타오르고 있을 때, 아무것도 모르는 수운은 드디어 목적지인 하북 창주에 도착해 단잠을 자고 있었다.

*　　　　*　　　　*

"끌끌… 나이도 서른 줄에 접어든 녀석들이 이제 철 좀 들거라."

"진 사부님도 같이 드셨으면서 뭘 그러십니까."

"이놈아, 그것도 하루 이틀이지, 내가 다 눈치가 보인다."

"괜찮습니다. 수운이 놈 생명의 은인이신데다 우리 남매들의 은사이신 분께 술값 좀 깨진다 해도 뭐, 누가 뭐라 할 사람도 없습니다."

"흐흐흐. 그러십쇼, 진 노사님."

밤이면 밤마다 진현우, 하상혁, 유수헌, 전욱, 이 네 사람은 후원에 모여 술타령을 하고 있었다.

수헌은 틈만 나면 무공을 알려달라고 떼를 쓰고 있었고, 전욱은 술만 먹으면 울었다.

상혁은 전욱이 울기만 하면 입에다 깔대기를 물리고 술을 부었고, 진현우는 그런 그들을 구박하며 술잔을 입에 가져가는 속도를 빨리 할 따름이었다.

"이 술자리도 조만간 끝이 나게 될 것 같습니다만……."

하상혁이 문득 그렇게 운을 떼었다.

"장 대인에게 돌아가려고?"

"그래야 할 것 같습니다. 이곳을 돌보겠다고 약속해 놔서 수운이 놈에게 좀 미안하긴 하지만… 그간 이것저것 알아보고 지켜봤지만 이곳은 이미 안전이 확보된 듯합니다. 해서 여기는 흑랑이 놈에게 맡기고 조만간 복귀해 봐야겠습니다."

"그래야겠지."

진현우는 이곳에서 연일 술자리를 가지며 대강의 사정을 주워 들었기에 상혁의 말에 공감할 수 있었다.

"뭐, 그래도 노사께서 계시니까 마음 좀 편하게 복귀할 수 있겠습다."

"헐. 볼일없는 의원 나부랭이에게 별말을 다 하는구만."

"흐흐흐. 이거 왜 이러십니까? 수운이가 뭔가 한 밑천 두둑이 숨겨두고 있다는 건 알고 있고, 그 스승이 되시는 분 아닙니까? 혜월 대사님도 수운이 놈에 대해서는 높이 평가하고 계셨다 이 말입니다."

"그……."

잠시 잊고 있던 상처에 소금이 뿌려진 격이었다.

'이노무 자슥, 죽었어. 하필이면 소림 고승의 눈에…….'

"어쨌거나 그 덕에 마음 편히 돌아갈 수 있게 됐네. 진 노사님, 거, 잘 부탁드리겠습니다."

"그래요, 진 사부님. 적적하시면 제게도 무공 전수도 좀 하시고……."

"야, 유수헌이. 넌 그냥 제수씨랑 자식새끼나 잘 돌보고 살어. 뭐 좋은 거 있다고 무공이냐?"

타박하듯 내뱉는 말을 들으며 수헌이 눈을 빛냈다.

"그야, 천하제일미녀들을 구해서……."

"너 정신 났냐? 제수씨한테 걸려서 죽고 싶냐?"

"흐흐흐. 무릇 모든 범죄란 걸리지만 않는다면 되는 것. 아아, 새로이 무림명을 정해서 무림을 종횡하면 내자가 어찌 나의 실체를 알겠는가? 그렇게 발각된 위기를 넘기니, 어찌 천하의 미인들을 내버려 둘 수 있겠는가? 흐흐흐흐……."

"뭐, 호호호… 하기사 들키지만 않으면 어떻습니까, 진 사부님?"

진현우도 묘하게 웃으며 그들의 수작에 장단을 맞춰주었다.

"호호호. 그렇긴 하지. 미녀들을 그냥 내버려 둔다는 것은 장부가 할 일이 아니긴 한데 말이다."

"호호호, 그렇지요. 미녀들이라… 수운이 이 녀석, 은근히 여복이 많은 것 같기도 하고 아닌 것 같기도 한 녀석인데. 지금쯤 또 새로운 인연을 만들고 있지 않으려나 모르겠네."

상혁이 짓궂은 미소를 띠고 벌컥벌컥 대접의 술을 들이켰다. 그리고 그 예측대로 수운은 새로운 여인과 마주하게 되었다.

*　　　　*　　　　*

정법무관.

창주에 오면 곧바로 찾을 수 있을 것 같았는데 생각보다 외진 곳에 무척 허름하게 관리되고 있어서 며칠을 수소문해서야 찾아낼 수 있었다.

무관이라 하여 읍내에 있을 줄 알았건만, 외진 산기슭에 자리하고 있다고 했다.

수운은 감회에 차서 허름한 건물을 바라보고 있었다. 큰 특징은 없었고, 그저 현판에 무난한 글씨로 '정법무관'이라 적혀 있는 것이 이곳이 무관임을 알리는 흔적의 전부였다.

"여기가 바로……."

세 가지 일 중 드디어 한 가지를 끝마친다 생각하자 가볍게 가슴이 떨려왔다.

그는 잠시 호흡을 가다듬은 뒤 외쳤다.

"계십니까?"

그는 문밖에서 몇 번이고 그렇게 외쳐 보았지만, 돌아오는 대답이 없었다. 한참을 그렇게 기다리던 그는 머리를 긁적이다 살며시 문을 밀어 보았다.

끼이이—

뜻밖에도 문은 쉽게 열렸다.

잠시 망설이다 들어선 정법무관의 내부는 평범했다.

연무장은 깨끗했지만, 세월의 무게를 알려주듯 군데군데 청석이 닳아 있거나 새로운 것으로 바뀌어 색이 완연히 다름을 알아볼 수 있었다.

"실례합니다! 아무도 안 계십니까?"

한동안 서성이던 수운은 다시 한 번 크게 외쳐 봤지만 아무도 나오지 않았다.

'아무도 살지 않는 건가?'

그렇게 생각하기엔 내부가 상당히 깨끗했다. 아마 어딘가 출타를 나간 모양이다. 그렇게 생각되자 수운은 잠시 청석으로 된 연무장 위에 올라섰다.

세월의 무게가 느껴지지만, 또한 소중히 관리해 왔다는 느낌이 절로 드는 연무장이었다.

그때였다.

"누구시지요?"

여린 소녀의 목소리가 들리자 수운은 반사적으로 소리가 들려온 쪽을 바라보았다.

열일곱, 여덟 정도 되었을까?

막 개화하기 전, 아침 이슬을 머금고 청초히 피어나려는 꽃과도 같은 그런 느낌의 소녀가 빤히 수운을 바라보고 있었다.

"아……."

일순간 수운은 대답할 말을 찾지 못했다.

"누구시지요?"

소녀는 다시 한 번 그렇게 수운에게 말을 걸었다.

누구냐고 묻는 말에 딱히 대답할 말이 없었다. 그저 시간나면 한번 들러보라는 명에 따라 이곳에 온 것이 아니던가?

더구나 생각해 보니 그는 주인의 허락도 받지 않고 무단으로 들어온 상태였다. 큰 결례를 저질렀다고 생각하자 수운의 얼굴에 어색한 미소가 서렸다.

"그게… 아하하, 죄송합니다."

"무슨 일로 오셨는지 여쭤봐도 될까요?"

"저, 그게… 그냥 사부님이 한번 들러보라고 하셔서……."

"그러면 사부님이 누구시지요?"

"……."

소녀는 당황하는 수운의 모습을 보더니 킥— 하고 웃음을 터뜨렸다.

"죄송해요. 그냥 저 혼자 오래 살다 보니 그냥 장난을 좀 쳐보고 싶었어요."

"혼자 살고 계시다고요? 이렇게 외진 곳에서요?"

"아, 할아버지가 계세요. 그리고 오빠들도 있긴 하지만… 모두들 자주 나가시기 때문에 혼자나 마찬가지예요. 저는 할아버지나 오빠들을 무척 좋아하지만 가끔은 화가 날 때도 있어요. 언제나 무척 심심한 나날이거든요. 외지인이 오는 건 정말 오래간만이에요."

"그렇구나. 저도 어릴 때는 사부님과 둘이서만 살아봐서 그게 얼마나 심심한 건지 잘 알아요."

소녀는 고개를 갸웃하더니 가까이 다가와 빤히 그의 얼굴을 들여다보았다. 수운은 자신도 모르게 가슴이 두근거렸다.

"여진경이라고 해요. 소협께서는요?"

"아, 이런 결례가. 소협이라고 할 것까지는 없고요, 강서에서 온 유수운이라고 합니다."

여진경이라고 자신의 이름을 밝힌 소녀는 수운이 포권을 하자 다시 맑은 웃음소리를 내며 입을 가렸다.

"그러면 유 소협, 이쪽으로 들어오세요."

"아, 아닙니다. 사부님 명에 따라 여기 와보긴 했지만 소저 홀로 계시는 곳에 이렇게 들어가는 것은 큰 결례가……."

"결례가 아니에요."

그녀는 야무지게 말한 뒤 주변을 둘러보기 시작했다. 그러더니 수운 곁으로 다가서더니 귓가에 입술을 가져다 댔다.

'흐억!'

갑작스레 그녀의 숨결이 귀를 간질이자 수운은 머리부터 발끝까지 새빨갛게 변했다.

"목숨을 끊는 곳."

수운에겐 다행스럽게도 그 한마디로 수운은 머리부터 발끝까지 정상적인 혈색을 되찾았다.

목숨을 끊는 곳.

그녀는 바로 그의 사문인 절명문을 얘기하고 있는 것이다. 수운은 미미하게 흔들리는 눈빛으로 그녀를 바라보았다.

여진경은 고개를 갸웃거리며 그런 수운을 바라보았다.

"흐음. 아닌가요?"

"……."

"아니라면 실망이네요. 그럼 살펴 돌아가세요."

그녀가 미련없이 돌아서려 하자 수운이 아니라는 듯 손을 흔들며 급히 입을 열었다.

"아뇨. 잠깐만요, 여 소저."

"그럼 맞나요?"

"그전에, 그걸… 어떻게 아시는 거죠?"

"당연하지 않겠어요? 유 소협께서는 언젠가 이곳에 꼭 한번 들르라는 명을 받았겠지요? 저는 이곳에 살고요. 할아버지에게 들었어요. 어쩌면 언젠가 낯선 사람이 문을 두드릴지도 모른다. 그렇다면 아마 그 사람이 바로 절명문에서 온 사람일 거다, 그렇게 말씀하셨지요."

그녀가 활짝 미소를 지어 보였다.

"전 정말정말 오랫동안 기다려 왔어요. 믿지 못할 때도 있었구요. 할아버지가 절 놀리기 위해 거짓말을 하는 거라는 생각도 해봤어요. 그런데 정말이었어요. 정말 왔네요. 그러니까 들어오세요."

여진경은 서재로 그를 안내하더니 총총히 밖으로 나갔다. 달그락거리는 소리가 가끔 들려온 뒤 다구를 들고 안으로 들어섰다.

"우선 차를 준비했어요."

"이렇게 신경 써주시지 않으셔도 되는데요. 감사합니다."

익숙한 솜씨로 차를 수운의 잔에 따른 여진경은 싱글싱글 웃으며 다시 밖으로 나갔다.

"……."

홀로 남은 수운은 따뜻하고 향기로운 차를 입에 대며 서가에 꽂힌 책들을 둘러보았다. 하나같이 거창한 이름들이 쓰여 있는 무서들이 아무렇게나 꽂혀 있는 모습을 보니 무관이 맞긴 맞는 것 같았다.

"흠. 창천팔식, 마환오륜공, 건곤대나이, 태극혜검공이라……."

이름만 들으면 강호인들이 눈을 뒤집고 달려올 무공비급들이었으나 수운은 피식 웃고 말았다. 다른 것은 몰라도 건곤대나이나 태극혜검공이 마교와 무당의 최고 비전절기라는 것은 알고 있었다. 그런 물건이 이런 궁벽한 산골 무관에 아무렇게나 굴러다닐 일은 없는 것이다.

사실 백보신권이니 용조수니 하는 소림 무학은 말할 것도 없고 건곤대나이나 태극혜검에 대한 조잡한 책들은 시전에 흔하게 흘러넘치고 있기 때문에 수운은 지금 꽂혀 있는 책들도 그런 책들 중 하나로 생각하고 말았다.

그가 피식 웃고 있을 때 손에 새조롱을 들고 여진경이 들어왔다. 그 안에는 실하게 생긴 매 한 마리가 눈을 부라리며 들어앉아 있었다.

"여 소저, 그 매는……?"

"아, 전서응이에요. 절명문에서 사람이 오면 꼭 할아버지에게 알려 드려야 하거든요."

그렇게 대답하며 여진경은 문방사우를 펼쳐 놓고 무언가를 적어가기 시작했다.

"원래 절명문에서 제자가 이곳에 방문하면 꼭 할아버지를 만나고 가야 한다고 하셨어요. 그런데 할아버지께서는 자주 출타하시거든요. 그래서 전서응으로 연락을 취하는 거예요. 할아버지는 준비성이 철저하시거든요."

힘차게 날아가는 매의 날갯짓을 여진경은 부러운 듯 바라보고 있었다. 그녀는 그렇게 전서응을 날려 보낸 뒤 맑은 미소를 따우며 수운을 바라보았다.

"흐음."

새삼스레 여진경은 눈을 반짝이며 수운을 바라보기 시작했고, 그 눈빛이 부담스러워진 수운이 눈길을 돌려 들고 있던 찻잔을 만지작거리기 시작했다.

그럼에도 진경의 눈길은 떠날 생각을 하지 않았다. 헛기침을 몇 번 해가며 눈치를 줘봤지만 그녀는 아무 거리낌 없이 빤히 수운을 바라보고 있을 뿐이었다.

그렇게 반 각 정도가 지나자 견디다 못한 수운이 결국 어색함을 참지 못하고 진경에게 말을 걸었다.

"저, 여 소저. 왜 그렇게 절 바라보고 계시죠?"

"궁금해서요."

"네?"

"궁금하다구요."

"제가요?"

"네, 정말 궁금해요. 궁금하고 궁금하고 궁금해서, 꿈에서까지 생각하곤 했어요. 아, 과연 멸명마공을 익힌 사람들은 어떤 사람들일까? 천하에 적이 없다는데 그 사람들은 어떤 기분일까? 하늘 밖의 사람들일까? 피부는 정상일까? 그리고 그 사람들도 사랑을 할까? 그리고 대소변을 보는 걸까?"

수운은 먹던 차를 한 모금 뿜어낼 뻔했으나 간신히 참아내고 그녀를 바라보았다.

"저기, 아무리 그래도 그런 게 궁금해요?"

"네, 궁금해요. 저 말이죠, 난 할아버지를 다섯 살에 만났어요. 할아버지는요, 뭔가 이룰 게 있어서 후계자를 찾았는데 그게 저라고 하셨지요. 그리고 열 살 무렵부터 무공을 전수받기 시작했어요. 그러니까 한 칠 년 전부터 무공을 전수받은 거죠. 그동안 전 이 정법무관 밖으로는 한 번도 나가지 못했어요. 믿어져요? 할아버지에게 물어봤지만, 그냥 나는 밖으로 나갈 수 없다는 거예요. 그리고 언젠가 절명문이라는 곳에서 후인이 찾아오면 그때서야 밖으로 나갈 수 있다고 하셨어요. 어쩌면 찾아오지 않을 수도 있고 찾아와도 아주 늦게 찾아올 수도 있다고 하셨어요. 하지만 할아버지의 예상대로라면 제가 스물이 되기 전에 찾아올 거라고 하셨어요. 그러면 제 마음대로 바깥 세상을 구경할 수 있다구요. 그러면서 제 머리를 쓰다듬으며 절명문에 대해 설명을 해주셨죠. 밤마다요. 실은 제가 졸랐어요. 밤마다 절명문에 대해, 그분들의 활약에 대해 말해달라고 할아버지를 졸랐어요. 아, 정말 대단하구나. 절명문이라는 곳. 그렇잖아요? 무슨 일인지는 모르겠어요. 하지만 나는 그런 사람들 때문에 무공을 전수받고 여기서 움직이지 않을 의무가 있는 거구나, 그런 생각이 들었어요. 할아버지는 아무 말도 해주시지 않았지만 그렇게 느껴졌어요. 그렇잖아요?"

"……."

"그때부터예요. 처음 절명문이라는 곳을 알게 되고, 그것 때문에 내가 무공을 전수받는다는 것을 알게 되고, 나는 그때부터 궁금했어요. 그 문하의 사람들은 어떤 사람들인지. 그러니까 모든 점이 다 궁금했어요. 처음에는 얼굴 생김새가 궁금했고, 그다음엔 키가 어느 정도일지 궁금했어요. 그리고 그다음, 그다음. 시간은 넘칠 정도로 많았어요. 그러니까 가능한 한 모든 것을 다 궁금해할 수 있었어요. 이상해요?"

수운은 멍하니 여진경의 이야기를 듣고 있다가 이상하느냐는 말에 퍼뜩 정신을 차렸다.

"아니요, 이상하지 않아요."

"다행이에요. 저기, 그런데 그중에서 가장 궁금한 게 하나 있어요."

"무엇… 인가요?"

"저를 어떻게 생각하세요?"

수운은 기어이 찻물을 흘리고 말았다. 여진경은 순진하면서도 짓궂어 보이는 미소를 띠우며 천천히 수운의 얼굴 앞으로 머리를 내밀었다.

"말했잖아요. 나 말이죠, 열 살 이후로는 여기 담 밖을 한 걸음도 못 나갔어요. 오라버니들과 사부님을 제외하자면… 가끔 사부님을 알고 계시는 아저씨와 언니들이 와서 말벗을 해주는 것 말고는 사람도 못 만났어요. 그래서 난 내가 예쁜 건지 잘 모르겠어요. 나 예쁜 편인가요?"

"……."

"하아, 역시 못난 편인 건가……."

"아뇨, 아주 예뻐요."

"정말이에요?"

여진경은 그 말에 몹시 기뻐했다.

"정말… 이에요."

"정말, 정말의 정말의 정말이죠?"

"그, 그래요."

"부인으로 맞이할 정도로 예뻐요?"

그 말에 수운은 들고 있던 찻잔을 놓칠 뻔했다.

*　　　*　　　*

"노야, 예상대로 청혈교가 정마련에 모여 있던 많은 고수들을 참살하고 혈교천하를 선언했습니다."

"그렇구먼. 청혈교에서 차지한 생사강시의 수는 몇이던가?"

"모두 스물여섯 구입니다. 정련과 마맹의 패잔병들이 간신히 수습해 도주한 것이 다섯 구, 양패구상해 파괴된 것이 여섯 구로 집계되었습니다."

"허허… 생각보다 많이 상했군. 청혈교, 완벽한 기습 기회를 만들어줬는데도 겨우 스물여섯 구밖에 건지지 못했다니… 무능한 녀석들 아닌가?"

"그것도 그렇겠지만 운이 없었습니다."

"운이라……."

"그리고……."

"남은 것이 또 있던가?"

"대지급으로 전달되어 왔습니다."

정정운은 서신을 조심스레 노인에게 건네며 말했다.

"진경이에게서 온 모양입니다만……."

노인은 정정운이 전달한 편지를 무덤덤하게 본 뒤 삼매진화로 그것을 태워 버렸다. 그는 눈을 감고 잠시 생각을 정리하는 듯했다.

"노야?"

눈을 감은 노인이 한참 동안 미동도 하지 않자 정정운이 조심스레 그를 불렀다.

"음. 잠시 자리를 비워야 하겠구나."

"알겠습니다. 어차피 역한진이 천하를 정리하기 전에는 별로 할 일도 없으니까요."

"그래, 역한진에게 천하를 좀 더 즐기게 두자꾸나. 그간 수고한 것도 있고 하니……."

"창주로 가실 생각이십니까?"

"그렇게 되었구나."

"진경이의 일입니까? 만나면 제 안부도 좀 전해주십시오."

"허허… 알겠다."

*　　　　*　　　　*

세상이 정마련에서의 일로 시끄러워지기 시작했지만, 산속 정법무관에 틀어박혀 있던 수운으로서는 알 도리가 없었다.

원래 여인 홀로 있는 곳에 같이 머무는 게 예가 아니라 말하며 적당한 객잔을 잡아 거기서 기다리려 했으나, 진경이 나가려는 그를 한사코 만류했기 때문에 이레가 지나는 동안 정법무관에서 여진경과 함께 생활해야 했다.

그 기간 동안 정법무관에서의 생활은 무척 재미있었다. 모두 여진경의 순진하면서도 도발적인 언행 때문이었는데, 수운은 그 때문에 진땀을 빼고 있었다.

물론 즐겁기도 했다.

그녀는 오랜 기간 홀로 지냈다는 것을 증명이라도 하듯, 쉴 새 없이 재잘거리며 수운의 곁을 맴돌았다.

그러다가 가끔 수운의 무공을 보여달라며 졸라대기도 했다.

"무공을 보여주세요."

절명문의 특성상 딱히 보여줄 만한 무공이 없었기 때문에 수운은 최근에 깨달은 육합칠상나한권을 펼쳐 보였고, 진경은 손뼉을 치며 좋아했다.

어쩐지 그런 그녀를 보면 행복했다.

당소류나 오유란과 대화를 나눌 때에도 즐거운 마음은 있었지만, 이런 기분은 아니었다.

그래서 수운은 내공을 쓰지 않고 펼치면 육체적으로 상당히 힘든 육합칠상나한권을 세 번이나 연거푸 펼쳐 보이다 쓰러져 진경을 놀래키기도 했다.

그동안 둘은 많은 이야기를 나누었다.

주로 시시한 바깥 세상 이야기였지만 여진경은 그런 이야기들을 제일 듣기 좋아했다. 수운이 쟁자수 일을 할 때 겪은 일들을 얘기할 때는 연신 눈을 반짝이며 옆에 붙어 다음 얘기를 졸라댔다.

처음엔 빨리 집으로 돌아가야겠다는 생각에 조금 초조한 기분도 있었지만, 현재는 여진경의 말도 안 되는 이야기를 듣고 말도 안 되는 이야기를 해주는 것이 너무나 즐거웠다.

그렇게 정법무관에 머무른 지 팔 일째가 되던 날, 평소처럼 연무장 위에 앉아 여진경에게 이런저런 이야기를 해주고 있을 때였다.

끼익—

문이 무거운 소리를 내며 열리면서 청수한 복장의 노인이 정법무관 안으로 들어섰다.

그 순간 수운의 이야기에 정신이 팔려 있던 여진경이 다람쥐처럼 가벼운 몸짓으로 그 노인에게 달려들었다.

"할아버지!"

여진경이 반갑게 달려가 노인의 품에 덥석 안기자, 노인은 인자한 미소를 지으며 그녀의 머리를 쓰다듬었다.

"허허허, 다 큰 녀석이⋯⋯. 그래, 그간 잘 있었느냐."

"네, 할아버지."

노인은 몇 번이나 자애롭게 들러붙은 여진경의 머리를 쓰다듬다가 문득 시선을 들어 수운을 바라보았다.

"흐음⋯⋯."

노인이 시큰둥한 눈으로 수운을 위아래로 훑어보더니 손짓을 했기에 수운은 주춤거리며 노인의 앞으로 다가섰다.

노인은 여전히 여진경을 한 손으로 보듬어 안은 상태로 수운을 이리저리 살피다 한마디 질문을 던졌다.

"그래, 이곳에 온 걸 보니 자네가 절명문의 당대 문주인가 보구먼?"

"음⋯ 네, 일단 그렇습니다만."

"흐음……."

노인은 고개를 끄덕인 뒤 천천히 수운의 얼굴을 살피기 시작했다.

"칠대 장문인이라……."

그 한마디에 조금 남아 있던 수운의 경계심마저 사그라졌다. 절명문과 어지간히 관련이 없다면 그 자신이 칠대 장문인이라는 걸 어떻게 알 수 있겠는가?

노인은 이리저리 수운을 살피다 뭔가 못마땅하다는 듯 중얼거렸다.

"아직 어리구먼."

"……."

간단하게 품평을 한 뒤에 노인은 거침없이 집 안으로 발길을 옮기며 수운에게 손짓을 했다.

"따라오게."

먼저 무관 안으로 들어서던 그는 수운이 머뭇거리자 뒤를 바라보며 혀를 찼다.

"어허, 들어오래도."

수운은 노인을 따라 서재로 들어가 마주 보고 앉았다.

"궁금한 게 많겠지?"

"예."

"왜 이곳에 오라고 했는지도 궁금할 테고 말이야."

"그렇습니다."

실제로 묻고 싶은 것이 많았다.

절명문의 실체는 절대 비밀이었으며, 그런 문파가 존재한다는 사실은 오직 사부와 제자로만 이어져야 했다.

물론, 지금이야 수운이 강호행을 하면서 조금―실은 상당히 많이―일이 꼬이고 꼬인 덕에 외인 두 사람이 이 사실을 알아버렸지만 말이다.

한데 이 한적한 무관에 자신의 진실한 정체와 문파의 실체를 알고 있는 사람들이 살고 있다니. 이게 과연 무슨 뜻이란 말인가?

"진경아, 차를 좀 내오지 않으련?"

"알겠어요, 할아버지."

진경이 경쾌하게 고개를 끄덕인 뒤 다구를 챙기러 밖으로 나가자, 수운은 궁금증을 참지 못하고 먼저 질문을 던졌다.

"어떻게 우리 사문을 알고 계시는 겁니까?"

"흐음… 글쎄, 어떻게 설명해야 할까……."

노인은 성급히 질문을 던지는 수운에게 싱긋 미소를 보였다.

"설명하기 전에 노부도 한마디 묻겠네. 어째서 이런 궁벽한 곳에 방문하는 것이 삼대조건 중 하나인지 알고 있는가?"

"모르겠습니다. 그저 사부님이 하라고 하셨기에……."

"그래, 그렇겠지."

노인은 잠시 허공을 바라보다 이야기를 꺼냈다.

"알고 있는지 모르겠지만, 여기는 옥창선 조사께서 절명문을 개파하신 곳이요, 이조(二祖)의 생가이기도 하지."

이조라 하면 옥창선의 제자였던 사유를 일컬음이었다.

"아……."

그는 사부인 진현우가 들려준 이야기를 기억해 냈다. 굶주려 죽어가던 옥창선을 구했던 이대조.

그는 작은 무관의 주인이라고 했었다.

수운은 새삼스럽게 눈을 들어 무관의 이곳저곳을 둘러보았다.

"그래, 이조의 생가라는 점을 제외하고 생각해 보게. 자네 생각에 이곳이 뭐 하는 곳 같은가?"

"……."

"허허허, 애써 체면 차릴 것 없네. 버려진 곳 같지 않은가?"

"아닙니다, 그저……."

"허허허. 아냐, 그 생각이 맞아. 이곳은 버려진 곳이야. 절명문의 숙원을 이뤄낸다면 여기는 성지(聖地)가 되겠지만 지금은 그저 버려진 무관일 뿐이지."

노인은 지그시 수운을 바라보았다.

"자네는 사문의 숙원을 이루었나?"

사문의 숙원.

무공에서 살기를 제거하고, 진정한 활인의 공으로 문파의 절기를 재창조하는 것을 말함이다.

그 말에 수운은 심한 부끄러움을 느끼며 고개를 숙였다. 이제껏 강호에 출두한 뒤 온갖 무학의 도리를 강제로(?) 익히며 쓸데없이 무공만 강해졌기 때문이었다.

"아직… 멀고도 먼 길 같습니다."

"그야 그렇겠지. 사실 자네 나이에 숙원을 이룬다 만다 할 것도 없겠지. 선대 조사들의 숙원이 어찌 그 젊은 나이에 이룰 정도로 만만ㅎ다 할 것인가."

"하지만……."

수운이 비무대회 당시, 역근진기로 절명기를 감싸 내단을 만들었던 일을 떠올리며 말을 끌었다.

"하지만?"

"아닙니다. 작은 실마리를 잡은 것 같기도 하여……."

"호오? 실마리라?"

"아직 입 밖에 낼 정도의 실마리는 아닙니다. 그저 좀 더 오랜 시간 궁리를 해보고 적용을 해봐야 할 듯합니다."

"흐음, 하지만 뭔가 나아갈 방향을 잡았다는 것만도 대단한 일이로군."

그때 여진경이 차를 들고 들어섰다.

노인은 이야기를 멈추고 조용히 차를 들었고, 곧 여진경이 재잘거리기 시작하면서 서재 안에서는 한동안 웃음기 섞인 한담이 오고 갔다.

그렇게 한동한 차를 즐기며 담소를 나누던 노인이 지그시 여진경을 바라보았다.

"진경아, 중요한 이야기가 있으니 잠시만 나가 있으련? 곧 이야기를 마치고 나갈 테니……."

"예, 할아버지."

오래간만에 만난 터라 그녀를 제외하고 비밀 이야기를 하는 것이 서운할 수도 있겠지만 여진경은 군소리없이 노인의 말에 따라 총총히 바깥으로 사라졌다.

"착하고 좋은 아이지."

진경의 뒷모습을 바라보던 노인의 눈에 왠지 모를 슬픔이 묻어 나왔다.

"아까 하던 이야기를 마저 하세나. 노부가 어떻게 자네 사문에 대해서 알고 있냐 하면……."

"……."

"삼조(三祖)께서 임종하기 직전에 문득 이런 생각을 하셨다네. 절명문의 무공이 약해지지 않더라도 본 문 무공에 대항할 수 있는 무공이 만들어지면 되는 것 아닌가? 그런 생각이셨지."

어려서 사부에게 죽어라 맞아가면서 들었던 사문의 역사 이야기 중 어디에도 그런 이야기는 없었기에 수운은 자신도 모르게 노인을 바라보았다.

"흠. 그래, 간단히 말하자면 여기가 멸명마공에 대항할 수 있는 무공을 연구하고 있는 곳일세."

충격적인 이야기였다.

그런 이야기를 들었기에 묻고 싶은 것도 많았지만 수운이 뭐라고 묻기도 전에 노인이 천천히 자리에서 일어섰다.

"자세한 이야기는 천천히 하도록 하고, 일단 나가지 않겠나? 진경이가 기다릴 걸세."

노인은 그렇게 말하고 한숨을 내쉬었다.

"사실 자네가 가능하면 오지 않기를 바랐네. 아니면 조금 더, 오랜 시간이 지난 뒤에 오거나."

수운이 영문을 알 수 없다는 표정을 지어 보였으나 노인은 그 이상 사연을 이야기하지 않은 채 잔잔한 표정으로 말했다.

"자, 나가보세. 해야 할 일이 있으니."

"해야 할 일이요?"

"허허허. 그래, 모르긴 몰라도 이곳에 도착하고부터 진경이에게 지겹도록 들었을 테지."

알고 보니 해야 할 일이란 외출이었다.

절명문의 당대 장문인이 이곳에 왔으니 약속대로 세상 구경을 시켜주겠다는 얘기를 듣고 여진경은 눈을 반짝였다.

"정말이에요? 정말?"

"그렇단다. 약속대로 절명문의 전인이 왔으니 세상 구경을 시켜줘야지."

"정말? 정말의 정말의 정말?"

"허허허! 녀석, 그렇다니까."

여진경은 얼굴에서 흥분을 감추지 못했다.

그도 그럴 것이 어린 시절 이후 첫 외출이었던 것이다.

수운은 단순한 외출에도 흥분을 감추지 못하는 여진경을 보며 측은한 마음이 들었지만, 너무나 행복해 보이는 얼굴을 보자 그런 마음을 버렸다.

그리고 보니 노인이 돌아오면 여진경을 바깥에 나가지 못하게 한 이유를 반드시 물어보겠다고 생각했었는데 그것도 정법무관의 실체에 충격을 받은 나머지 잊고 질문하지 못했었다.

"그런데요, 정말로 손만 닿아도 죽는 거지요? 살아 있는 거라면 뭐든지?"

같이 보낸 시간 동안 자주 하던 질문이었지만, 그녀는 지치지도 않는지 계속 그에 관해 물어보곤 했다.

한데 그녀의 질문을 듣던 노인이 허허롭게 웃으며 길을 벗어나 산길로 들어서기 시작했다. 아무 말 없이 따르던 수운이었지만 갈수록 산이 깊어지자 질문을 던질 수밖에 없었다.

"저, 지금 어디로 가시는 건가요?"

"흐음… 모처럼 찾아온 좋은 기회 아니겠나. 그러니 이 기회에 진경이에게 '그것'을 보여주는 것도 좋을 것 같아서 말이네."

"'그것'이요? 그것이라는 게……?"

어리둥절한 수운이 '그것'에 대해 물어보려 할 때였다.

크르르—

"허허허, 딱 맞게 왔구먼."

그 위협음은 커다란 곰이 내는 소리였다.

"저, 죄송하지만 저 곰을 가지고 뭘 어쩌라는 것인지?"

"말했잖은가. 진경이에게 보여주게나."

"네?"

"허허허, 저 아이가 믿을 수 있는 증거를 눈앞에서 보이란 말이네."

"…어떻게요?"

"알면서 뭘 묻나. 저 곰에게 맞아보게."

"……."

그렇게 생기진 않았는데 상당히 악랄한 노인이었다.

그들이 대화를 나누는 사이에도 커다란 불곰 한 마리가 침을 질질 흘리며 세 사람에게 다가오고 있었다.

'이건 말도 안… 윽!'

옆에서 귀여운 눈을 초롱초롱 빛내고 있는 여진경을 바라보면서 수운은 한숨을 내쉬었다.

그는 한숨을 내쉰 뒤 털레털레 곰 앞으로 가서 얼굴만 가린 자세로 버티고 섰다.

거대한 곰은 몸을 일으키고 난 뒤, 뭐야 이 건방진 물건은 하는 표정으로 거대한 앞발을 내려쳤다.

픽—

"갸아아아."

팍—

데굴데굴—

수운은 적당히 멸명마공을 끌어올린 채 일체의 저항 없이 곰이 패리면 맞고 굴리면 굴렀다. 구르는 중간에 그의 귓전에 꺄악까악거리는 여진경의 목소리가 들려왔다.

그리고는 곧 곰의 숨이 끊기는 소리가 들려왔다.

꼬르륵— 꼬륵—

털썩—

곰은 수운의 몸 위로 쓰러져 꼼짝을 하지 않았다.

"와, 정말! 정말이었군요! 정말 멋있었어요!"

"저기, 잠시만… 이 곰 좀 치우고요……."

여진경은 몹시 흥분해 있었다. 유심히 관찰했으나 정말로 수운은 곰에게 아무 짓도 하지 않았다. 그저 맞기만 했을 뿐인데, 죽은 건 곰이었다.

완전히 들떠 버린 진경은 이후로도 즐겁게 재잘거리며 두 사람과 같이 시전으로 나섰다.

그 후로 사흘 동안, 그들은 창주 근처의 볼만한 곳을 찾아다니며 외유를 즐겼다.

창주가 비록 명승지가 아니어서 천하절경도 아니었고 명승고적이 있는 것도 아니었으나, 여진경에게는 둘러보는 것 모두가 신기할 따름이었으니 자연 즐거운 나들이가 되었다.

특히 그녀는 객잔에서 처음 보는 요리를 맛보며 무척이나 즐거워했기 때문에 노인은 여러 가지 음식을 시켜 고루 맛을 보게 해주었다.

여느 때와 같이 객잔에 들러 여러 가지 음식을 시켜놓고 진경에게 맛보여 주고 있을 때였다.

"허허, 세상이 어찌 되려고……."

문득 주변에서 반주를 곁들여 식사를 하고 있는 노회한 상인들의 대화가 들려왔다.

"혈교가 진짜 천하일통을 하게 되면 이제 어찌 되는 거지?"

"그러게 말이야. 그렇지 않아도 월광사신이 나타났다는데, 뒤숭숭하구먼."

'혈교의 천하통일이라니?'

그가 정마련에서 나오기 직전까지 막강한 정마련의 전력을 눈으로 확인한 터라, 상인들의 말이 무슨 뜻인지 알아들을 수가 없었다.

"그러면 정마련은 이제 어찌 되는 건가?"

"낸들 알겠는가? 어쨌거나 본타는 혈교에게 점령당하고 살아남은 자들은 모두 일패도지했다 하니⋯⋯."

"허허, 생사강시, 생사강시 하더니 그게 정말 세긴 센가 보군."

"이르다 뿐인가? 월광사신을 상대하기 위해 무림인들이 있는 거 없는 거 다 쏟아 부어 만든 마물이라지 않는가?"

상인들의 이야기를 듣던 수운의 얼굴이 점점 굳어져 갔다. 무슨 일이 어떻게 진행되어 정마련이 혈교에게 무너졌는지는 상관없지만, 정마련 본타에 있던 당소류와 오유란의 안위가 걱정되었던 것이다.

거기다 혈교의 강호일통 선언이라니⋯⋯.

인자하게 자신의 질문에 넓은 설법을 해주던 혜승의 얼굴까지 눈앞에 어른거렸다.

"음⋯⋯."

그 모습을 보던 노인의 눈이 잠시 번득였다.

"흐음, 마음에 걸리는 점이라도 있는가?"

"예?"

"허허, 그저 자네가 강호무림, 그것도 정마련에 관련된 소문을 듣고 얼굴을 찌푸리는 것이 낯설어서 묻는 것일세."

정마련과 어떤 관련도 맺지 않고, 무림과도 서로 연을 맺지 않아야 하는 절명문의 제자가 왜 정마련의 흥망성쇠에 대해 관심을 가지고 있느냐는 질문이었다.

제법 난처한 질문을 받은 수운은 언제 그랬냐는 듯 굳어 있던 얼굴을 펴고 고개를 저었다.

"그저 조용했던 세상이 시끄러워진다니 호기심이 동했을 뿐입니다."

노인은 그럴 수도 있겠다는 얼굴로 고개를 끄덕였다. 그러나 수운은 이후 허허로운 노인의 표정이 가끔 묘하게 자신을 바라보고 있다는 것을 알지 못했다.

사흘간의 즐거운 외유를 끝내고 무관으로 되돌아왔다. 여진경은 사흘의 나들이가 너무 짧다고 느껴졌는지 아쉬운 표정이 가득했지만 노인이 이제부터 종종 외출을 허락한다고 했기에 큰 불만은 없어 보였다.

진경과 수운은 사흘간의 짧은 여행 끝에 더욱 친밀해졌다.

아직 남녀 간의 일을 심각하게 생각해 본 일이 없는 수운은 처음 만났을 때의 두근거림을 잊고, 점차 진경을 아주 귀여운 동생처럼 생각하기 시작했다.

"그래, 자네 얼굴을 보니 이제 슬슬 돌아갈 때가 되었나 보군."

"예, 어르신."

"진경이가 섭섭해하겠군. 그나마 비슷한 연배라곤 자네가 처음 만난 사람인데… 그래, 언제 한 번 다시 이곳에 돌아올 수 있을 것 같은가?"

"…솔직히 말씀드리자면 앞일이 어떻게 될지 모르겠습니다. 세상도 뒤숭숭한 것 같고…….."

"그렇겠군."

객잔에서 주워들은 대로라면 지난 시절 태평무사하던 강호가 다시 요동치고 있었다. 비록 정마련이 초전에 일패도지했다지만 두 세력이 다시 격돌하면 그 파장이 어느 정도로 커질지 알 수 없었다.

"허허, 그러면 말일세. 진경이가 자네를 좋아하는 눈치던데 데려가지 않으려나?"

"그건…….."

"아니 아니, 늙은이의 농일세. 너무 신경 쓰지 말게. 하지만 외톨게만 자란 아이니 사정이 허락한다면 사문의 일이 아니라도 가끔 찾아오게."

"노력해 보겠습니다."

진경을 생각하자 마음이 무거워졌다.

"그런데 어르신, 계속 여쭙고 싶었습니다. 대체 무슨 일 때문에 진경이를 바깥에 내보내지 않으신 겁니까?"

그 질문에 노인의 낯빛이 침중하게 변했다.

"거기에는 몇 가지 이유가 있다네. 비록 자네가 외인은 아니라 하지만 거기에 대해서는 그 이상 묻지 말아주게나."

"…알겠습니다."

말하기가 불편한 기색이 역력했기에 진경에 대한 이야기를 거기서 멈춘 뒤 수운은 노인에게 인사를 건네고 자신에게 주어진 방으로 들어가 자리에 누웠다.

"후우……"

이곳에서의 생활도 이제 끝이라 생각하니 여러 가지 일로 마음이 복잡해졌다.

당장 여진경과 이별할 생각을 하니 가슴 한구석이 무거워졌다.

'외로울 텐데……'

그는 집으로 돌아가서 대강 기반을 잡고 가족들이 자신을 신뢰할 정도가 되면 상행(商行) 핑계를 해서라도 꼭 한 번 다시 찾아와야겠다는 생각을 굳혔다.

'그리고 당 소저나 오 소저, 모두 무사할까?'

믿어지지 않지만, 청혈교에 의해 정마련 본타가 밀렸다고 했다. 당소류나 오유란 두 여인 모두 그곳에 있었으니 무사히 몸을 뺄 수 있었는지 걱정이 되었다.

‘다 치우고 바로 집으로 가서 조용히 지내려고 했는데… 휴우, 일단 두 사람이 괜찮은지는 알아보고 몸을 빼도 빼야겠구나.’

전란 중인 정마련.

소림 속가 신분으로 그곳에 들어갔다 나중에 어떻게 몸을 빼야 할지, 생각만 해도 머리가 지끈거렸지만 두 사람을 그냥 버려두고 갈 수도 없었다.

냉정하게 생각해서 이 소란 틈에 두 사람이 제거된다면 유수운이나 절명문의 입장에서는 심복지환이 제거되는 것이었으나, 그런 생각을 할 정도로 그의 마음이 사악하지는 않았다.

그간 여진경과 즐겁게 지내느라 머리 한구석에 슬그머니 밀쳐 놨으나 복잡한 문제들은 그 외에도 많았다.

심란한 마음으로 누워서 잠을 청해봤으나, 머리만 복잡해질 뿐 잠은 오지 않았다.

이런저런 생각을 하며 수운은 어느덧 자시를 넘어 축시 말 경이 될 때까지도 잠을 이루지 못했다.

그러던 와중에 느닷없이 외마디 비명이 들려왔다.

"까아악!"

익숙한 목소리.

여진경의 비명이었다.

"진경아!"

수운은 그 즉시 자리에서 일어나 문을 박차고 밖으로 나섰다.

찌지직—

진경의 비명이 들려온 곳으로 달려가던 도중 느닷없이 암경이 날아들자 수운이 급히 권을 내질러 암경을 해소했다.

그와 동시에 갈 길 바쁜 수운의 앞에 흑의를 입은 괴한 하나가 달려들며 그 앞을 막아섰다.

"비켓!"

그 순간 수운의 신형이 길게 늘어지다 '훅' 소리를 내며 사라졌다 흑의인의 뒤쪽에 모습을 나타냈다.

진경의 안위가 걱정되는 판에 한가로이 흑의인과 대결하며 허비할 시간이 없던 그가 펼친 극성에 가까운 절대부동이었다.

그러나 놀라운 일은 그다음에 벌어졌다.

"엇?"

흑의인의 신형 역시 한순간 사라졌다 싶더니 곧바로 수운 앞에 유령처럼 불쑥 솟아났기 때문이다.

파파곽—

그와 동시에 흑의인은 괴이한 금나수법을 펼치며 수운을 잡아채려 했다. 그러나 비록 흑의인의 수법이 독랄하고 괴이하긴 했어도 그를 쉽게 잡아채진 못했다.

당연한 이야기였다. 비록 무아경에 빠진 상태여서 그 자신도 제대로 기억하지 못했으나 패력마도 노중천의 맹공조차 모두 파해했던 수운이 아니던가?

무아경에서 벗어난 뒤엔 그 수준에 미치지 못하지만 초식과 인간의 움직임에 대한 이해가 큰 폭으로 늘어나 있었다.

그렇기에 괴이한 금나수법을 간신히 피하고는 있었지만, 계속 피하고만 있을 수는 없었다. 조금 전 들었던 여진경의 비명 소리가 아직도 귓가에서 울리는 것만 같았으니 말이다.

"큭! 비키란 말이다!"

급한 마음에 무리하게 흑의인을 뚫고 가려 하자 결국 수운의 움직임에 파탄이 생겼다.

까라락—

"으읏!"

아슬아슬하게 완맥을 벗어나긴 했으나 손목 어림을 붙잡혔고, 상대의 수법이 금나에서 골법으로 바뀌며 수운의 관절 부위에서 뼈가 갈리는 듯한 소리가 울렸다.

고통에 미간을 찌푸리던 수운이 막 권장수신편의 요결을 이용하여 괴한을 떨쳐 내려 할 때, 잡힌 손에서 한가닥 음유한 기운이 물밀듯이 밀고 들어왔다

"음?"

'내력 대결?'

상대가 멸명마공의 특성—충돌 시 즉사—을 모르고 있다 해도, 초식 대결에서 완벽히 우위를 장악하고 있는 상태에서 위험한 내력 대결을 걸어온다는 것은 이해할 수 없는 일이었다.

어쨌거나 마음이 급한 수운은 스쳐 가는 의문을 접어두고 독한 마음을 먹고 곧바로 멸명마공을 시전했다.

자신의 팔을 붙잡은 손이 매우 작고 보드랍다는 것과 흑의인의 신형이 자그맣다는 것에는 미처 신경을 쓰지 못한 채…….

그리고.

"읍…….."

흑의인에게서 목소리가 흘러나왔을 때 수운은 얼음물을 뒤집어쓴 듯 오싹해졌다.

그것은, 분명 여진경의 목소리였다.

"어… 어…….."

수운은 넋이 나간 얼굴로 그 소리밖에 내지 못했다.

그는 눈을 감고 있는 여진경의 얼굴을 쓰다듬으며 아무 말도 하지 못했다.

"이게 대체……."

구단공에 오른 데다 막대한 내력을 지닌 수운과 내력 대결을 한 이상 그 누구도 무사할 수 없었다.

그 사실은 알고 있었지만, 그는 떨리는 손으로 진경의 얼굴을 쓰다듬었다. 아직 따스했다.

"지, 진경아……."

혹시나 하는 마음에 그녀의 이름을 불러봤지만 이미 숨을 거둔 여진경이 그 부름에 대답할 리가 없었다.

"왜… 어째서… 어째서 이런……."

어째서 진경이 흑의에 복면을 하고 자신을 공격했을까?

공격하기 전에 들린 진경의 비명 소리는 자신을 밖으로 끌어내기 위해서였을까?

그는 터질 것 같은 머리를 흔들었다.

의문 같은 건 아무래도 좋았다.

중요한 건 그가 스스로의 손으로 여진경을 해쳤다는 점이었다. 비록 그럴 의도는 없었다 해도 그의 손으로 여진경의 숨을 거둬들인 것이다.

'내가 진경이를 죽였어.'

조심스레 진경의 머리를 그의 무릎에 올려놓고 얼굴을 쓰다듬는 것 외에 아무 생각도 해내지 못했다.

그저 '내가 진경이를 죽였어'라는 말을 무슨 주문처럼 계속 중얼거리고 또 중얼거릴 뿐이었다.

"한가닥 기대를 걸긴 했는데 실패로구먼."

"어, 어르신……."

어느새 노인이 밖에 나와 뒷짐을 진 채 쓰러져 있는 여진경을 바라보고 있었다. 눈빛에 여러 가지 감정이 들어 있었으나 수운은 오로지 실패라는 단어만 머리에 들어왔다.

"실패라니… 그게 무슨 뜻이죠?"

혼미한 상태에서도 노인의 한마디에 뭔지 모를 위화감을 느낄 수 있었다.

"저 아이조차 멸명마공을 버텨내지 못했다는 뜻일세……."

그 한마디가 수운을 현실 세계로 끌어냈다. 그 뜻을 되새기던 수운은 마침내 분노로 덜덜 떨리는 손으로 노인을 가리켰다.

"어르신이… 이 일을 시켰다는 겁니까? 제 손으로 진경이를 죽이도록?"

그 말에 노인은 잠시 말을 멈추고 한참 동안 침묵을 지켰다.

"멸명마공에 버틸 수 있기를 바랐다지만… 결과적으로는 그렇게 되는군."

"……."

뭔가 말하고 싶었다.

소리도 잔뜩 지르고 싶었고, 따져 물어야 할 말도 산더미처럼 쏟아져 나왔다.

그렇지만 한참 동안 노인을 노려보던 수운이 간신히 내뱉은 말은 무척이나 짧았다.

"왜요?"

뒷짐을 진 상태에서 노인은 길게 한숨을 내쉬었다.

"자세한 얘기를 하자면 몹시 길다네. 아무튼 자네에게 못할 짓을 떠넘긴 것 같아 마음이 아프군."

"마음이… 아파요?"

수운이 어처구니없다는 듯 멍한 눈으로 노인을 바라보았다.

여전히 자애로운 인상의 노인이었다.

"그런 말을 할 수 있습니까? 진경이가 죽었어요! 죽었다구요! 그것도 제 손에! 이런 일을 벌여놓고! 마음이 아프다? 마음이 아프다고요!'

한차례 비명과도 같은 큰 소리를 내자 울분이 조금이라도 가셨는지 수운의 눈에 다시 총기가 들어섰다.

"어떤 이유가 있더라도 용서할 수 없습니다."

"용서라… 그렇군. 하지만 이 일에는 자네는 모르는 사정이 있다네."

"모르는 사정이요? 그런 건 아무래도 좋습니다. 어째서, 어째서 진경이를… 저를… 이런 일을……."

감정이 다시 격해지자 말을 잇지 못하고 물기 어린 눈으로 노인을 바라보았다.

"글쎄… 굳이 말하자면 운명이라고 해두지."

"운명이라고요? 그게 말이 됩니까?'

"진경이는 보기 드문 아이였지. 믿어지지 않겠지만 진경이는 천살성을 타고났다네."

"그게 어쨌다는 겁니까?'

"노부는 진경이에게 한 가지 마공을 가르쳤다네. 그리고 몇 가지 금제를 걸었지. 덕분에 진경이는 천하에서 가장 순수한 마인이 되어갔지."

노인은 한숨을 내쉬었다.

"그 아이에게 바깥출입을 시킬 수는 없었어. 비록 금제되고 있다고는 하나, 그 내면에 잠들어 있는 마성이 한번 각성하면 누구도 막을 수가 없는 일이었으니까. 그래서 그 아이는 세속의 때가 묻지 않도록 이곳에서만 자라났지."

그의 목소리가 점점 낮아졌다.

"더구나 진경이는 극음지체까지 타고났다네. 누구보다 뛰어난 오성과 근골을 타고났으되, 스물을 넘기지 못할 운명이었지. 자네 손에 가지 않았더라도 몇 년 뒤엔 어차피 세상을 떴을 것이야."

"그렇더라도!"

"그러니까 말했지 않나. 노부 역시 자네가 오지 않기를 바랐다고 말이야."

"……."

"그러나 자네가 이곳을 찾았으니 노부도 결심을 해야 했지. 힘든 결정이었지만……"

갑자기 노인의 몸에서 도도한 기세가 흘러나오기 시작했다.

흠칫!

그가 일으키는 기세가 매우 친숙한 느낌이라는 것을 깨닫고 수운이 자신도 모르게 안색을 굳혔다.

'그럴 리가 없어!'

수운은 급히 머리 속에 떠오른 어떤 생각을 지웠다. 그 순간 노인이 주먹을 말아 쥐고 중얼거렸다.

"대화는 조금 뒤로 미루고 일단 자네의 실력을 한 번 알아봐야겠군. 한번 받아보게."

말이 끝남과 동시에 노인이 느릿한 일권을 내질렀다. 평범해 보였으나, 이미 적지 않은 무학의 이치를 깨달은 수운은 그 일권에 담긴 의미를 깨닫고 경악할 수밖에 없었다.

'권장수신 요결 중 붕산(崩山)! 설마!'

생각은 나중에 할 일이었다. 무명 노인이 일으킨 엄청난 권력이 붕산의 요결을 담고 있다면 선수를 빼앗긴 이상 수운의 절대부동으로도 피할 길이 없었다.

그는 이를 악물고 노인의 권경을 맞받아칠 수밖에 없었다.

콰아앙—

수운이 붕산결이 실린 장력을 맞받아치자 천지가 무너질 듯한 굉음이 울려 퍼졌다.

자욱한 먼지 속에서 노인의 목소리가 흘러나왔다.

"이거 놀랍군. 구단공 무해라……?"

노인의 입에서 놀랍다는 듯한 목소리가 흘러나왔다.

"그 나이에 벌써 이런 성취를 이룩하다니… 허허허. 이번엔 제자를 잘못 뽑은 모양이군. 천고의 기재라도 그 나이에 이런 성취를 이룰 수는 없는 일이거늘."

수운은 멍하니 노인을 바라보았다.

분명히, 방금 전 노인이 사용한 것은 멸명마공이었다.

무엇보다 수운의 절명기에 정면으로 맞서고도 죽지 않았다는 것이 그 증거였다.

그리고 멸명마공은 일인전승이었다.

"그건……"

"그렇다네. 멸명마공이지."

"그렇다면……"

조금 전부터 조금씩 떠오르던 의혹이 구체화되기 시작했다. 철저하게 일인전승으로 내려온 사문의 비전절기 멸명마공을 알고 있다면 노인은 분명 절명문의 전대 인물이라는 이야기일 테고 오대조, 혹은 사대조일지 모른다는 이야기였다.

그중에서도 수운은 눈앞의 노인의 정체를 월광사신으로 불리는 오대조로 어림했다. 그러나 그의 눈빛에서 이런 생각을 읽었는지 노인은 살며시 고개를 내저었다.

"허허허, 무슨 생각을 하는지 알겠지만 노부는 절명문의 정식 문도가 아니라네."

그 말에 수운은 어리둥절한 표정을 지어 보였다.

"그게 무슨 말입니까?"

노인은 입을 다물었다.

"군이 따지자면 자네의 사백조가 되겠지. 강호상에서 월광사신이라고 불리는 이가, 바로 노부의 사제뻘이 되겠고."

"그런 말도 안 되는⋯⋯?"

절명문은 대대로 단 한 사람이 전승해 온 문파일 텐데, 어찌 그 갈래가 있단 말인가?

"무슨 생각을 하는지 짐작이 가는구면."

노인이 입을 열었다.

"당년에⋯ 사부는 노부의 남은 생을 앗으려 하셨다네. 당신이 판단하기에는 노부가 제대로 된 전승자가 될 수 없다 생각하셔서 문규에 따라 제거하려 하셨겠지. 지금 생각하면 당시 노부는 무척이나 뛰어났더라네. 어쨌거나 간신히 사부의 공격을 뿌리쳐 도주했고, 살아남았지. 그러니 자네가 알고 있는 오대조, 그러니까 강호에서 월광사신이라 불리는 것은 사부가 나를 대신해서 거둔 새로운 제자였던 셈이지."

처음 듣는 사문의 비사에 자신도 모르게 수운이 눈을 크게 떴다.

"사실 본 문의 무공은 월광사신⋯ 그러니까 노부의 사제 대에 이르러 그 어느 때보다 더욱 크게 훼절되었다네. 아마도 사부가 노부에게 생긴 일을 교훈 삼아 본 문의 무공을 더욱 심하게 절전시키셨던 게지."

"그렇다면⋯⋯."

무명 노인의 이야기를 들을수록 머리가 혼란스러워졌다.

"그렇다면 이곳은⋯ 이곳이 선대부터 내려오던 곳이라는 것 역시 거짓이겠군요."

"그래. 이곳은 노부가 만든 곳이라네."

그는 혼돈에 빠져들었다.

"하지만 이곳에 방문하라는 얘기는… 사부님이 직접… 그러면 정법무관으로 오라는 얘기는… 어떻게 하여……?"

"궁금하겠지."

노인은 담담한 표정으로 수운을 바라보았다.

"노부에겐 홍혼주라는 게 있었지. 배교의 진신지보라는……."

그는 허허로운 모습으로 뒷짐을 진 채 하늘을 올려다보았다.

"당년, 사제가, 아, 노부가 파문당하긴 했지만 말하기 편하게 사제라고 말하는 것을 이해해 주게. 어쨌거나 사제가 당년 전 무림에게 쫓기고 있을 때… 노부는 그 뒤를 따라다니며 이런저런 일들을 수습하고 있었지. 그러다 보니 여러 가지 기보들이 산처럼 버려져 있다는 것도 알게 되어 쓸 만한 물건들을 추려낼 수 있었지. 그중 하나가 홍혼주였는데… 나중에 알고 보니, 그 홍혼주라는 게 참 재미있는 물건이더군. 제대로 사용하면 상대방의 심령을 제압해서 세뇌를 시킬 수가 있는 물건이라ᄉ 말이야……."

"그렇다면……."

"본 문의 세 가지 일이라는 것은 노부가 만들어낸 것이지. 사제를 제압해서 그 영혼에 홍혼주로 각인을 시켰지."

엄청난 이야기였다.

강호무림이 아직도 치를 떨고 있는 월광사신을 단신으로 제압한 뒤 그 심령을 조작했다니 믿어지지 않았다. 더군다나 멸명마공이 어떤 구공인가? 온갖 사술에서 벗어날 수 있는 정종 무공이 아니던가?

"믿지 못하겠다는 얼굴이로군. 사실 운이 좋았다고 할 수 있다네. 그 당시 사제는 빈사 상태에서 노부에게 제압을 당한 데다 수많은 살생 끝이라 심령이 극도로 흔들려 있는 상태였거든."

그제야 조금 납득이 갔다.

"어째서 그런……."

"그때 생각으로는 삼 년의 강호행과 이곳에 와서 노부를 만나고 가는 것이 중요했기 때문이지."

그는 옛 생각을 떠올리는 듯 하늘을 바라보며 한숨을 내쉬었다.

"지금은 약간의 수하들을 거느리고 있지만, 그 당시 나에겐 커다란 세력이 없었지. 더구나 사제는 무림공적으로 선포되어 곧 사람들의 눈이 닿지 않는 곳으로 사라질 테고… 노부가 언제까지나 사제의 뒤를 따라다니며 그 행적을 파악할 수는 없었지. 그렇기 때문에 언제가 되건, 그가 후인을 양성하게 되면 반드시 이곳에 들르도록 해놓은 거라네."

절명문의 비학은 조심스레 전해져 내려갈 것이다. 그리고 강호의 시선을 끌지도 않는다. 더구나 그 종적을 놓쳐도 어느 순간에는 반드시 정법무관에 나타난다.

이것이 그의 생각이었다.

"자네 사부도 이곳에 다녀갔지. 그때는 이런 준비가 제대로 되어 있지 않았었지만……."

"설마, 사부에게도 모종의 금제를 가한 건가요?"

"허허, 자네는 노부가 무작정 힘을 휘두르는 악인으로 보이나 보구먼. 아닐세. 그럴 이유도 없었고 더구나 심령이 흔들리지 않는 이상, 멸명마공을 익힌 이들을 세뇌한다는 것이 그리 쉬운 것도 아니니 굳이 위험을 무릅쓸 이유도 없지 않겠나."

노인은 아직도 따뜻한 여진경의 사체에 천천히 다가서며 중얼거렸다.

"아무튼 대단해. 구단공이라… 혜월에게 배운 바가 도움이 된 것인가?"

그 말에 수운이 흠칫 몸을 떨었다.

"이미… 알고 계셨습니까?"

"정마련에서 월광사신의 흔적이 발견되었다고 했을 때부터 그것과 관련된 정보는 대부분 노부에게 들어왔으니… 그게 누군지는 몰라도 마침내 절명문의 제자가 강호에 나왔다는 건 알고 있었지. 물론 자네가 이곳에 도착한 이후에 자세한 신원을 알아보고 노부가 얼마나 놀랐는지는 말하지 않아도 될 걸세. 허허허, 절명문의 당대 장문인이 참월대에 속하고, 소림 속가로 인정을 받다니 말일세."

"……."

그 점에 대해서는 수운도 할 말이 없었기에 조용히 노인을 노려볼 뿐이었다.

"사실 자네 때문에 강호인들의 시선이 느닷없이 월광사신에게 돌아간 덕에 노부가 하는 일에 조금 차질이 있었다네. 그래, 자네도 잘 알고 있겠지. 유탄곡에서의 일도 그렇고……."

"그 일에도… 관여하신 겁니까?"

"혈교와 약간의 거래를 했거든."

"대체 무슨 이유로……?"

"이유라. 우리가 혈교와 서로 주고받을 것이 있다는 것을 확인할 필요가 있었다네. 그 외에 별다른 이유는 없었지. 혈교와 관계를 틀 필요가 있던 차에, 무언가 은밀한 계획이 있는 것처럼 포장을 했을 뿐이야. 그 와중에 막대한 금전을 얻을 수도 있었고……."

"……."

"어쨌거나 자네 덕에 노부의 계획에 많은 부분이 어그러졌지. 심각한 건 아니었지만 자칫 노부의 사람들이 다칠 뻔했어. 그리고 계획이 일 년 앞당겨졌네."

노인은 진경의 얼굴을 몇 번 쓰다듬은 뒤 안아 들었다.

"진경이 때문에 노부도 많이 흔들렸나 보군. 자네에게 이런 쓸데없는 이야기들을 늘어놓다니. 어쨌거나 그 이상 알아서 좋을 건 없네. 이 얘기를 해준 것은 노부의 커다란 업을 대신 떠맡은 자네에 대한 예우라고 생각하게나. 언젠가 자세한 이야기를 할 기회가 있었으면 좋겠구먼."

"자, 잠깐만!"

그러나 수운이 정신을 차릴 틈도 없이 노인의 신형이 흐릿해지는가 싶더니 돌연 엄청난 속도로 사라져 갔다.

수운은 자신이 겪은 일이 꿈인지 사실인지조차 확신할 수 없었다. 그는 날이 밝을 때까지 연무장에 멍하니 주저앉아 있어야 했다.

참월대, 생사강시와 마주 서다

강호무림의 피해는 엄청났다.

무림대회를 개최하느라 모여 있던 각 방파의 고수와 후기지수들 중 상당수가 생사강시를 앞세운 청혈교의 정예에게 살육당했다.

무슨 수를 썼는지 알 수 없었지만 그들은 이미 타 파에 배정되어 있던 생사강시들의 제어권을 빼앗아 앞세우고 있었다.

그뿐 아니라, 그간 청혈교가 꽁꽁 숨겨뒀던 추혈대 삼단의 동시 암습은 치가 떨릴 정도로 잔악했다.

도주하던 무림인들은 느끼지도 못하는 새에 머리가 떨어져 나가는 동료들의 모습을 보며 공포에 떨어야 했다.

그리하여 그 하루에 나가떨어진 전력이 무려 사 할.

단 한 번의 습격으로 무려 사 할이 무력화되는 엄청난 피해를 입었다. 전멸에 준하는 피해라 할 수 있었다.

소림까지 혈로를 뚫고 온 탓에 온몸이 피에 절은 장명이 살아남은 수뇌부를 바라보며 피곤한 듯 중얼거렸다.

"특감대 인원들이 혈교의 반란에 내응한 탓에… 피해가 더욱 컸습니다. 무슨 일이 있었는지 모르겠습니다만, 아마도 청혈교에서 잠시 연락이 끊겼을 때에 전원 세뇌를 당하거나 회유당한 듯합니다. 좀 더 신중했다면 알 수 있었을 일을… 제 불찰입니다. 책임을 지고 련주 직에서 물러나 백의종군하겠습니다."

"……."

장명뿐 아니라 모여 있는 수뇌부의 표정은 참담하기 그지없었다.

"아미타불… 모든 것이 련주의 탓만은 아닙니다. 청혈교에서 이리도 대담하게 일을 벌일 줄 누가 알았겠습니까."

공해가 안타까운 표정으로 장명을 위로했다.

그러나 모두가 공해 같은 시각을 가지고 있는 것은 아니었다.

"아니오. 따지고 보면 추령의 암살부터 도유천과 추혈대가 나선 일도 심상치 않았소. 그걸 간과한 것은 분명히 련주의 잘못이오. 련주에게 모든 책임을 떠넘길 생각은 없으나, 단 한 번에 사 할의 전력을 잃었소. 이대로 련주 직을 계속한다 해도 그 지배력이 따르지 않을 겁니다. 앞으로 남아 있는 청혈교와의 싸움을 생각한다면 속히 중인들의 지지를 받을 사람을 새로 선출하는 편이 좋을 것 같습니다."

신랄한 말이었으나 오히려 장명은 시원하게 고개를 끄덕였다.

"그 말이 옳습니다. 이 장모, 그저 한 자루 도를 들고 복수전의 선두에 서겠습니다. 그 편이 저에게 더 어울릴 것 같습니다."

이것은 빈말이 아니라 그의 솔직한 심정이었다.

'그래, 어차피 나에게 권모술수나 전략 같은 것은 어울리지 않았어. 어설프게 일을 처리하다 이 모습이 된 것이 아닌가.'

장명의 퇴진이 정해지자 사람들은 누굴 위에 올려놓을까를 놓고 논의를 시작했다.

"그럼 차기 련주로 누굴 선택하는 것이 좋겠소?"

개방의 소진이 머리를 긁적이며 말했다.

"이 판에 뭐 련주 선출에 힘 뺄 거 있겠소? 정마련의 련주는 책임지고 물러났고, 양 기둥 중 하나던 마맹의 맹주는 죽었으니, 한 명 남았잖소?"

소진은 손톱 사이에 낀 때를 긁어내며 정련의 맹주 제갈영호를 바라보았다.

"훅— 훅— 에, 성가시게 이놈의 때는… 아, 어쨌거나 이 거지 생각에는 말요, 제갈 맹주께서 그냥 정마련주를 맡아 힘을 좀 써주시는 게 어떨까, 그게 좋을 거라 생각하는데 말입니다."

제갈영호는 그 말에 고개를 설레설레 흔들었다.

"제가 정마련주를 맡게 되면 나머지 마도 문파들을 아우르기가 힘들어집니다."

"거— 어차피 같이 가기 힘들 것 같은데 말입니다. 모반의 주체가 혈교인 데다, 마도인들 특성이 원래 좀 그렇잖우."

"말을 삼가시오, 소 장로."

마교주를 대신해 자리에 앉아 있던 마교의 광명좌사 정화운이 점잖게 그 말을 꾸짖었다.

"젠장, 솔직히 생사강시를 스물 넘게 가지고 있는 청혈교 아닙니까? 힘을 숭배하는 게 또 마도고. 정마련이 가망없다고 생각되면 모두들 청혈교 밑으로 달려갈 게 뻔하지 않소?"

"천하마도의 맹주인 우리 마교의 저력을 얕보지 마시오. 적어도 이곳에 남은 마인들을 제어할 능력은 충분하오."

"남은 사람 중 결정적인 순간에 등에 칼 안 꽂게 만들 자신이 있단 말요?"

제갈영호가 소진과 정화운을 돌아보며 손을 들어 그들의 언쟁을 막았다.

"두 분은 힘을 낭비하지 마시지요."

두 사람의 언쟁을 막은 제갈영호는 좌중을 둘러보며 확신에 찬 목소리로 말했다.

"제 생각엔 장명 련주 체제를 그대로 가져가는 게 옳다 생각되지만 굳이 장 련주께서 물러나시겠다면 최적임자는……."

그의 눈길이 공해를 향했다.

"…소림의 공해 대사님이라고 생각합니다. 대사님이 그 자리에 오르는 게 최선일 듯합니다."

정마련 본타가 습격당했을 때 소림이 앞장서 혈로를 뚫은 점이나, 강호에 퍼져 있는 인망으로도 공해가 적격이었다.

공해는 잠시 눈을 감고 생각에 잠겼다.

"아미타불, 제 생각으로는 여기 무당의 청정 진인께서 련주를 맡아주시는 것이 가장 좋다고 생각합니다만……."

공해는 여러 번에 걸쳐 사양을 해봤으나 결국 모여 있는 수뇌진들의 중론에 밀려 장명에 이어 신임 정마련주 자리를 맡아야 했다.

사실 새로이 공해가 정마련주 자리를 맡았다 해도 그들이 할 수 있는 일은 한정되어 있었다.

어쨌거나 제대로 힘 한 번 못 써보고 패퇴, 간신히 살아남은 전력으로 소림에 세를 구축한 정마련의 수뇌부들은 연일 전전긍긍하며 회의만 하는 처지가 되어야 했다.

그도 그럴 것이 현재 청혈교에서 가로챈 생사강시의 수는 무려 스물여섯 구에 이르렀다.

그만한 수의 생사강시가 단일 세력에 몰려 있다는 점을 생각해 본다면 혈교의 세력을 빼고 생사강시만으로도 능히 강호무림을 도모할 만한 수였다.

그에 비하자면 정마련에서 보유하고 있는 생사강시는 겨우 다섯 구.

그나마 정마련 혈사 와중에 간신히 몸을 빼는 중에 다섯 구라도 수습할 수 있었던 것은 천운에 가까웠다.

더구나 소진도 언급했듯 마교주를 잃은 마도 세력은 중심을 잡지 못한 채 상당수가 청혈교로 흡수될 조짐을 보이고 있었다.

간단히 말하자면 힘을 숭상하는 마도인의 특성상, 지금 확실히 신뢰할 수 있는 마맹 세력은 교주의 복수를 원하고 있는 마교 정도가 다였다.

그들은 혈교의 움직임을 지켜보며 흩어져 있는 전력을 다시 긁어모으면서 침묵하고 있을 수밖에 없었다.

"이 부대주."

장명이 초췌한 낯빛으로 이후성을 맞았다.

"무사해서 다행일세."

"부끄러울 따름입니다."

"특감대가 돌아선 것은 알고 있겠지?"

"어찌 모르겠습니까? 뼈아프게 당했는데요."

"그 때문에 문제가 좀 생겼네."

"문제라 하심은?"

"유수운 친가의 감시를 특감대주에게 맡겼었네."

"특감대주도 사실을 알고 있습니까?"

"아니. 그 부분에 대해서는 아무 말도 하지 않았다네. 그저 친인들에 대한 감시와 유사시에 납치 계획을 세워두도록 말을 해두었지."

"하지만 정보가 들어가게 되면 필히 청혈교에서 수상하게 생각하겠군요."

"그렇겠지."

"어쩔 생각이십니까?"

"최악의 상황에 대비할 걸세."

"무슨 말씀이신지……."

"우선, 이 일은 앞으로도 함구해야 하네. 설령 유수운이 월광사신의 후인이라 해도, 이 상황에서 그것을 밝히는 것은 아무 도움이 안 돼. 오히려 그를 이용해서 청혈교를 부수는 게 상중 상책이겠지."

"청혈교에서 먼저 공표를 하게 되면 그나마 남아 있는 아군 세력이 대거 떨어져 나갈 수도 있습니다만……."

"말했잖는가. 최악의 상황에 대비할 거라고."

그 말뜻을 곱씹던 이후성의 눈이 미미하게 흔들렸다.

"설마……."

"사실 관계와 상관없이, 일단 유수운의 가족들을 보호해 둬야겠네. 다행히 청혈교 쪽에서는 아직 관심이 없어 보이지만 그쪽에는 이미 특감대 주가 나가 있으니, 내가 직접 나서야겠어."

*   *   *

되돌아오던 길에 수운이 보고 들어보니 세상은 온통 혈교의 득세, 정마련의 패퇴 소식으로 시끄러웠다.

이전에 주워들은 대로 정마련 본타가 청혈교에 의해 초토화되었으며 살아남은 무인들 대부분이 소림으로 후퇴해 전열을 가다듬고 있다는 내용이었다.

"이런……."

이미 청혈교가 무림을 독패한 듯한 분위기였다. 집으로 돌아가는 길에 들려오는 소문을 들으며 그는 당소류나 오유란의 안위를 걱정했다.

'그래도… 소림으로 퇴각했다는 얘기가 있으니까 다행이긴 한데…….'

그는 고민할 수밖에 없었다.

'어떻게 해야 하지?'

그는 오대조의 사형뻘이라는 노인의 등장 때문에 몹시 혼란에 빠져 있었다. 더구나 월광사신이라 불리는 오대조는 아예 그에게 심령을 제압당한 일이 있었다고 한다.

그곳에서는 온통 믿을 수 없는 일만 겪어야 했다.

'이대로 집으로 돌아가서 눈을 감고 살아야 하나 아니면…….'

쉽게 결정할 수가 없는 문제였다.

지금 벌어지고 있는 혼란을 조장하는 것이 바로 여진경의 할아버지이자, 사문의 반도였기 때문이다.

'일단…….'

그의 뇌리 속에 두 여인의 모습이 떠올랐다.

'그 아가씨들과는 상의를 할 수 있어.'

일단 이 엄청난 일을 혼자 결정할 수는 없다고 생각했다.

그렇다고 사부에게 돌아가서 얘기하는 것도 망설여졌다.

노인의 말이 사실인지 모르겠지만, 오대조가 홍혼주라는 것에 한 번 심령을 제압당했고, 사문의 세 가지 임무가 모두 거짓이라니……. 차마 사부 진현우에게 그 사실을 말할 수는 없었다.

'우선 소림으로 가보자.'

그는 두 사람이 무사하기를 빌며 소림으로 발길을 돌렸다.

혹시 청혈교의 무리들 때문에 충돌이 있을까를 염려했으나, 다행스럽게 별다른 충돌 없이 그는 소림에 도착할 수 있었다.

그리고 소림에 도착하자마자 수운은 갑작스런 환호를 받아야 했다.

"소패왕이 돌아왔다!"

"혜월 대사의 적전제자가 귀환했다!"

산문을 넘자마자 수운을 알아본 무림인들에 의해 그의 귀환 소식이 퍼져 나갔다.

쓸쓸할 수밖에 없었다.

어느새 그는 무림에서 명성을 얻고, 환호를 받는 존재가 되어가고 있었던 것이다. 하루 이틀에 잊혀질 만한 명성도 아니었다. 그로서는 돌아올 수 없는 다리를 넘어버린 셈이었다.

소림소패왕 유수운.

무림대회 중 그가 보여준 신묘한 무위 덕에 붙어버린 명호가 강호의 위기와 맞물려 널리 퍼져 나가고 있었던 것이다.

수운이 돌아왔다는 소식을 듣자 그 즉시 공해의 부름이 있었다.

"아미타불… 어서 오거라. 무사했구나. 행여 네가 불측한 무리들에게 참변을 당했을까 염려하고 있었다."

"대사님이야말로 무사하셔서 다행이에요."

공해가 빙그레 웃어 보였다.

"그래… 볼일은 무사히 마쳤느냐."

"네에… 뭐…….."

정법무관에 다녀오는 일 자체는 끝났다.

그러나 그곳에서 겪은 일을 생각해 보자면 절대 무사히 끝난 일은 아니다.

"오면서 듣자니… 조만간 청혈교의 대공세가 있을 것이라던데요."

"그럴 것 같더구나. 하지만 우리라고 손을 놓고 당할 수는 없는 일. 정도무림을 중심으로 여력을 모두 모아 반격을 준비 중이다."

수운은 잠시 공해 대사와 현재 처한 상황에 대한 일을 이야기하다가 두 아가씨의 신병에 대해 물었다.

"저, 그런데, 혹시 당문의 당소류 소저와 화산의 오유란 소저는……."

"아, 그 두 사람은 무사하단다. 본시 여인들은 본사 경내에 들어올 수 없으나… 사안이 실로 가볍지 않아 다른 여시주들과 함께 소림 경내에 머물고 있단다."

마침 혈로를 뚫을 때 그녀들도 함께 있어서 잘 기억하고 있는 공해였다.

"아미타불, 네 성정이라면 이대로 집으로 돌아가지 않을까 생각하고 있었는데 소림으로 돌아와 이상타 싶었더니, 그 여시주들 때문이었나 보구나."

공해가 빙그레 웃으며 던진 농에 수운의 얼굴이 붉게 물들었다.

"아, 아닙니다. 그런 게 아니라……."

"됐다. 늙은 사형의 얼굴이야 볼 만큼 봤을 테니, 가서 가인들이나 만나보거라."

그는 대강의 이야기를 마치고 공해에게 인사를 건넨 뒤 밖으로 나섰다.

그리고 곧장 여협들이 머물고 있다는 곳으로 발걸음을 옮겼으나, 전각에 등을 기댄 채 수운을 기다리고 있는 두 여인을 발견하고 걸음을 멈췄다.

수운이 귀환했다는 얘기가 모여 있던 무인들 사이에 퍼져 나갔기 때문에 그녀들이 먼저 달려나와 그를 기다리고 있었던 것이다.

"생각보다 많이 늦었네요, 공자."

당소류가 빙긋 웃어 보이며 그 앞에 섰고, 전각에 등을 기대고 있던 오유란 역시 발랄한 걸음으로 다가와 수운에게 인사를 건넸다.

"정말 기다렸어요, 수운 공자님."

무사하다는 얘기는 들었지만 별다른 상처 없이 무사한 두 사람을 눈으로 확인한 수운이 내심 안도의 한숨을 내쉬었다.

"두 분, 무사하셔서 다행이에요."

"후훗… 그런가요."

당소류는 슬픈 웃음을 머금었다.

사실 정마련에 계속 머물게 된 것은 당소류의 의지도 의지였지만, 당염의 조치 때문이기도 했다.

월광사신 덕에 일이 많아진 정마련에서 남궁정의와 같이 일을 하게 만든 것이었다.

속셈이야 젊은 두 사람이 맺어지기를 원한 것이었고, 덕분에 그녀는 자의 반, 타의 반 해서 정마련에서 발이 묶인 것이다.

어쨌거나 숙부인 당염은 이번 청혈교의 습격 때 목숨을 잃었다.

세상에 뚫지 못할 게 없고, 죽이지 못할 게 없다는 당문의 암기술과 용독술도 생사강시를 상대로는 역부족이었던 것이다. 그는 당소류를 위해 탈출로를 열고 그곳에서 생을 마쳤다.

그 외에도 많은 사람들이 죽었다.

그날의 일이 떠오르자 절로 슬픈 웃음이 떠오를 수밖에 없었던 것이다.

"이런 말이 참 우습지만, 이제 수운 공자님의 힘을 빌려야 할 것 같은데요."

현 상황과 분위기에 대해 이야기를 하던 오유란이 문득 그렇게 입을 열었다.

수운은 월광사신의 독문무공이었던 멸명마공의 당대 전승자였다. 수운이 돕는다면 지금의 비세를 단번에 뒤엎고 청혈교를 무너뜨릴 수 있지 않을까, 유란은 그런 생각을 가지고 있었던 것이다.

"안 될 말이야, 동생."

"왜요, 언니?"

"청혈교와 싸우는 와중에 유 공자의 신분이 드러날 위험성도 있지만, 그보다 더 큰 문제는 생사강시야."

"그건……."

"생사강시는 이미 죽어 있는 마물. 살아 있는 것을 접촉하는 것만으로 죽음으로 몰아가는 멸명마공이 그 마물을 상대할 수 있을지 알 수 없어. 하물며, 유란이 너도 알 듯이 유 공자, 그거 빼고 싸우면 너한테도 지잖아?"

그 말을 듣자 유란이 팔짱을 끼고 '하긴'이라고 거만하게 고개를 끄덕이며 수운을 바라보았다.

마지막 말은 물론 농담이었고, 그래서 그들은 잠시 웃을 수가 있었다.

웃음기가 잦아든 뒤, 수운은 새삼스레 주위를 둘러본 후 작은 목소리로 말했다.

"실은 그에 관련된 중요한 문제를 상의드릴 게 있어요. 지금 이곳에서 말하기는 좀 그렇고… 이따가 함께 조용히 말할 곳이 없을까요?"

"흠……."

당소류가 잠시 조용한 곳을 생각하다가 고개를 끄덕였다.

"사실 저나 유란이가 배정받은 객사가 무척 조용한 곳이에요. 그곳에서라면 방해없이 얘기할 수 있을 것 같네요."

"알겠어요. 그럼 그곳에서… 저녁에 봬요."

당소류의 얼굴에 짓궂은 미소가 지나갔다.

"야밤에 과년한 처자 둘과 밀회라니… 소림소패왕께서는 꽤나 호색하시군요."

"에? 아? 아니? 그게… 저… 그러니까……."

"어? 상공, 그런 뜻이셨어요? 정혼자인 저로서는 부족해서 소류 언니한테까지 손을 뻗으셨군요."

"유란 소저……."

"아아, 설마 두 사람으로도 모자란다는 뜻?"

"……."

"풋! 그만 해, 유란아. 아무튼 수운 공자, 이따가 만나요."

얼굴이 빨갛게 달아오른 채 허둥대는 수운의 모습을 보며 깔깔대며 사라지는 두 여인이었다.

수운은 그들의 뒷모습을 멍하니 바라보다 고개를 내저었다.

'아아… 영웅들은 무림 제일의 미녀들로 삼처사첩을 거느린다고? 존경스러워. 과연 아무나 영웅을 하는 게 아니었어…….'

그는 호사가들에게 주워들은 무림 영웅들의 이야기를 온전히 머리에서 지울 수 있었다.

그에게는 여인 한 명도 벅찼다.

*　　　　　*　　　　　*

벌써 며칠째, 노인은 여진경의 시신에 기를 흘려 넣으며 그 내부를 살펴보고 있었다.

"과연……."

숨을 거둔 지 여러 날이 되었으나 노인이 불어넣고 있는 진기 때문인지, 혹은 다른 이유가 있는 것인지, 여진경의 시신은 신색이 살아 있는 사람의 그것과 별다른 차이가 없었다.

노인은 마침내 여진경의 시신에서 손을 뗀 뒤 품속에서 검붉은 종을 하나 꺼내 들었다.

따랑… 따랑…….

작은 종소리가 불길하게 울려 퍼졌다.

"일어나거라……."

따랑… 따랑…….

종소리와 함께 노인이 무언가를 작게 중얼거리기 시작했다. 향 하나가 타 들어가는 시간 동안 불길하게 종소리가 울려대다, 어느 순간 멈췄다.

여진경의 눈꺼풀이 힘겨운 듯 파르르 떨렸다.

손가락이 꿈틀거리기 시작했다.

몸 여기저기에 경련이 일기 시작했다.

마침내 여진경의 눈이 살며시 뜨였다. 그녀는 힘없이 여기저기를 둘러보다가 노인을 발견하자 맑은 미소를 지으며 중얼거렸다.

"할아버지……."

노인은 여진경이 일어서자 고개를 끄덕였다.

"대법이 성공했구나. 넌 기억하지 못하겠다만…….."

그는 자리에서 일어선 뒤 여진경을 물끄러미 바라보다 등을 들렸다. 그가 오랜 시간 꿈꿔오던 대계의 한 축이 완성된 것이지만, 기쁘다기보다는 서글픈 감정이 밀려왔다.

"따라오너라. 해야 할 일이 많으니……."

"네에……."

＊   ＊   ＊

여진경이 다시 눈을 뜬 시각에 수운은 두 사람과 함께 현재 벌어지고 있는 일에 대해 논의하고 있었다.

"제가 사문의 일을 처리하기 위해 창주에 다녀온 건 아시겠지요?"

"그래요. 저희에게 확인을 받고 움직이셨잖아요?"

"네. 그곳에서… 뜻밖의 일을 겪었습니다."

그는 여진경을 만난 일은 빼고, 그곳에서 만난 노인에 대해서 이야기 했다.

결코 간단한 이야기가 아니었다.

"세상에… 멸명마공을 익힌 이가 중원독패를 노리고 있다고요?"

오유란이 귀여운 눈을 동그랗게 치켜떴다.

"보통 일이 아니군요. 청혈교까지 준동하고 있는 이 상황에서……."

"저… 아무래도, 청혈교가 움직인 것도 그 노인의 안배에 따른 것 같아요."

그는 자신의 생각을 들려주었다.

당소류가 심각한 표정으로 그의 말을 받았다.

"그런데 알 수 없는 것이 있어요. 중원독패를 노리고 있다면 어째서 청혈교에게 생사강시를 몰아서 준 것이지요? 제아무리 멸명마공이 당세 제일의 살공이라 해도 생사강시는 이미 죽어 있는 마물이에요. 아무리 멸명마공이라도 승패를 자신할 수 없을 텐데, 현재 청혈교에서 보유한 생사강시는 적어도 스물이 넘어요."

"자세한 것은 알 수 없지만… 분명히 무슨 대책이 있을 거예요. 생사 강시에 전혀 신경 쓰지 않는 것 같았어요."

"어떻게 하면 좋을까요?"

"……."

"지난번 비무대회에서는 운이 좋아서 역근경의 묘리로 넘어갔지만 만약 청혈교나 그 노인을 막아선다면 제 본신무공을 드러낼 수밖에 없어요. 그리고… 누군가는 반드시 제 무공을 알아볼 거예요. 두 분이 알아본 것처럼."

그의 말은 기우가 아니었다.

그러나 당소류는 고개를 저었다.

"그때와 지금은 경우가 달라요. 청혈교가 반기를 들고 선 이상, 정마련은 당분간 월광사신 척살이라는 본래의 목적에 충실할 수가 없을 거예요."

"그래도 위험한 건 마찬가지예요."

"유 공자님."

"네……."

"우선적으로 소림 무공을 몇 가지 더 배우세요. 눈가림용으로랄까. 사실 공자님은 혜월 대사님의 적전제자니까 자격도 충분하지 않나요?"

"눈가림용이요?"

"네. 소림 무공을, 그것도 가장 패도적인 것으로 익혀서 사용하는 거죠. 그렇게 된다면 적을 죽인다 해도 월광사신과 연결시킬 가능성이 적을 거예요. 부술로 시체를 갈라 그 내부를 살피기 전에는 알 수 없겠죠. 하지만 지금 그것을 알아볼 수 있는 신수 노사는 생사강시를 되살리는 과정에서 청혈교의 손에 돌아가셨고, 남은 것은 무당의 청정 진인이나 괴의 담갈 노사뿐인데… 그분들은 부상자를 돌보느라 부술 따위로 낭비할 시간이 없으세요."

"……."

"그게 좋을 것 같아요. 어떻게 생각하세요, 가가?"

천연덕스럽게 '가가'라 부르며 끼어드는 그녀였다.

"음… 그게 좋을 것 같네요."

할 일이 대강 정해진 뒤 수운은 곧바로 공해를 찾았다. 칠십이종 절예 중 심의파를 배우고 싶다는 요청에 공해는 흔쾌히 응했다.

비록 속가지만 혜월의 적전제자인 데다 공자배를 허가받은 높은 배분을 가진 수운이었다.

더구나 이미 지난 참월비무대회에서 수운이 칠십이종 절예 중 백보신권과 금강부동보를 사용하는 것을 보지 않았던가?

그런 터에 무림이 위급을 다투는 이 순간 칠십이종 절예 하나 더 전수 못할 이유가 없었다.

그는 직접 장경각에서 심의파의 비급을 보며 절명문의 수라척과 유사한 부분과 틀린 부분을 살펴보며 세세한 부분을 다듬기에 힘을 쏟았다.

그리고 수운이 무공을 가다듬고 있는 동안 전세는 시시각각 변해가고 있었다.

나한진과 생사강시 다섯 구, 그리고 수많은 고수들이 집결해 있는 소림이라면 청혈교에서도 쉽게 공격해 들어올 수는 없는 노릇이었다.

그러나 그들이 웅크리고 있는 상황에서 청혈교는 전력을 분산해 중소문파부터 하나하나 각개격파해 나가고 있는 상황이었다.

그 덕에 정마련에 속해 있는 문파들에서는 이쪽에 증파할 여력이 없었다.

팔대천인이나 십대마인 중 대다수가 은거를 하여 생사조차 모르고, 생사를 알고 있는 이들은 자파의 수호를 위해 쉽게 몸을 뺄 수 없는 상황이었다.

그런 상황이니 마음대로 가용할 수 있는 생사강시를 스무 구 넘게 차지한 청혈교는 가공할 만한 위력을 가지고 있었다.

"우선, 적들의 주력과 마주칠 수는 없습니다. 그리고 소림에서 결전을 치를 수도 없는 일……."

생사강시 세 구와 고수들을 집중해서 재탈환한다는 것이 계획의 골자였다.

"청혈교는 각 지역의 세력을 병탄하기 위해 전력을 분산시켰소. 이 기회에 오히려 우리가 전력을 집중하여 적들을 각개격파해야 합니다."

그 첫 공격 목표가 바로 청혈교가 점령한 정마련 본타였다.

"현재 들어온 정보를 종합해 보면, 이곳에는 남아 있는 생사강시의 수는 네 구가 전부입니다."

"이것은……."

"무적진천뢰입니다. 당가에서 뇌문의 진천뢰를 연구하던 중에 남아 있는 것입니다."

여섯 개의 진천뢰에 직접 노출된다면 생사강시라도 버티지 못하고 파괴될 것이 틀림없었다.

"완전히 활동을 멈추지 않더라도 상처 입은 생사강시라면 우리 쪽의 압승이 가능합니다."

"후우. 그나저나 청혈교도 청혈교지만 계속 월광사신에 관련된 일이 마음에 걸리오만……."

"어쩔 수 없습니다. 발등에 떨어진 불이 먼저입니다. 속히 청혈교를 제압하지 않으면 이후 월광사신을 효과적으로 막을 방법도 없어집니다."

"청혈교… 대체 그자들은 무슨 생각으로 이런 일을 저지른 것인지……."

"어쨌거나 살아남은 참월대를 전부 이쪽으로 투입할 생각입니다."

삼백 명의 참월대 중, 그날의 혈사를 넘기고 살아남은 자들은 고작 칠십여 명에 지나지 않았다.

처음 생사강시들과 정면으로 충돌한 것이 바로 그들이었던 탓이다. 과연 고르고 고른 정예들답게 불시에 생사강시들과 조우했어도 완전히 무너지지 않고 버텼고, 그나마 정마련이 남은 전력을 추슬러 소림으로 후퇴할 수 있게 만든 일등 공신이기도 했다.

그런 참월대를 모두 투입한다는 것은 최소한의 수성 병력만을 남기겠다는 의미이기도 했다.

"후우. 련주, 아니, 장 대협이 이쪽을 맡아줬으면 좋으련만, 무슨 일인지 별동대를 꾸려 따로 나가셨으니……."

"무량수불. 본도도 그게 아쉽지만 별동대의 움직임도 중요하긴 마찬가지니 어쩔 수 없겠지요."

"케헴. 그도 그렇겠지만, 이 거지 생각엔 뭔가 감추고 있는 게 분명히 있는 것 같은데 말요."

코딱지를 후비작거리던 소진은 그렇게 중얼거리다 틱— 하고 덩어리를 튕겨냈다.

"뭐, 정마련주를 오래 해먹다 보면 비밀도 쌓이기 마련이고… 일단 중요한 문제는 따로 있으니까 지금은 건드리지 않는 게 좋겠지만, 이 일이 끝나면 한 번 따져 보는 게 좋을 거 같소."

"흐음……."

"음."

사람들은 소진의 말에 고개를 끄덕였다.

"자, 어쨌거나 작전 개요를 다시 한 번 훑어봅시다. 공해 대사님은……."

심의파의 오의를 완전히 깨달은 뒤 수라척을 심의파와 구별할 수 없을 정도로 펼칠 수 있게 수련하고 있던 수운은 공해의 부름을 받았다.

별다른 생각 없이 공해를 방문했는데 그곳에서 뜻밖의 얘기를 듣게 되었다.

"부, 부대주요?"

"아미타불… 참월대의 원 부대주는 이미 사망했기에 그 자리를 공석으로 둘 수가 없었다네. 그게 아니더라도 사제의 무위와 강호에서의 배분으로 봐서 평대원으로 넣을 수는 없는 일, 회의에서 만장일치로 자네가 선택되었지."

'환장하겠네.'

"대사님, 제가 그런 중책을 맡기엔 아무 경험도 없는데 말이죠……."

"걱정 말게. 어차피 경험이 필요한 자리는 아니야. 총지휘는 대주가 할 것이고, 대원들은 조장들이 통솔할 걸세. 자네는 대주인 상적양 대협의 지시만 충실히 따르면 아무 문제가 없을 걸세."

"저 같은 애송이가 부대주가 되면 다른 사람들의 불만이 있을까 걱정되는데요."

"허허허, 사제의 무위는 이미 노중천을 꺾은 것으로 수많은 군웅들 앞에서 증명되지 않았는가? 불만이 있을 리 없지. 암."

"……."

수운은 꼼짝없이 참월대의 부대주 직을 승계받고 말았다.

습격 계획은 조용히, 그렇지만 신속히 진행되고 있었다.

생사강시 네 구.

절정고수인 공해 대사와 개방의 소진 장로, 화산의 연청 진인.

각 문파에서 자원한 이십여 명의 후기지수.

그리고 참월대 칠십여 명이 참여한 대규모 습격조였다.

실제로 지금 보유하고 있는 전력의 사 할에 가까워 기습조라 쿠르기엔 과한 전력이었다.

그만큼 정마련에선 이 첫 반격 작전에 사활을 걸고 있었다.

"부대주를 맡은 걸 축하하오."

참월대의 조장급 이상이 모여 작전의 요지를 설명받는 자리에서 남궁정의가 무뚝뚝한 얼굴로 다가와 그렇게 축하의 말을 건넸다.

"네에… 어쩌다 보니……."

그는 남궁정의의 얼굴을 피했다.

생각해 보면 하태진 이후 남궁정의를 물리친 덕에 소림소패왕이라는 부담스러운 명호를 받은 것이 아닌가?

그런 생각을 하자 남궁정의는 물론 이 일의 원흉이라 할 수 있는 하태진의 얼굴이 떠올랐다.

'거기서 도발만 안 했어도…….'

어쨌거나 수운은 적당히 그와 말을 주고받은 뒤 배정받은 자리에 앉았다.

모두가 배석하자 이번 작전을 기안한 군사들의 설명이 시작되었다.

우선 습격조의 명령 체계.

간략히 요약하자면 습격조의 총지휘는 공해 대사가 맡되, 실전 부대인 참월대의 전개는 벽력검 상적양에게 실질적인 지휘권이 부여되어 있었다.

또한 참월대는 열 명이 한 조가 되고 각 조의 통솔은 조장들이 맡게 된다.

군사들의 설명을 듣다 보니 공해의 말대로 수운이 앞장서서 무언가를 해야 할 필요는 없었다.

'이렇게 되고 보니 오히려 부대주가 된 게 다행일지도…….'

직접 조원들과 얼굴을 마주하지 않아도 상관없는 데다, 적당히 눈에 띄지 않게 숨어 다닐 수 있을 것 같았다.

조직 편성에 대한 설명이 끝나고 난 뒤, 습격 작전에 대한 설명이 이어졌다.

작전은 간단했다.

우선 성동격서. 주력이 정마련을 치러 가는 것을 들키지 않기 위해 호선문이라는 곳을 청정 진인이 남은 전력을 활용해 공격한다.

청혈교의 이목이 호선문에 쏠린 사이 주력은 능선과 협곡을 따라 정마련까지 비밀리에 이동해 일시에 공격, 본타를 탈환한다.

모여 있던 이들은 모두 자신에게 배정된 임무를 꼼꼼히 숙지한 뒤 자리에서 일어섰다.

습격조는 이날 밤에 길을 떠나게 되어 있었다.

"꼭 자원할 필요는 없었잖아요?"

정마련을 공격하기 위해 이동하던 중 잠시 휴식을 가지는 중이었다. 수운은 다른 대원들 눈치를 보며 조심스레 이동해서 당소류와 오유란에게 다가가 그렇게 말해야 했다.

"각 파의 후기지수 대부분이 자원했어요. 우리라고 손 놓고 있을 수는 없잖아요?"

"하지만, 당 소저는 아직 어깨 부상도 완전히 낫지 않았잖아요?"

"어차피 근맥이 상한 상처는 아니었어요. 더구나 처음 다쳤을 때부터 좋은 약을 아낌없이 바른 덕에 이제 운신하는 데 무리도 없고……"

"그래도 위험한데……."

"뭐가 걱정이에요. 그렇게 걱정되면 위험할 때 지켜주시면 되잖아요?"

완전히 수운을 믿는다는 식의 말에 그가 한숨을 내쉬자, 웃고 있던 유란이 그의 어깨를 툭하고 쳤다.

"공자님, 언니와 제가 그렇게 걱정을 끼쳐야 하는 애송이는 아니라구요. 우리는 오히려 공자님을 걱정하고 있다구요."

"그렇게 생각한 건 아닌데요."

"아무튼 너무 험한 일만 떠올리지 마세요. 지금 우리 주위엔 전부 고수들뿐이고 생사강시까지 있으니까."

그는 고개를 끄덕였다.

짧은 휴식 시간이 끝나자, 습격조는 다시 조심스레 이동하기 시작했다. 대규모 인원이었으나 정예만 모인 탓인지 기척은 최소화된 상태였다.

그들은 무척이나 느릿하게 움직이고 있었다.

이 기습의 가장 중요한 점이 적에게 들키지 않는 것이기에 다소 이동 속도가 느리더라도 인적이 드문 곳으로만 이동했다. 또한 밤에 이동하고 낮에는 으쓱한 곳에서 잠을 자며 노출을 최소화했다.

이동 사흘째.

예정대로라면 청정 진인이 이끄는 교란조가 호선문을 점령하고 있는 청혈교인들을 공격했을 것이다.

적의 이목이 호선문 쪽으로 쏠려 있을 테니 공해 대사는 이동 속도를 높였다. 이제까지 체력은 충분히 아껴왔으니 마지막 순간 벼락처럼 들이닥쳐 본진을 치려 하는 것이었다.

기척을 최소화했던 이동과 달리 일행은 제법 속도를 내서 이동하기 시작했다.

그런 이동조 앞에 이름 모를 협곡 하나가 나타났다. 그곳을 벗어나 전력으로 경공을 펼치면 두 시진 거리에 정마련 본타가 있었다.

'협곡이라……'

그는 좌우를 둘러보며 발걸음을 멈추었다.

쟁자수 시절 유탄곡에서 겪었던 일이 떠올랐기 때문이다. 추혈대와 벌였던 혈투와 혈성곤 도유천의 경천동지할 무공이 떠오르자 협곡이 더할 나위 없이 불길하게 느껴졌다.

"무슨 일인가?"

그가 발걸음을 멈추고 주변을 둘러보고 있자 벽력검 상적양이 다가와 그렇게 물었다.

"아, 대주님. 아무것도 아닙니다. 그저 계곡에 대해 안 좋은 기억이 있어서요."

"그렇군. 자네, 유탄곡 혈사에서 살아남았다고 했었지? 허허허… 하지만 이번엔 경우가 다르네. 이번엔 우리가 기습을 하는 거니까."

그가 자신있게 그렇게 말할 법도 했다.

생사강시가 무려 네 구, 더구나 그것을 인솔하는 네 명의 절정고수. 백여 명에 달하는 병력까지…….

이 정도 전력으로 불시에 습격을 가한다면 현재 남아 있는 청혈교의 잔존 병력으로는 도저히 막아낼 수 없다.

"그렇네요."

"자, 가세. 부대주가 긴장하고 있으면 대원들의 사기가 떨어진다네."

상적양이 수운의 어깨를 한 번 토닥인 뒤 다시 걸음을 옮겼고, 그도 대주의 뒤를 따라 협곡 안으로 들어섰다.

이변은 모든 인원이 협곡 안으로 깊이 들어섰을 때 벌어졌다.

어느 정도 계곡 아래쪽을 가로질렀다 싶었을 때, 느닷없이 협곡 양쪽에서 횃불이 밝혀졌다.

어둠 속을 가로지르던 정마련의 무인들이 당황하고 있을 때, 그들을 비웃는 듯한 목소리가 들려왔다.

"걸렸구나, 정마련의 쥐새끼들."

"설마… 당신은?"

목소리의 주인공을 바라본 공해의 안색이 창백해졌다.

그는 횃불 사이로 보이는 노인의 이름을 알고 있었다.

어린 시절 사부인 혜승을 따라나섰다가 언뜻 봤었던 얼굴. 청혈교의 호교마왕 녹혈마왕 진천이었다.

녹혈마왕 혈검 진천.

청혈교의 사대마왕 중 유일한 생존자였다.

그가 이글거리는 눈으로 정마련의 무인들을 위에서 내려다보고 있는 것이다.

"아미타불……."

공해가 낮게 불호를 외우며 사방을 둘러보았다. 그러나 공해의 표정은 잔뜩 굳어 있을망정, 절망한 얼굴은 아니었다.

진천이 이곳에 있다 해도 이번 습격조에는 생사강시를 비롯한 막강한 전력들이 존재하고 있었다. 미리 최악의 결과를 예단할 필요는 없는 것이다.

"아미타불… 진 노선배께서 친히 우리를 막아설 줄은 몰랐습니다."

"후후후. 구석에 몰린 쥐새끼들이 할 수 있는 일이라는 건 뻔하지. 네 놈들이 우리 혈교의 전력을 조사하고 다닌다는 것을 몰랐다 생각하는가?"

"예상을 하고 철저히 대비했다고 생각했는데… 이렇게 행적을 들키다니, 솔직히 당혹스럽습니다."

"큭큭큭, 네 녀석들의 서툰 수색 솜씨로 본 교의 추혈대를 찾아낼 수는 없었겠지."

"추혈대가?"

벽력검 상적양이 눈썹을 꿈틀거렸다.

"말도 안 되는……. 추혈대는 지금 모두 다른 곳을 제압하기 위해 생사강시들과 함께 파견되었을 텐데?"

"평화에 썩어버린 너희들의 머리로 어찌 교주님의 신기묘산을 따를 수 있겠는가?"

진천이 통쾌하게 웃으며 교주 역한진의 말을 떠올렸다.

"비세를 드러내면 적들은 반드시 이곳을 노릴 것이다. 부족한 전력을 가릴 명분을 얻기 위해서 말이지."

그때, 역한진은 그렇게 말하며 웃었었다.

"소림을 직접 치게 되면 우리 쪽의 피해도 피해려니와 불문 성지를 더럽혔다는 악명까지 얻게 되지. 비록 우리가 마도라지만 쓸데없이 불평을 얻을 것까진 없겠지. 차라리 숨어 있는 녀석들을 스스로 기어나오게 만들어 각개격파하는 것이 옳겠지."

그때부터 청혈교에서는 매우 신중히 추혈대를 다른 곳으로 파견하는 한편, 그 파견 인원에 대한 정보를 타나지 않을 정도로 교묘히 조작해 왔다.

그 결과 온전한 추혈대 일개 단이 남게 되었고, 그들이 항상 소림 주위를 맴돌며 정마련의 동정을 감시하고 있었다.

그렇지 않아도 은신과 살법에서 따를 자가 없는 것이 추혈대였다.

소림에서는 철저히 주변을 감시했지만 그들로서는 숨어 있는 추혈대원을 잡아낼 수가 없었던 것이다.

결국 정마련 무인들의 대규모 이동은 추혈대에 의해 차분히 관찰당했고, 청혈교에선 최적의 암습 장소를 선택할 여유까지 부릴 수 있었다.

"추혈대라… 아미타불, 충분히 조심했다고 생각했는데 뒤통수에 한방 제대로 맞았구려, 노선배."

"호오, 그래도 아직 여유가 있어 보이는 건, 거기 데리고 온 생사강시를 믿고 있는 것인가?"

진천이 손가락을 튕기자 횟불 사이로 죽립을 쓴 인물들이 하나둘 모습을 나타냈다.

"생사… 강시."

생사강시들이 하나씩 앞으로 모습을 드러냈다.

하나, 둘, 셋…….

최종적으로 그들의 앞에 무려 열 구의 생사강시가 나타났다.

"이, 이럴 수가."

그들은 청혈교가 정마련 본타에 배치한 생사강시의 수를 네 구로 추정하고 있었다. 혈교가 설사 남아 있는 전력을 모두 끌고 왔어도 생사강시의 수가 열 구나 될 리가 없었다.

"놀랐느냐?"

그제야 만족한 듯한 진천의 목소리가 들려왔다.

정마련의 이목을 속이고 빼돌린 것은 추혈대뿐만이 아니었다.

생사강시의 분포 현황 역시 이동할 때 슬쩍 생강시 몇 구를 끼워 파견하는 식으로 조작을 해온 것이다.

정마련의 정보망이 천하제일이라고는 하지만 청혈교에게 패퇴한 이후 상당수의 정보선이 무너졌고, 그 결과가 이렇게 처참하게 나타난 것이다.

모습을 드러낸 생사강시들은 진천의 지시를 받았는지 각각 몸을 날려 습격조의 앞과 뒤를 막아섰고 청혈교의 다른 무인들도 서서히 계곡 위에서 내려와 공격조를 포위하고 있었다.

[이대로는 개죽음입니다. 어떻게든 포위를 뚫고 도주해야 합니다.]

공해가 참담한 심정으로 화산의 연청에게 전음을 날렸다.

연청 역시 고개를 끄덕여 그 의견에 동의하자 공해는 심각한 표정으로 사방을 둘러보고 있던 벽력검 상적양에게도 전음을 날렸다.

[뒤쪽 포위망을 뚫습니다. 상 대주께선 무적진천뢰로 뒤쪽의 생사강시 다섯 구를 공격해 주십시오. 그와 동시에 모든 전력을 대주께서 제어를 맡고 있는 생사강시 역시 뒤쪽을 공격합니다.]

공해는 다른 수뇌부들에게도 이 사실을 전달했다.

상황이 비관적으로 흐르자 수운은 호흡을 가다듬으며 주변을 훑어보았다. 구단공에 오른 그에게 상대하기 꺼림칙한 적은 생사강시뿐이었는데, 그 마물이 무려 열 구나 모여 있었다.

'아직 겨뤄보지 않긴 했지만, 듣자 하니 혈성곤 도유천 이상의 무위를 가지고 있는 데다 죽지도 않는 괴물이라 했으니까……. 멸명마공으로 상대할 수 있는 걸까?'

역대 선사들의 경험담을 아무리 살펴봐도 강시 같은 마물과 상대했다는 얘기는 없었다.

그때 상적양의 전음이 들렸다.

[유 부대주, 잘 듣게. 잠시 후에 진천뢰가 뒤쪽에 있는 생사강시들을 공격하고 그 틈을 이용해서 대원들을 후퇴시킬 생각이네. 그동안 우리는 후퇴하는 대원들의 후미를 맡아야 하네. 알겠나?]

수운은 미미하게 고개를 끄덕였고 상적양은 실질적으로 참월대의 지휘를 맡고 있는 조장들에게 전음을 날리기 시작했다.

[이제 곧 진천뢰가 후미에서 터질 것이다. 폭음이 들린 이후, 그 틈을 노려 대원들이 후미를 돌파하도록 해라. 뒤도 돌아보지 말고 그 방향으로 후퇴하도록 만들어라. 책임지고 조원들의 퇴로를 뚫도록.]

벽력검 상적양의 명령은 곧 다시 아래쪽으로 흘러내려 갔다.

"이제 너희들만 여기서 멸하면… 구파일방이든 오대세가든 자기 영역 지키기에 급급하겠지. 우리 청혈교의 행사에 맞서지 못할 게야. 큭큭큭."

진천의 목소리가 공해를 비롯한 고위 인사의 가슴에 아프게 틀어박혔다.

확실히 청혈교가 생사강시를 보유하고 있다고는 하지만, 강호 전체의 전력과 비교해 보자면 처지는 게 사실이다.

그러나 각 거대 문파들은 자파의 안위를 지켜야 했다. 그렇기에 막상 청혈교와 싸우기 위해 보낼 수 있는 인원은 한정되어 있는 것이다. 그런 상태에서 정마련의 핵심 전력이 이곳에서 고스란히 녹아버린다면 이후

정국은 청혈교의 압도적인 우세로 전환될 것이 틀림없었다.

'아미타불, 그럴 수야 없지 않겠는가?'

공해는 슬쩍 상적양과 연청 진인을 바라보았다.

[시작하지요.]

공해가 신호를 보내자 다섯 개의 무적진천뢰가 일제히 후미의 생사강시들을 향해 날아갔다.

쿠콰아! 콰쾅— 쾅! 쾅!

엄청난 열기와 충격파가 후미를 휩쓸었다.

"무적진천뢰?!"

여유있던 진천의 얼굴이 순간적으로 일그러질 정도로 무적진천뢰의 등장은 의외였다.

"이때다! 모두 빠져나간다!"

진천뢰 때문에 생긴 혼란과 자욱한 연기가 가시기 전에 공해가 대원들을 후위 포위망의 균열된 틈으로 이끌었다.

곧바로 교전이 시작되었고, 산발적으로 병장기 소리가 들려오기 시작했다.

챙— 챙—

"크악!"

"아아악!"

벼랑 위에서 여유있게 관전하던 진천으로서는 결코 원하지 않던 장면이었다. 그가 바라던 것은 생사강시를 앞세워 일방적으로 정마련의 무인들을 주살하는 것이었다.

빠득—

그는 이를 한 번 갈아붙이고 내공을 실어 명령을 내렸다.

"쳐라!"

진천의 공격 명령이 떨어지자 앞선에 있던 청혈교의 무인들과 생사강시가 혼잡스레 후퇴하고 있는 정마련 무인들의 후위로 들이닥쳤다.

"후우― 후우―"

수운은 긴장감을 풀기 위해 심호흡을 하면서 눈은 오유란과 당소류의 뒷모습을 찾았다.

그녀들이 분전하면서 청혈교의 포위망을 돌파해 나가는 장면을 바라보며 다소 안심한 수운은 다시금 눈앞의 적들에게 눈을 돌렸다.

일반적인 무인들에게는 눈도 주지 않았다.

그가 바라보고 있는 것은 단 하나, 생사강시뿐이었다.

두 구면 팔대천인이나 십대마인조차 상대가 가능하다는 소문이 따라다니는 무림 최강의 강시였다.

뒤쪽의 다섯 구는 무적진천뢰를 소나기처럼 얻어맞았으니 파괴되었거나 적어도 잠시 동안은 기동 불능의 상태일 테니 문제가 되는 것은 눈앞의 다섯 구였다.

"후읍―"

그는 마지막으로 깊게 심호흡을 한 뒤 가볍게 주먹을 움켜쥐었다.

'자, 여기서 막아내지 못한다면 당 소저와 오 소저가 위험할 거야.'

미안한 얘기지만 다른 사람들은 일단 논외였다.

그는 몸 안에 고여 있는 모든 진기를 개방했다.

느긋하게 잠들어 있던 역근진기와 잔뜩 웅크려 있던 절명기가 함께 포효하며 그의 전신을 휘감고 돌았다.

어느 틈에 아군 측 생사강시 두 구가 마주 달려나가 청혈교의 생사강시와 마주해서 그들의 발목을 잡았고, 연청과 상적양 역시 적의 추격을 막아섰다.

그렇지만 결국 열세는 어쩔 수가 없었는지 모든 적을 막아낼 수는 없었다. 저지선을 뚫고 적지 않은 수의 청혈교도들이 후퇴하고 있는 정마련의 후위로 내달렸다.

"아악!"

"큭!"

등을 내준 상태로 급습을 당한 무인들이 속절없이 죽어 넘어지자 후퇴를 통솔하던 조장급의 고수들이 뒤로 빠져 그들과 맞섰다.

아수라장 속에서도 수운의 시선은 한곳에 고정되어 있었다. 죽립으로 얼굴을 가린 생사강시 한 구가 마침내 정마련 고수들과 생사강시의 저지선을 뚫고 무서운 속도로 달려오고 있었다.

저 생사강시가 후미를 덮친다면 그 피해는 이루 말할 수 없을 것이다.

"우선은 하나……."

수운은 그렇게 중얼거리며 생사강시를 향해 마주 달렸다. 혼전 중이었으나 그 광경을 본 사람들은 모두 수운이 자살이라도 하는 것이라 생각했다.

그리고 마침내 둘이 달리는 속도 그대로 맞부딪쳤다.

쿠콰아아앙!

마치 직전에 터진 무적진천뢰의 굉음과도 같았다.

비틀—

굉음이 터져 나온 곳에서는 믿을 수 없게도 한 구의 생사강시가 비틀거리며 뒷걸음치고 있었다.

"심의파!"

공해가 놀랐다는 듯 외쳤다.

소림칠십이종 절예 중 근접 박투술로는 손에 꼽히는 절기 심의파를 수운이 펼쳐 낸 것이다.

장경각에서 칠십이종절예를 열람할 수 있게 허락한 것은 공해 자신이었으나, 그 역시 그 짧은 시간 동안 수운이 완벽하게 무언가를 익혀낼 것이라고는 생각지 않고 있었다.

한데, 그 예상을 비웃듯 수운은 심의파를 완벽히 펼쳐 낸 것이다. 그것도 생사강시를 밀어낼 정도로 강력하게.

"쿨럭─!"

비록 생사강시 한 구를 뒷걸음치게 만들었지만, 수운 역시 무사하지는 못했다.

'혜월 대사님께 물려받은 내력을 온전히 다 갈무리하지는 못했지만사 갑자 내력으로 펼친 십성의 수라척을 받고도 완전히 파괴되지 않는다니……'

가슴이 갑갑해졌다.

무적진천뢰로 상한 생사강시들은 정마련에서 부리는 생사강시들이 처치한다 치더라도 멀쩡한 생사강시가 아직도 다섯 구나 남아 있었다.

더구나, 그들이 상대해야 할 적이 생사강시만 있는 것이 아니었다.

그의 민감해진 오감에 잡혀오는 익숙한 기감이 있었다.

'추혈대……'

어둠 속의 흡혈귀들.

주변에 그들이 도사리고 있다는 것을 알 수 있었다.

난전 속에 정신없이 퇴각하는 와중에 그들의 암습이 있다면 제대로 대응할 수도 없을 것이었다.

더구나 뒤에서 상황을 보고 있는 녹혈마왕 진천이 남아 있었다.

두 구의 생사강시와 맞먹거나 어쩌면 그것을 뛰어넘는 무위를 가진 진천이 버티고 있는 것이다.

'차라리 진천과 직접 맞부딪친다면……'

그렇지만 이미 다른 생사강시 하나가 수운에게 급속히 다가오고 있었다.

특이하게 손에는 검을 들고 있었다.

"생사강시는 죽음과 삶의 경계에 있는 마물이죠. 살아생전의 무공을 잊지
않고 발휘하는 경우도 있다고 들었어요."

당소류가 해주던 설명이 떠올랐다.
'소문이 사실이었나?'
검이 수운을 노리고 휘둘러질 때, 짙은 매화향이 흘러나오는 것이 느
껴졌다.
수운이 악전고투하며 맞서고 있을 때 근처에서 적을 막아서고 있던 연
청 진인의 중얼거림이 들렸다.
"화산의 검?"
힐끗 바라보니 곁에서 같이 싸우고 있던 연청의 눈이 눈에 띄게 흔들
리고 있었다.
생사강시에 쓰인 시신은 모두 월광사신과 교전하다 사망한 고수들의
것이었다.
누군지 알 수 없게 하기 위해 얼굴에 면갑을 씌우고 죽립을 씌웠지만,
무공을 발휘하는 순간 어느 파의 고수인지 알 수 있는 경우도 있었다.
즉, 생사강시의 정체는 화산의 전대 고수인 것이다. 그것이 연청의 심
기를 흔든 것이다.

수운은 이제까지 터득한 모든 무공을 정신없이 사용하며 생사강시와
맞서고 있었다.
달마역근경, 나한권, 육합권, 칠상권…….
그리고 무엇보다 멸명마공의 권장수신편의 편린들을 펼치며 간신히

물러서고 있었다.

중간중간 청혈교도들의 공격이 있었지만 그것은 신경 쓸 정도가 되지 않았다.

얼마나 생사강시와 겨뤘는지는 모르겠으나, 어느 순간 상적양의 고함 소리가 들려왔다.

"유 부대주! 이제 됐네! 피하게!"

뒤쪽의 포위망이 정리되었는지, 어느새 수운 혼자 고립되어 적의 추격을 막고 선 형상이었다.

"하압!"

수운은 순간의 빈틈을 노려 다시 한 번 심의파—내용은 수라척—를 펼쳐 생사강시와의 간격을 벌렸다.

쿠콰쾅!

절묘한 검술을 사용하던 생사강시가 심의파의 위력을 피해 멀어진 틈을 타서, 수운은 절대부동을 펼쳐 포위망을 뚫고 도주했다.

"추격합니까?"

"잔가지들을 추려내면서 추격하라. 혈교의 무서움을 뼛속까지 심어주거라."

"공포에 떨고 있을 때, 마무리를 해야겠지……."

그는 장내를 둘러보며 혀를 찼다.

"생사강시들은 내 앞으로 모여라."

진천의 명이 떨어지자 생사강시들이 하나둘 그 앞에 모여들었다.

"쯧. 진천뢰라……. 그런 것을 가지고 있었다니. 구석에 몰린 녀석들이라 그런지 제법 반항을 하는군."

그는 완전히 파괴된 생사강시를 제외하고 아직 멀쩡한 여섯 구의 생사강시를 다시 재편성한 뒤 천천히 움직이기 시작했다.

툭—

"까아악!"

오유란은 바로 앞에서 달려가던 후기지수 한 명의 목이 떨어지자 자신도 모르게 비명을 내질렀다.

그것이 시작이었다.

사방에서 대여섯 명의 무인들이 자신도 모르는 사이에 목을 떨구고 죽어나갔다.

"모두 주의하라! 추혈대다!"

각 조의 조장들이 그렇게 외쳤으나 그들로서도 딱히 방법이 없었다.

"헉— 헉—"

거친 숨을 내뱉으며 내달리고 있던 당소류는 공포에 질린 오유란을 보는 순간 그녀를 껴안고 뒹굴었다.

스응—

간발의 차이였다.

불길하게 번득이는 기형 단도가 조금 전까지 오유란의 목이 있던 곳을 스치고 지나갔다. 당소류가 아니었다면 오유란의 목은 이미 사라졌을 것이다.

유란은 슬쩍 모습을 보였다 그 즉시 사라지는 추혈대의 그림자를 보고 부르르 몸을 떨었다.

"일어나! 빨리!"

당소류가 그런 유란의 손을 잡아끌었다.

"아, 알았어요!"

오유란은 즉시 자리에서 일어섰다. 이 상황에선 누구도 그들을 지켜줄 수는 없는 것이다.

단 한 사람을 제외하고는.

두 사람은 말이 없었지만 이 순간 같은 사람을 생각하고 있었다

그때였다.

숨을 헐떡이며 도주하고 있는 두 사람의 귓가에 그녀들이 생각하고 있던 사람의 목소리가 들려왔다.

"괜찮아요?"

"유, 유 공자……."

오유란은 눈물이라도 쏟을 것 같았다.

"걱정하지 마세요. 이제부터 추혈대를 걱정할 필요는 없을 거여요. 제가 막을 테니까요."

수운은 숨을 들이켰다. 한순간 그의 모습이 사라졌다.

스스스스―

그녀들은 수운이 올라간 나무 위를 바라보았다.

이제 곧 보이지 않는 사투가 시작될 것임을 직감할 수 있었다.

그녀들은 서로의 얼굴을 마주 본 뒤 고개를 끄덕였다.

한순간이라도 빨리 이곳을 벗어나는 게 수운의 부담을 줄여주는 일이었다.

그녀들이 사라지고 잠시 후, 나무 위에서 한 명, 두 명 추혈대들이 떨어져 내리기 시작했다.

유탄곡 혈사의 재판이었다.

"*끄륵…….*"

뚜둑―

마지막 추혈대가 잔가지를 부러뜨리며 바닥으로 떨어지는 모습을 바

라보며 수운은 천천히 한쪽을 바라보았다. 저 멀리에서 서서히 강렬한 기운이 다가오는 듯한 기분이 들었던 것이다.

"녹혈마왕… 이겠지. 여기서 승부를 내야 하나?"

그는 잠시 망설이다 도주하는 쪽을 택했다.

진천이라면 큰 무리 없이 상대할 수 있겠지만, 그 이후 생사강시까지 상대할 여력은 없지 않겠나 하는 판단이 들었기 때문이었다.

아까 겨뤄본 결과 생사강시라는 것은 절대 만만치 않은 괴물들이었고 그는 목숨까지 걸고 무림의 일에 끼어들고 싶지는 않았다.

친인들의 목숨을 구했으면 끝난 일이었다.

'우선은 여기까지…….'

수운은 그렇게 되뇌며 천천히 정마련 무인들이 갔던 방향으로 신형을 날렸다.

*　　　　*　　　　*

비교적 느긋하게 정마련 무인들의 시신을 따라 생사강시와 무인들을 이끌어가던 진천이 문득 눈을 찌푸리기 시작했다.

적들의 시신만 목이 뎅겅 베어진 채 널려 있어야 할 혈로였다. 한데, 어느 순간부터 정마련 무인들이 아니라 추혈대의 시신들이 바닥에 떨어져 있었다.

그리고 어느 순간 정마련의 무인들이 아니라 추혈대원들의 시신들만 땅에 늘어져 있었다.

전멸이었다.

"이럴 수가……."

방금 전 투입한 것은 데려온 추혈대 삼 개 조 중 이 개 조에 달하는 커다란 전력이었다. 그 정도 전력이 이런 곳에서 전멸하자, 진천조차 안색이 군을 수밖에 없었다.

있어서는 안 되는 일이었다.

정면으로 부딪친 것도 아니고, 후퇴하는 적을 산지에서 급습하는 일이었다.

아무리 적진에 공해를 비롯한 절정고수들이 포진해 있고 그들에게 생사강시가 남았다 하더라도 혼란 중에 추혈대가 전멸하는 일은 있을 수 없었다.

"누굴까?"

'공해? 아니면 연청? 그도 아니면 생사강시?'

고민을 해봐야 시간만 허비할 뿐이었다.

"삼조장."

척—

진천이 뒤쪽에서 묵묵히 서 있던 복면인을 부르자 그는 말없이 부복해 그의 명을 기다렸다.

"추격해라. 단, 공격은 하되 위험하면 그 즉시 물러서라."

끄덕—

진중히 고개를 끄덕인 추혈대 삼조장은 그 즉시 나무 위로 모습을 감추었다.

"가자."

추혈대를 앞세운 진천이 천천히 발걸음을 옮겼다.

*   *   *

정신없이 도주하기를 한 시진이었다.

"여기서 잠시 쉬었다 간다. 각 조별로 피해 상황을 보고하라."

벽력검 상적양이 피곤한 목소리로 그렇게 명령을 하달했다. 그의 목소리에서 피로감이 느껴질 수밖에 없었다.

그들이 입은 피해가 엄청났기 때문이다.

우선 생사강시 네 구 중에서 두 구를 잃었고, 남아 있는 두 구도 상당한 손상이 있었다.

청혈교가 이번에 사용한 생사강시가 무려 열 구. 아무리 그중 몇 구가 무적진천뢰에 상했다 하더라도 수적 열세를 쉽게 극복할 수 없었기에 입은 손실이었다.

또한 인명 손실 역시 심각했다.

칠십여 명의 참월대 중 살아남은 것은 고작 서른 명뿐이었고, 자원했던 후기지수들도 열대여섯이 살아남았을 뿐이었다.

'그마저 천운이지······.'

상적양은 고개를 내저으며 묵묵히 손실된 내력을 보충했다. 지나간 일은 지나간 일이니 앞으로가 더욱 중요했다.

공해는 대견하다는 듯 수운을 바라보고 있었다.

추혈대와 한판 사투를 벌이느라 뒤늦게 합류하자 공해가 다른 무인들을 추스린 뒤 그에게 다가온 것이다.

"수고했네, 사제. 추혈대의 추격을 늦춰주지 않았더라면 지금쯤 더 큰 사단이 벌어졌을 게야."

뒤를 쫓던 추혈대는 발이 묶인 정도가 아니라 이미 전멸했으나 공해는 거기까지는 알지 못했다.

"사제의 무공이 그토록 고절한지 이제야 알았네. 허허허··· 생사강시와 맞서 한 치도 물러서지 않고 맞서다니. 심의파··· 칠십이종절예 중에서도 익히기가 지난하다는 심의파를 사용하다니. 언제부터 익힌 것인가?"

수운이 칠십이종절예를 배우고 싶다고 했을 때 장경각 출입을 허락해 준 이가 바로 공해였으나, 그도 그 짧은 시간 수운이 무언가를 익혔다고 생각하지는 않았다.

정마련에서 열렸던 비무에서 백보신권을 사용하는 모습을 보았으니 심의파 역시 이전부터 배워 익히던 무공으로 생각하는 것도 당연하다면 당연한 일이었다.

"그게… 혜월 대사님 덕분이지요."

"흐음……."

공해가 고개를 갸웃거렸다. 아무리 혜월 대사가 뛰어나더라도 그가 수운을 가르친 시간은 그리 길지 않았다.

'사제의 사문이 소림의 지파라더니……. 훗날 좀 더 알아볼 필요가 있겠구나.'

어쨌거나 지금 따질 문제는 아니었기에 공해는 그냥 고개를 끄덕였다.

"그렇군. 어쨌거나 그렇게 강렬한 심의파는 이 늙은 사형도 처음 볼 정도였네. 든든하구먼."

"아닙니다. 칭찬해 주실 정도의 실력은 아닌데요."

"너무 겸양하지 말게. 자네가 추혈대를 막아준 덕에 여기까지 온 것 아니겠는가? 허허."

믿음직스러운지 어깨를 몇 번 두드린 뒤 공해는 자리에서 일어섰다. 앞으로의 일을 논의해야 했기 때문에 수운과 계속 얘기만 하고 있을 수 없었기 때문이다.

공해가 떠나가자 수운은 주변을 두리번거리다 한쪽에서 파리한 안색으로 쉬고 있는 당소류와 오유란을 발견하고 그쪽으로 다가섰다. 근처에는 하태진과 남궁정의도 같이 앉아서 다가오는 그를 바라보고 있었지만 크게 신경 쓰지 않았다.

"괜찮아요?"

"네… 덕분에요."

당소류가 살포시 미소를 지어 보였다.

"그러니까 따라오지 말라니까……."

이미 늦은 일이었고 의미없는 투정이었다.

그는 둘과 얘기를 주고받다가 슬쩍 하태진과 남궁정의의 상태를 살펴보았다. 하태진은 왼쪽 어깨와 옆구리, 남궁정의는 왼쪽 허벅지에 제법 중한 상처를 입었는지 붕대 밖으로 피가 배어 있었다.

그들에게 약간의 호감도 가지고 있지 않았지만, 그래도 예의상 한마디 물어보지 않을 수 없었다.

"괜찮습니까?"

남궁정의가 잠시 망설이다 고개를 끄덕여 답했다.

"괜찮소."

수운은 하태진에게도 말을 붙이려 했으나, 그가 먼저 고개를 돌리자 입을 다물었다.

'밴댕이 소갈딱지 같으니.'

대화가 끊기자 잠시 어색한 공기가 흘렀다. 그렇지만 곧 당소류가 끼어들어 분위기를 바꾸었고 그들은 짧은 휴식을 즐길 수 있었다.

잠시 후, 공해가 사람들을 부르는 소리가 들렸다.

"자, 이제 다시 출발합니다. 아미타불, 소림 인근까지만 가면 되오이다. 거기까지만 가면 원군이 있으니 힘들을 내시기 바랍니다."

굳이 힘내라는 말을 하지 않더라도 살아남을 길은 조금이라도 빨리 소림에 있는 전력과 합류하는 길뿐이었다.

반 각 정도 쉬었을 뿐 아직 기력을 회복하지 못했지만 군웅들은 묵묵히 무거운 발을 옮겨 그를 따르기 시작했다.

"사제, 그리고 연청 진인."

공해가 수운과 연청을 불렀다.

"뒤쪽을 맡아주셔야겠소."

공해가 불문곡직 얘기를 꺼내자 두 사람은 말없이 고개를 끄덕였다. 힘이 빠진 상태에서 후미를 급습당하면 가히 궤멸에 가까운 피해를 입으리라는 건 뻔한 사실이었던 것이다.

더구나 공해가 고수 둘을 뒤쪽에 포진시킨 것은 무엇보다 추혈대를 대비해서였다. 수운은 이미 추혈대와 맞서본 경험이 있고, 연청 역시 절정에 속한 고수였으니 그들 정도가 아니라면 추혈대를 막을 방법이 없으리라 생각한 것이다.

두 사람은 천천히 걸음을 늦춰 자연스레 후미 쪽으로 흘러 나갔다.

굳어 있는 수운의 표정을 보자 연청이 담담한 목소리로 말을 걸었다.

"걱정되나?"

"네… 좀."

"그래도… 자네 무위가 이리 뛰어나니 다행이네. 허허허, 일전에 봤을 때는 온통 상처투성이의 쟁자수였는데 알고 보니 이런 고수였네그려."

그 말을 듣자 조금 뜨끔했다.

"그러고 보니… 혹시 그 당시에 추혈대와 싸운 것도 자네가 아니었나 싶군 그래. 무공을 감추고 말이야……."

'헉!'

지금 상황에서는 조금만 생각하면 당연히 품을 수 있는 의문이었지만, 수운은 황급히 고개를 내저었다.

"아하하. 설마요. 저는 그때 아직 무공에 제대로 입문도 못했었습니다. 이건 혜월 대사님이 남겨주신 내공 덕이죠."

"흐음, 그런가."

연청은 의미심장한 미소를 지어 보였다.

"아무려면 어떤가. 지금은 이런 상황에서 믿을 만한 고수 한 명이 하나라도 더 있다는 것이 중요하다네."

"……."

무인들은 있는 힘을 다 짜내며 경신술을 발휘해 도주하기 시작했고, 어느덧 사위는 어둠에 잠겨들기 시작했다.

그때까지도 적의 습격은 없었다.

그믐에 가까워 달빛조차 희미한 밤이었다. 안력이 정순치 못한 무인들은 발밑을 살피지 못해 기력만 소모할 뿐 전력으로 달릴 수 없는 상황이었다.

공해는 한숨을 내쉬었다. 일견하기에도 모두들 탈진하기 직전이었다.

'이 이상은 곤란하겠군……'

그는 주변에 멈춰 서라는 명을 내린 뒤 후미에서 추격자를 감시하던 두 사람과 수뇌부들을 불러 세웠다.

"아무래도 이 이상 이동하는 건 무리일 듯싶습니다. 소모되는 힘에 비해서 이동 속도가 너무 느려요. 여기서 잠시 쉬어감만 못할 것 같습니다."

"후우— 안타깝지만 저도 대사님 의견에 동의합니다. 어두워진 뒤로는 거친 바닥을 살피느라 기력은 기력대로 낭비하면서 쥐꼬리만큼 이동했을 뿐입니다. 따라잡힐 위험이 있겠습니다만 잠시라도 눈을 붙여 기력을 회복하게 해야 합니다."

상적양이 고개를 끄덕이 찬성하자 공해는 연청을 바라보았다.

"적의 추격은 없었습니까?"

"본도의 감각에 잡히는 적은 없었습니다만……."

연청이 심각한 얼굴로 공해를 바라보았다.

"하지만 추혈대가 멀리서 우리 일행을 관찰하고 있었다면 장담할 수 없는 일이지요. 눈을 붙였다가는 금방 따라잡힐 우려가 있으니 일각 정도 숨이나 고른 뒤 다시 떠나는 게 낫지 않겠습니까?"

"아미타불, 저라고 왜 그러고 싶지 않겠습니까? 하지만 어쩔 수 없지 않겠습니까? 모두들 지쳐 더 이상 갈 기력들도 없으니 여기서 한두 시진이라도 잠을 재워야 하지 않겠습니까?"

주변에 늘어져 있는 무인들을 둘러보라는 듯 공해가 연청의 뒤쪽으로 시선을 보내자, 연청 역시 눈을 감고 도호를 읊조렸다.

"무량수불……."

그 역시 이 이상 달리는 게 무리라는 건 알고 있었다. 운은 하늘에 맡길 수밖에 없었다.

"모두들 휴대한 건량을 섭취하고 쉬도록 하라. 동이 틀 때까지 여기서 쉬었다 간다."

그 말에 군웅들이 작게나마 안도의 한숨을 내쉬었다. 추혈대나 생사강시가 따라붙고 있다는 것은 알고 있었지만, 지금은 때려죽인다 해도 한 걸음도 걷기 힘들었다.

그들은 수뇌부의 결정이 나자마자 대강 자리를 잡은 뒤 깊은 잠 속으로 빠져들었다.

수운은 일행이 여기저기 축 늘어져 혼절하듯 잠에 빠져들고 있을 때에도 우뚝 서서 불안한 눈으로 어둠 속을 노려보고 있었다.

'분명히 따라오고 있어.'

딱히 어떻게라고 할 수는 없지만 그의 감각에 걸리지 않는 범위 내에서 무언가 다가오고 있는 것 같았다.

그러나 아무리 그의 외연을 확대해서 적의 기척을 잡아내려 해도 아무 느낌도 들지 않았다.

그렇기에 공해가 자신을 향해 물었을 때도 연청 진인과 마찬가지로 아무 말도 못하고 쉬어가는 것에 찬성할 수밖에 없었다.

그는 자신을 향해 다가오는 기척을 느끼고 절명기를 거둬들였다.

돌아보자 피곤한 얼굴의 당소류가 서 있는 것이 보였다.

"당 소저, 피곤하실 텐데 빨리 쉬시지 않고……."

"저보다 유 소협께서 더 피곤하실 텐데요. 추혈대의 추적을 막아내느라 말이에요."

"저는……."

"고맙다는 얘기를 하러 왔어요. 아까, 유란 동생과 목숨이 경각에 달렸을 때… 구명해 주셔서 고마워요."

"당연한 일인데요……."

"아니요. 잔인한 말이겠지만… 만약 그때 유 소협이 조금만 나쁜 마음을 먹었어도 소협의 비밀을 알고 있는 심복대한이 한꺼번에 사라지는 거였잖아요?"

"아… 그런 방법이?"

수운이 크게 깨달았다는 듯 손뼉을 치자, 당소류가 픽 웃었다.

"나빠요. 다음엔 지켜주지 않겠다는 얘기인가요?"

"설마 그럴 리가요."

그는 밝게 웃으며 결의를 다졌다. 아주, 아주 오랜 시간에 걸쳐 천천히 만들어진 결의였다.

◆ 第三十四章 ◆

천하무림, 유수운을 주목하다

천하무림, 유수운을 주목하다

"어찌할까요?"

"어쩌긴."

겨우 삼사 리(里) 밖에서 정마련의 별동대가 수면을 취하고 있다는 보고를 받은 진천이 코웃음을 쳤다.

그는 보고를 해온 삼조장을 향해 말했다.

"나머지 인원을 모두 끌고 가서 녀석들을 쳐라. 흐음, 너희가 녀석들 목을 따서 혼란에 빠질 정도의 시간이면 넉넉히 우리 본대가 그들을 포위할 수 있겠지."

추혈대가 적들을 공격해서 토끼 몰 듯하는 사이에 진천이 이끄는 생사 강시와 나머지 무인들이 앞질러 가 그물을 쳐서 일망타진한다, 그것이 진천의 구상이었다.

"가라."

척—

삼조장은 먼저와 마찬가지로 조용히 예를 취한 뒤 잔여 추혈대원 모두를 이끌고 조용히 밤공기에 녹아들었다.

"크크큭, 이거, 어쩌면 저 녀석들만으로도 놈들을 몰살시킬 수 있겠군."

"그렇군요. 특히 이런 밤이면 말입니다. 하하하하."

"어쨌든 이동이다. 쥐 잡기에 좋은 밤이야."

진천은 기분 좋게 웃었다.

그러나 그 좋은 기분은 얼마 가지 못했다.

                    *   *   *

"시작되었나 보군."

고요한 산등성을 타고 흘러들어 오는 소란스러움에 진천이 잔혹한 미소를 지어 보였다.

"곧 선불 맞은 멧돼지처럼 날뛰다 우르르 몰려 도망가겠지요. 조금만 더 돌아가면 녀석들을 앞질러 기다릴 수 있습니다."

"크크큭… 교주님의 치세를 거부하려 한 멍청한 녀석들의 비참한 말로로군."

그는 기분 좋은 얼굴로 목적지를 향해 부하들을 이끌었다.

그렇게 반의반 각이나 지났을까?

"음?"

진천의 시선이 한쪽으로 향하자 유령처럼 추혈대원 한 명이 나무 위에서 나타나 그 앞에 부복했다.

진천의 눈이 꿈틀거렸다.

"무슨 일이냐? 토끼 몰이를 해야 할 놈들이 여긴 왜 왔나?"

"…전멸입니다."

"무어라? 전멸?"

"헙! 전멸?"

그의 입에서 흘러나온 말에 진천과 그 부관의 눈이 부릅뜨였다.

"제대로 설명을 해보거라."

"…놈은 저희의 은신을 완벽히 꿰뚫어 보는 것 같았습니다. 그들에게 다가서는 도중, 갑자기 그가 일행에게 경고성을 발하며 우리에게 덤벼들었습니다."

"으음!"

진천이 못마땅한 듯 침음성을 뱉었다.

"너희들의 은잠이 들키다니. 그렇다고 해도 공해나 생사강시들을 피해 널브러져 있는 놈들의 목이나 따고 물러났으면 될 일 아니었느냐? 설마 정면으로 맞서다 전멸당한 것은 아니겠지?"

"물론입니다. 그리고……."

"그리고 무엇이냐?"

"조장님의 명에 따라 우리는 가까이 있던 몇몇 무인을 습격한 뒤 곧바로 물러섰습니다만… 놈이 계속 따라붙었습니다."

"설마, 한 명에게 당했단 말이냐?"

"그렇습니다……."

"누구냐?"

"젊은 무인이었습니다. 계곡에서 생사강시와 맞서기도 했던 그……."

"그 애송이에게 추혈대가 전멸? 허허… 어처구니가 없군."

헛웃음이 터져 나왔다.

"조장이 승산이 없다고 판단하여 저를 되돌려보내 장로님께 상황 보고를 드리라 했습니다."

"알았다……."

진천이 혀를 찼다.

'그런 놈인 줄 알았다면 계곡 안에서 척살했을 터인데…….'

그답지 않게 후회를 해봤지만 이미 지나간 일이었다.

"좋다. 어찌 되었건 놈들은 이쪽으로 올 수밖에 없을 것이다. 추혈대의 빚은 내가 갚아주마."

＊　　　＊　　　＊

"부대주가 아니었으면 큰일 날 뻔했군."

다시 일어나 도주하는 중에 상적양이 다가와 고맙다는 뜻을 전했다.

"운이 좋았습니다."

"그래. 운이 좋았다고 치나. 아무튼 일단 이곳을 빨리 벗어나야지. 추혈대가 단독으로 왔다고 볼 수는 없으니."

경험이 많은 상적양의 표정은 어두웠다.

그리고 그의 우려를 실증이라도 하듯 선두에서 사단이 벌어졌다.

"캬아아악!"

생사강시였다.

"빌어먹을! 역시 앞질러 와 있었군. 토끼 몰이였어."

"어쩌죠, 대주님?"

"뭘 어쩌나. 뚫는 수밖에."

그의 말이 옳았다. 그 방법 외에 달리 무슨 방법이 있겠는가?

상적양이 검병에 손을 얹으며 희번덕 웃음을 지어 보였다.

"가세."

"예."

선두에서는 이미 공해와 연청이 생사강시와 맞서 싸우고 있었다. 수운 역시 마주 뛰어가다 생사강시 하나와 맞부딪쳤다.

'그래, 어떤 게 더 지독한지 해보자!'

"넌, 뭐 절반은 살아 있는 거 아냐!"

수운은 몸 안에 있는 절명기를 있는 대로 끌어올렸다. 역근진기와 융합된 절명기는 어느덧 일 갑자 반에 달해 있었고, 그의 멸명마공 역시 구단에 이르러 있었다.

생사강시가 수운의 어깨를 부러뜨리려 할 때 수운 역시 모든 내공을 생사강시의 몸속에 퍼부었다.

통할지 통하지 않을지 알 수 없는 도박이었다.

우득─

'크으윽!'

압력이 점점 심해지고 있었다.

수운은 절명기와 역근진기 모두를 쏟아 넣기 시작했다. 두 진기가 서로 융합하고, 서로 뭉쳐 가며 진기를 흘려내던 생사강시의 몸속으로 투사되기 시작했다.

퍼퍽!

폐맥 상태에 있던 생사강시의 혈도가 활동하기 시작하고, 멈춰 있던 심장과 내장이 펄떡거리기 시작했다.

부르르─

생사강시의 몸에서 경련이 시작되기 시작했다.

'조금만 더!'

그는 이를 악물고 아낌없이 내력을 끌어올려 생사강시에게 퍼부어댔다. 그야말로 파산경이라 할 수 있었다.

'효과가 있다!'

어느 순간 점점 어깨에 가해지는 압력이 약해지는 것을 느끼며 수운의 얼굴이 밝아졌다. 일종의 도박과도 같은 짓이었는데 그게 효과가 있는 것이었다.

그그극—

투콰아아앙!

땅이 심하게 긁히는 소리가 들리는 듯하더니 이내 진천뢰가 터져 나가는 듯한 굉음이 울려 퍼졌다.

"헉— 헉— 괴… 괴물이군, 저거."

수운은 구단공에 이른 사 갑자 내력을 정면으로 받아 절벽에 틀어박힌 생사강시가 여전히 꿈틀거리는 모습을 보자 고개를 내저으며 가까이 다가갔다.

완전히 끝장을 내야 했다.

'어차피 살아 있는 사람도 아니고. 다시 움직이기라도 하면 곤란하지…….'

그는 꿈틀거리는 생사강시 앞에 서서 손을 들어 올렸다.

그 순간 절벽에 틀어박혀 있던 생사강시의 입이 열렸다.

"아이야… 너의 이름은 무엇이냐?"

흠칫!

들어 올렸던 팔이 자신도 모르게 경직되었다.

"가… 강시가 말을?"

이지를 잃은 것은 고사하고, 시신이 된 지 오십여 년이 넘은 강시가 생전의 기억을 되찾아 말을 한다. 어떻게 봐도 괴사였다.

"강시라… 역시 그랬던가? 그래, 꿈이 아니었구나. 꿈이 아니었어. 허허허허……."

생사강시의 입에서 자조적인 헛웃음이 흘러나왔다.

"우선은 생과 사에 걸쳐 미망을 헤매던 노부를 해방시켜 준 것을 감사하마……."

"아… 네……."

"그런데… 너의 기세가 매우 낯이 익구나. 너는 월광사신의 전인이더냐?"

"……."

"그랬구나. 허허… 결국 노부는 월광사신의 무공에 두 번 죽는 셈이 되는구나. 허허허……."

생사강시, 아니, 조금 전까지 생사강시였던 노강호는 서서히 힘을 잃은 채 쓰러져 가고 있었다.

"부탁을 하나 하자꾸나. 남아 있는 동료들… 속박되어 있는 그들의 영혼도 해방시켜 주기를 바란다……."

툭—

꿈틀거리던 생사강시의 팔이 힘없이 늘어졌다.

'영혼의 해방? 생사강시란 반생반사. 멸명마공이 절반의 생명을 없앤 것인가, 아니면 반쪽 죽음을 지운 것인가……. 알 도리가 없구나.'

이 순간 그의 뇌리 속엔 한 가지 새로운 생각이 떠올랐고, 잠시 그 생각을 붙잡고 깊은 상념에 빠져들 뻔했다.

그러나 주변의 급박한 상황은 그가 속 편히 명상에 빠지도록 놔두지 않았다.

"제길!"

수운은 두뇌 속을 간지럽게 하는 무언의 화두를 내던지고 다시 전장으로 뛰어들었다.

생사강시가 느닷없이 입을 열었다는 것은 놀라운 이야기다.

그리고 그 놀라운 이야기를 들은 이가 있었다. 부상을 입고 그 근처에 쓰러져 있던 하태진이었다.

그는 생사강시가 입을 열 때부터 기경해 있다가 생사강시가 월광사신의 이름을 꺼낼 때는 심장이 입 밖으로 뛰어나올 듯이 놀랐다.

'유수운… 저 녀석이… 월광사신의 후인?'

그제야 모든 것이 실타래처럼 풀리기 시작했다.

당소류와 오유란이 지킨다던 비밀…….

'후, 후후후… 그랬군. 그랬어. 이제 됐어.'

그는 엎드린 채 꼼짝도 않고 있었다.

'이제 여기서 살아나기만 한다면…….'

그는 내심 이 사실을 잘만 이용한다면 유성표국의 숙원인 중원표로일 통은 물론, 당문과 화산, 소림의 힘까지 얻어낼 수 있다고 생각했다.

유수운의 정체를 알고도 감춘 것은 있을 수 없는 일이었다. 이 일이 밝혀지기라도 한다면 그들은 강호도의에 의해 하늘을 우러러볼 수 없을 것이다.

하물며 청혈교의 일까지 있는 이상…….

사방에서 아군이 죽어가는 가운데, 유수운의 정체를 어떤 식으로 써먹는 게 좋을지 행복하게 고민하고 있는 하태진이었다.

*　　　　*　　　　*

생사강시 한 구가 맥없이 쓰러지자 뒤에서 지켜보던 진천의 눈에서 화광이 일었다.

"저 애송이 놈이……."

진천의 손이 부르르 떨려왔다.

"생사강시들은 주변의 쓸모없는 것들을 처리하도록 해라. 노부가 직접 나가겠다."

'으음……'
"소림이 확실히 명문은 명문이구나."
수운은 진천의 얼굴을 바라보며 말했다.
"제가 이긴다면… 이대로 물러나 주실 수 있습니까?"
"허허… 허허허……."
진천이 어처구니없다는 듯 실소를 흘렸다.
"만에 하나 네가 나를 이긴다면 그렇게 해주마!"
말이 끝나기가 무섭게 엄청난 경력이 수운을 향해 밀려들었다.
그가 내지르는 일권은 말 그대로 산을 부술 듯했다.
'도유천과 동급, 아니, 어쩌면 그 이상일지도……'
그도 그럴 것이 진천이야말로 청혈교 호교마왕 중 그 무위가 가장 높
다 평가되고 있는 인물이었던 것이다.
그러나…….
그는 상대를 잘못 만난 셈이다.
'지금 나의 수준은… 월광혈사를 일으켰던 오대조를 훨씬 상회한다.'
혜월 덕분이었다.
그가 아니었다면 이렇듯 급격하게 멸명마공을 구단공까지 연성하지는
못했을 것이다. 또한 그가 아니었다면 초식에 대해서 커다란 깨달음을
얻지 못했을 것이다.
녹혈마왕 진천이 문제가 아니라 그 당시 천하제일을 자부하던 고수들
조차 팔단공에서 머물던 오대조의 한 수를 받지 못했다.
생사강시와 같은 마물이 오히려 수운에게 힘든 상대였다.
진천의 강맹한 일격이 다가오자 수운은 그 일격의 흐름을 관조했다.

스륵—

쾅! 쾅! 쾅!

연달아 터진 세 번의 권경을 흘려내자 진천의 눈꼬리가 조금 더 올라갔다.

"이 쥐새끼 같은 놈!"

그 말과 함께 파산경을 내뿜던 진천의 주먹이 풀리며 갈고리처럼 변했다.

현란한 조법이 펼쳐지며 그의 손이 물러서는 수운을 따라잡았다. 그렇게 진천의 손이 다시 수운을 잡아오자 그의 기세가 일변했다.

'수라척!'

중인들이 심의파로 오인하는 수라척이 펼쳐졌다.

투카각!

강맹한 진각!

퍼져 나가는 충격파 속에 수운의 신형이 급가속되었다.

우우우우웅!

급가속된 수운의 몸에 실려 있는 경력이 얼마나 컸는지 거대한 범종이 진동하는 듯한 소리가 야천에 울려 퍼졌다.

진천의 눈이 크게 치켜떠졌다.

"건방진!"

그는 전신의 공력을 모두 끌어올려 수운의 수라척과 맞서갔다.

쿠아이아앙!

엄청난 굉음 속에 어울려 싸우던 사람들조차 싸움을 멈추고 피어오르는 먼지 속을 바라보았다.

이윽고 먼지가 걷히고 그 안의 상황이 보여졌다.

수운의 팔꿈치와 진천의 쌍장이 맞부딪쳐 있었고, 그 주변으로 삼 장

가량 땅이 파여 있어 그들의 엄청난 격돌을 증명하고 있었다.

진천의 입이 조용히 열렸다.

"소림… 칠십이종절예… 심의파가 맞느냐?"

"…맞습니다."

"이상… 하군……. 그 무공… 에… 이런…….."

진천의 무릎이 굽혀졌다.

"이상하군… 이상해…….."

중인들은 경악 속에 그 모습을 보고 있었다.

녹혈마왕 진천. 시대를 넘어선 강자. 그가 겨우 약관을 지났을 법한 젊은이와 일장을 나누고 쓰러져 가고 있다는 사실은 직접 눈으로 보고도 믿을 수가 없었다.

그때였다.

진천이 문득 흐릿한 눈을 들어 그를 바라보았다.

"이… 익숙… 한데……. 이… 느낌… 은…….."

거기까지 말하던 진천의 눈이 한순간 크게 치켜떠졌다.

마치 수운의 진실한 정체를 알았다는 듯한 눈빛이어서 수운은 자신도 모르게 몸을 부르르 떨었다.

그러나 거기까지였다.

진천의 눈이 서서히 감기면서 그의 호흡이 멎었다.

장명의 지시로 지근 거리에서 수운을 관찰하던 이후성은 녹혈마왕 진천마저 유수운의 일장을 받아내지 못하자 경악할 수밖에 없었다.

'이건… 의심의 여지가 없군.'

그는 속으로 한숨을 내쉬었다.

내심 자신의 오판이었으면 좋겠다는 생각을 가지고 있던 터에, 새로이 생긴 확신은 그의 마음을 아프게 할 뿐이었다.

'장 련주님께 알려야겠군…….'

진천이 쓰러짐과 동시에 협곡 안에서는 거대한 함성이 울려 퍼졌다. 정파 무인들의 함성이었다.

"와아아!"

"이겼다!"

"마왕이 죽었다!"

일방적으로 격살당하던 정마련 군웅들이 내지른 함성이었다.

소림의 젊은 영웅, 소패왕 유수운이 생사강시에 이어 녹혈마왕 진천조차 압도적인 일격으로 패퇴시킨 것이다.

그들의 눈동자에 희망이 떠올랐다.

지금 그들이 절체절명에 처해 있다는 사실에는 변함이 없었다.

진천과 쓰러진 생사강시 한 구를 제외하더라도 아직 다섯 구의 생사강시와 추혈대가 버티고 있는 상황이었다.

그럼에도 녹혈마왕이라 일컬어지는 진천이 쓰러진 것은 그토록 그들의 사기를 진작시킨 것이다.

아직 희망은 있는 것이다. 그 사실만으로도 군웅들은 다시금 청혈교의 무인들과 얽혀들었다.

"가자!"

그들은 다시금 마지막 힘을 쥐어 짜내 청혈교도들과 맞붙기 시작했다.

수운도 숨을 한 번 몰아쉰 뒤 전장을 돌아보았다.

'속전속결! 머리를 노려야 해!'

더 이상 희생자가 나오는 건 사양이었다.

생사강시나 진천을 쓰러뜨렸을 때 아군의 사기가 치솟던 것을 교훈 삼아 그는 고수들만을 노리고 전장으로 뛰어들었다.

잠시 후, 또 한 구의 생사강시가 수운의 손에 어이없이 쓰러질 무렵 청혈교의 무인들이 진천의 시신을 수습한 뒤 후퇴하기 시작했다.

"이겼다!"

"크큭, 어찌 되었든 살았군……."

살아남은 무인들은 힘이 빠졌는지 피로 물든 대지 위에 아무렇게나 주저앉아 가쁜 숨을 몰아쉬었다.

잠시 후, 살아남은 자들이 그럭저럭 원기를 회복한 듯하자 공해가 씁쓸한 목소리로 외쳤다.

"아미타불… 돌아들 갑시다."

살아남았으되 처음엔 백여 명에 가까웠던 정마련의 기습조는 이제 겨우 스무 명 남짓 살아남았을 뿐이었다.

뿐만 아니라 화산의 연청 진인도 목숨을 잃었고, 소진과 공해도 기식이 엄엄할 지경에 처해 있었다.

간단히 말하자면 정마련의 기습조는 간신히 목숨만 붙어 있을 따름이었다.

그럼에도 살아남은 자들의 사기는 그리 낮지 않았다. 왜냐하면 청혈교의 기둥이나 마찬가지인 녹혈마왕 진천과 정정당당히 승부를 해서 쓰러뜨린 영웅이 있었기 때문이다.

소림성승인 혜월의 적전제자이자, 최근 들어 그 이름을 강호에 알리기 시작한 소림소패왕 유수운.

그의 이름과 전공은 빠른 속도로 퍼져 나가기 시작했다.

하태진은 숙고를 거듭했다. 우연히 손에 넣은 이 엄청난 정보. 유수운이 월광사신의 후예이며 이를 당소류와 오유란이 덮어주고 있다는 사실은 너무나 막강한 패였다.

'어찌해야 한다……'

처음에는 무작정 이 사실을 정마련에 알려 유수운의 명을 단번에 끝장 내고 싶어졌지만, 다시 생각해 보니 한두 가지가 부담스러운 게 아니었다.

가장 직접적인 것이라면 유수운의 보복이었다.

이제까지 무시하고 업신여기던 유수운이고 보면 공포가 많이 희석되었을 텐데도 그가 공격해 온다고 생각하면 공포로 명치 어림이 저릿했다. 특히 지금처럼 정마련의 전력이 약해져 있는 상황이라면 그는 틀림없이 빠져나갈 것이 분명했다.

'내가 그를 발고하게 되면… 유성표국은 그날로 강호상에서 사라질지도 모르지. 확실하게 하려면 그 녀석이 절대 빠져나올 수 없는 지경으로 몰아넣고 해치워야 해.'

그것은 수운이 월광사신이라는 증거가 발견된 뒤에 생각할 문제였고, 지금은 그보다 더 큰 문제가 남아 있었다.

'확증이 없어……'

"문제는 증거인데……."

그의 무공이 너무 강하다는 것이 증거의 하나이기도 하지만, 중인들은 그것이 혜월의 심득과 내공을 얻은 탓이라고 알고 있다.

증거라고는 자신이 직접 보고 들은 것뿐이지만, 그것만 가지고는 한창 영웅이 되어 있는 수운을 건드리기엔 역부족이었다. 자칫하다간 오히려 그 자신이 옛 인연을 잊지 못하고 새로 탄생한 영웅을 질시하는 옹졸한 인간으로 몰릴 가능성도 있었다.

더구나 그의 배경은 막강했다.

혜월의 적전제자 아닌가?

더구나 소림이 지금에서야 밝힌 바이지만, 그 혜월은 당년 월광사신과 손을 맞댄 뒤에도 살아남은 유일한 무인이었다.

그런 그가 월광사신의 후인을 제자로 맞아들였다? 명백한 증거 없이 수운을 몰아세웠다간 소림도 들고일어날 사안이었다.

그는 혼자 결론을 내지 못하고 고민해야 했다. 굴러들어 온 떡이긴 했는데, 너무 컸다.

"문제는 물증이다. 증거를 확보해야 놈을 끌어내릴 수 있다. 가장 큰 물증이라면, 그가 직접 싸우는 모습을 보여줄 수밖에 없다. 월광혈사 당시의 기록이 사실이라면, 그와 싸우는 이들은 단 한 수를 견디지 못하고 모두 죽었으니……."

문제는 그걸 어떻게 정마련의 고위 간부들에게 보여줄 수 있을까 하는 점이었다. 그가 비무에서 보여준 무위는 이제까지 알려진 월광사신의 그것과 전혀 달랐다.

"답답하군……."

그러다 그는 문득 청혈교를 떠올렸다.

"그들이라면……?"

'정마련에서 유수운이 월광사신의 후예라는 사실을 믿고 싶어할 사람들은 아무도 없다. 하지만 청혈교라면… 그들은 이미 생사강시와 추혈대, 심지어 진천까지 그의 손에 목숨을 잃었다. 더구나 그들은 유수운에게 죽은 이들의 시신을 잔뜩 수습한 상태고…….'

하태진의 생각은 조금씩 구체화되어 갔다.

청혈교.

비록 전쟁 중이긴 했으나, 유수운이 월광사신의 후인이라는 것이 밝혀진다면 양 집단은 우선 휴전을 하고 유수운을 압박할 것이 뻔했다.

현재 정마련에서 떠받들고 있는 그의 무위가 월광사신의 무공에서 비롯된 것이라 알려진다면 한순간에 무서운 공포로 떠오를 것이었다.

"후후후… 그렇군. 그들이 있었어."

계책이 떠오른 이상 머뭇거리는 건 그의 성격과 맞지 않았다. 더구나 그의 본가는 천하의 상로를 종횡하는 유성표국.

비선을 통해 자신을 숨긴 채 정보를 보낼 방법은 얼마든지 있다고 판단하는 것은 당연했다.

*　　　*　　　*

역한진은 눈앞에 놓여 있는 시신을 바라보고 있었다.

어려운 시절, 마지막까지 그의 곁에 남아 있던 공신이 대업인 무림일통을 눈앞에 둔 채 숨을 거둔 것이다.

'이 서신은 아무래도 사실 같군.'

그는 이름을 밝히지 않은 채 자신 앞으로 온 투서를 보며 내심 그렇게 중얼거리고 있었다.

진천의 무위는 가히 측량할 수 없을 정도였다. 그것도 생사강시를 무려 열 구나 딸려 보낸 상황에서라면 그깟 정마련의 잔당들 정도는 무탈히 제거했어야 한다.

한데 돌아온 생사강시도 고작 네 구에 불과했고, 진천조차 목숨을 잃었다. 딸려 보냈던 추혈대 역시 전원 몰살당하는 참상이 벌어졌다.

기습을 하려던 적들 역시 궤멸에 가까운 타격을 입었다지만 청혈교의 피해는 그들을 능가하면 능가했지 결코 그 아래가 아니었다.

한데 생사강시와 진천을 쓰러뜨린 것이 바로 유수운이었다.

'유수운이라…….'

더구나 그는 특검대주의 밀지를 받고 유수운에 대해 다소 의심을 품고 있던 터였다.

"이 투서가 어디서 온 것인지는 확인했느냐?"

"시간이 촉박해 모든 것을 알아내지는 못했습니다만, 우선은 유성표국의 비선에서 나왔다는 것까지는 알아냈사옵니다."

"유성표국이라……."

역한진이 눈을 번뜩였다.

"좋아. 투서의 주인이 누구인지는 계속 알아보거라. 그리고 지금 즉시 혈천대를 보내 현장에 있는 특검대주와 합세해서 유수운 그놈의 식솔들을 잡아오도록 하라."

"존명."

수하 하나가 복명을 한 뒤 교주전을 나서려고 할 때, 역한진이 다시 손을 들어 올렸다.

"아니, 잠깐 기다리거라."

흥분을 가라앉히고 생각해 보니 이건 무척이나 좋은 기회였다.

'좋은 기회로군. 유수운과 암중에서 우리를 지원하던 월광사신 그 둘이 연관이 있는지 알아볼…….'

새로이 마음을 정한 역한진이 처음 내린 명을 수정했다.

"지금 정정운 쪽 인물들에게 정보를 흘려라. 우리가 유수운의 생가를 친다고."

"알겠습니다."

'흐음…….'

수하가 전을 떠나가자 역한진은 다시 한 번 진천의 시신을 바라보며 중얼거렸다.

"편히 가십시오, 진 장로. 설사 월광사신이라 해도 우리 청혈고에 적대시하면 어떻게 된다는 것을 보여줄 테니 말입니다."

역한진이 다소 감정을 추스르며 그렇게 말했다.

이후성이 발빠르게 그에게 보낸 암호문 덕에 장명은 강호에 퍼지는 소문보다 빠르게 수운의 전공에 대해 알 수 있었다.

"과연이라고 해야 하나……."

장명은 별동대를 이끈 뒤 모든 지휘를 수하에게 맡긴 뒤 몇몇 믿을 만한 자들을 포섭하여 유수운 친가 근처에 도착해 있었다. 물론 유수운의 정체 등에 대해선 일언반구도 꺼내지 않은 상태였다.

특감대주가 그 부분에 천라지망을 펼쳐 놓고 있을 것이 분명한지라 그것을 경계하느라 곧바로 치고 들어가지는 못했다.

'생사강시를 있는 대로 파괴하고 녹혈마왕 진천까지 쓰러뜨렸다. 이는 혜월 대사가 다시 살아오더라도 할 수 있는 일이 아니야. 이후성 부대주의 말이 맞아. 월광사신이야. 그의 후손임에 틀림없어.'

이후성의 밀지가 아니었더라도, 그와 비슷하게 퍼져 온 소문을 생각해 보면 앞뒤가 맞아 들어간다.

'다행이라고 해야 하나.'

혜월 대사의 제자, 정파의 떠오르는 영웅이라는 감투 때문에 월광사신과 관련된 의혹에 대해 눈을 돌리는 사람은 당분간 없을 것이다. 그는 눈을 들어 유수운의 친가가 있는 쪽을 바라보았다.

"이제 돌이킬 수는 없겠군."

최악의 경우 유수운을 통제할 수 있는 고삐를 만들어야 했다.

그의 가족으로 말이다.

*   *   *

"이번 충돌로, 추가로 파괴된 생사강시가 여덟 구라 합니다."

"흐음… 너무 뜸을 들였나? 아까운 물건들이 계속 부서져 나가는구나."

그 말에 정정운이 울상을 지으며 배를 움켜쥐었다.

"제가 다 배가 아플 지경입니다. 노야, 그것들을 회수할 방법이 확실하시면 빨리 회수하십시오. 벌써 부서져 나간 생사강시만 합이 열두 구입니다. 이거 돈으로 환산하면… 커억! 혀, 혈압이."

"끌끌… 네 녀석은 왜 나이가 먹어서도 진중하지 못한 것이더냐. 네 앞에 강호를 떨어 울리던 월광사신이 있는데도 그리 농을 던질 생각이 나더냐?"

그는 정정운에게 모든 사실을 밝히지는 않았다. 그가 월광사신과 동문이긴 하지만 월광사신 본인이 아니라는 사실은 굳이 밝힐 필요가 없었다.

"그거야, 노야께서 이 녀석 목을 치신다면 온갖 잡일을 혼자 하셔야 할 텐데, 그게 싫어서라도 그러지 않을 거라는 걸 알고 있으니 당연한 일이지요."

"허허허, 그렇지, 그래."

노인은 빙긋 웃다가 자리에서 일어섰다.

"진경이를 불러오게. 더 늦기 전에 생사강시를 회수하러 가야겠어."

"노야, 아무래도 위험한 일 같은데 진경이는 왜……?"

되살아난 여진경은 이곳에 도착하자마자 정정운의 처에게 듬뿍 귀여움을 받고 있었다.

더구나 그녀가 한 번 목숨을 잃었다 되살아난 것은 누구도 눈치 채지 못하고 있었다.

"내가 옆에 붙어 있으니 위험하지는 않아. 그리고 다른 소식은 없나?"

정정운이 '이거 실수'라는 듯 찰싹하고 머리를 쳤다.

"제가 아침을 굶은 데다 생사강시의 가격에 대해 생각하고 있다 보니, 마음에 걸리는 정보 하나를 빼먹었습니다."

"허허… 또 무얼 잘못했기에 밥도 못 얻어먹었나?"

"험. 아무리 노야시지만 가정지사를 말씀드릴 수는 없습니다."

"그렇다 치고, 빼먹은 소식이란 건 무언가?"

정정운이 덩치답지 않게 몸을 앞으로 슬쩍 기울이면서 중얼거렸다.

"소림소패왕 유수운 말입니다……."

그 이름이 나오자 노인의 눈이 일순 꿈틀했다.

"그 아이가 왜?"

"청혈교에서 유수운의 가족을 치기 위해 움직이려 한다는 정보가 입수되었습니다. 아마 진천 장로에 대한 복수 때문인 것 같습니다."

"허허. 역 교주가 열을 좀 받았나 보구나. 아무리 그래도 일개 상인을 치려 하다니."

"헤헤헷, 아무래도 그렇겠죠. 생사강시에 녹혈마왕까지 잃었으니. 하긴, 노야의 말씀대로 겨우 민가 하나 들이치는데 혈천대에 생사강시까지……."

그 말을 듣자 노인이 고개를 내저은 뒤에 자리에서 일어섰다.

'…그 녀석, 어지간히 돌아다니더니 결국 정체를 들켰나 보군. 흐음. 마침 좋은 기회로군. 마침 생사강시도 동원될 테니 진경이를 시험해 보기에도 딱 좋기도 하고…….'

"소림 쪽으로도 연통을 넣을 수 있지?"

"물론입니다."

"그러면 유수운에게 지금 이 정보를 보내주도록 하게나."

"으음……?"

정정운은 잠시 고개를 갸웃거리다가 고개를 끄덕였다.

"노야의 분부시라면……."

노인은 정정운이 분분히 서신을 작성하는 모습을 바라보며 유수운의
얼굴을 떠올렸다.

'그날, 무탈하게 보내준 것은 진경이 일 때문이었으나 네가 내 진실한
뜻을 알고도 계속 거부한다면 내가 널 어찌 다룰지 알 수 없구나. 후우…
바라건대 내 뜻을 이해해 주길 바랄 뿐이다.'

잠시 후 여진경이 들어서자, 그는 정정운의 배웅을 받으며 느긋하게
길을 떠났다.

*   *   *

소림사를 중심으로 본진을 꾸려 머물고 있는 무인들의 분위기는 침체
되어 있었다.

참월대는 전멸이라는 말이 어색하지 않은 상황이었고, 생사강시 네 구
중 세 구가 파괴되었다. 그것을 이끌고 갔던 절정고수 셋 중 화산의 연청
진인이 사망했고, 다른 둘도 중상을 입은 상황이었다.

그러나 그들에겐 새로운 희망이 있었다.

절대마물인 생사강시를 부수고 전대 고수인 청혈교의 진천까지 일격
에 무릎 꿇린 새로운 신진고수.

소림의 신성인 유수운의 등장이 그것이었다.

"기분이 어때요?"

"…점점 큰일이 돼가는군요."

"후후훗. 정말 큰일이네요. 어쩌면 좋을까요? 무림공적이 무림의 구성
이 되어버리다니요."

당소류가 그렇게 말하자 오유란이 생글생글 웃으며 그에게 가까이 다
가갔다.

"영웅이 되셨다고 이 혼약자를 저버리는 것은 아니겠지요, 가가?"

"어머, 유란아, 가짜 혼약이라고 입에 거품을 물고 설명하던 게 엊그제였는데 그걸 빌미로 내세우는 건 너무하는 거 아니니?"

"헤에― 그런가요? 하지만 뭐 어때요? 영웅인데."

두 아가씨가 마음대로 깔깔거리는 것을 보며 수운은 추욱 늘어져 있었다.

"아무튼… 이제, 제가 일찍 손을 뺄 방법은 없는 거겠지요?"

"물론이에요. 그 정도 무위를 선보였으니 이 상황에서, 아니, 이 상황이 아니더라도 쉽게 놔줄 리 없지요."

"그나저나, 대체 어떻게 된 거예요? 멸명마공의 특성에 대해서는 미리 들었지만 그렇다고 해도 그 압도적인 무위는……?"

"혜월 대사님이 열반에 드시기 전에 남겨주시고 간 내공과 그분의 심득 덕분이에요. 그 두 가지 때문에 제 무공이 이전보다 최소한 서너 갑절은 발달했어요."

"하아, 기연이로군요."

"기연이라… 뭐, 그분과 만난 것 자체가 기연이라면 기연이겠네요."

쑥스러운 듯 머리를 긁적이며 그렇게 대답하는 유수운이었다.

그녀들과 일상적인 대화를 마친 뒤 즐거운 마음으로 자신의 방으로 들어섰을 때, 그는 서탁 위에 낯선 서신 한 통을 발견할 수 있었다.

'뭐지?'

가벼운 마음으로 놓여 있는 서신을 펼쳐 내용을 읽는 순간, 수운의 신형이 방 안에서 꺼지듯 사라졌다. 엄청난 속도로 이동을 시작한 것이다.

'어머니! 아버지! 누나!'

그는 서신의 진위, 누가 이런 짓을 벌였나 등도 따지지 않은 채 그저 엄청난 속도로 집으로 달려가고만 있었다. 가족들의 무사함을 빌면서.

'괜찮을 거야! 집에는… 상혁 조장이 있어! 혈랑검 전욱 대협도 있고! 괜찮을 거야!'

수운의 속도가 점점 더 빨라지고 있었다.

*   *   *

"소림소패왕 유수운……."

진현우는 그 별호를 한 번 웅얼거린 뒤 찰랑거리는 술잔을 단번에 비웠다.

그 모습을 지켜보던 유수헌이 슬쩍 눈치를 보다가 진현우의 잔을 다시 채워 넣었다.

꼴꼴꼴꼴~

"소림소패왕 유수운……."

벌컥벌컥!

"이야아~! 우리 진 사부님, 수운이가 잘나간다니까 술이 좀 받으시나 봅니다?"

상혁이 히죽거리며 말을 붙였지만 진현우는 말없이 술잔만을 내밀었다.

"……."

"이야, 정말 대단하지 않습니까, 진 사부님? 그 녀석이 천하에 명성을 날리게 될 줄이야 누가 알았겠습니까? 그 어리버리한 녀석이."

"허허, 천하의 명성……. 그래, 그렇구나."

자신도 모르게 이 갈리는 소리가 났으나 진현우는 애써 웃음을 지어 보였다.

수헌이 은근한 눈으로 진현우를 바라보았다.

"천하를 위진하는 제자가 한 명이 아니라 두 명이 되면 얼마나 좋겠습니까? 어떻습니까, 진 사부님?"

"끄응— 내가 지금 몸이 좀 좋지 않으니… 잠시 들어가 누워야겠다."

"아니! 사부님과 같은 절세고수가 몸이 좋지 않으시다니! 기다리십시오! 사부님의 수제자인 이 유수헌이 급히 달려가 몸에 좋은 약을 대령하겠습니다!"

"거, 이제까지 말술 마시던 양반이 뭐 갑자기 몸이 안 좋다는 겁니까?"

"……"

진현우는 평소와 다르게 두 사람이 옆에서 왱왱거리는 것도 귀찮았다. 엄청난 위명을 떨치고 계신 제자를 어떻게 곤죽을 내야 하는가에 대해 철저한 계획을 세우고 있었기 때문이다.

"소림소패왕… 소림소패왕이라……. 이 자식을 내 그냥……."

역대 절명문 사상 최초로 본명으로 그 명성을 강호에 날리고 있는 유수운이었다.

그때였다.

꿈틀—!

호쾌하게 술을 들이켜려던 상혁의 검미가 꿈틀거렸다. 그와 동시에 혼자 궁시렁거리던 진현우 역시 들고 있던 술잔을 내려놓고 있었다.

"…자네도 느낀 것 같군."

"그렇습니다, 진 노사님."

"작정하고 온 것 같지?"

"씨발, 아니, 죄송합니다, 진 노사님. 아무튼 이거 위험하겠는데요. 살기를 감추지조차 않고 다가오고 있으니……."

"무슨 소리예요, 갑자기?"

두 사람의 분위기가 갑자기 급변하자 수헌 역시 낯빛을 굳히고 두 사람을 번갈아 돌아보았다.

"수헌이, 너는 일단 가족들을 한곳으로 모아라."

"무슨 일입니까?"

"씨발, 척하면 척이지 못 알아듣냐? 뒤가 구린 냄새를 풍기는 것들이 한 무더기 다가오고 있으니, 가족들 안전하게 지키란 거야."

수헌은 고개를 끄덕인 뒤 즉시 가족들을 향해 뛰어갔다. 상혁은 옆에 취한 채 늘어져 있던 혈랑검 전욱을 두들겨 깨웠다.

"적이다."

흐리멍텅한 눈으로 늘어져 있던 전욱이었지만 '적'이라는 말에 일순간 날카롭게 고양되었다. 그리고 다음 순간 시큼한 냄새가 그의 몸에서 뿜어져 나왔다. 내공으로 몸속의 주정을 몰아낸 것이다.

맑은 정신으로 돌아온 전욱이 반개한 눈으로 사위를 훑어보았다.

"…어려운 싸움이 되겠군요."

"우선 사람들에게 가세. 그리고 활로를 뚫어봐야지. 그리고 미리 말해두지. 탈출하다 길이 막히면 시간 벌이 뒷감당은 내가 할 테니 자네들은 여기 가족들을 데리고 피신하게."

진현우가 굳은 표정으로 그렇게 말했다.

"그게 가능하겠습니까?"

"…내가 소림소패왕 유수운이 사부네."

그 말을 꺼내는 진현우의 얼굴이 벌겋게 달아올랐다.

진현우 일행이 안채에 도착하자 잠을 자고 있던 사람들이 모두 불안한 얼굴로 나와 있었다.

"무슨 일입니까?"

"아마, 일전에 이곳을 습격했던 자들 같습니다."

"아니, 여기 무슨 보물이 있는 것도 아닌데 왜 자꾸……."

유정이 안타까운 듯 그렇게 중얼거렸지만 이미 그런 걸 따지고 있을 때가 아니었다.

"선두는 상혁이가, 후위는 여기 욱이가 맡을 겁니다. 저는 선두와 후미를 오가며 적들을 상대할 테고. 아이들을 잘 챙기고 무슨 일이 있어도 걸음을 멈추지 마십시오."

진현우가 지시를 내리자 사람들이 불안한 얼굴로 그를 바라보았다.

"진 사부님, 탈출할 수 있을까요?"

수란이 아이를 꼭 안은 채 눈물을 글썽이며 그렇게 말하자 진현우가 당당하게 고개를 끄덕였다. 대절명문 육대 장문인인 그가 마음먹는다면 어찌 이들 일가 하나 제대로 지키지 못하겠는가?

"나를 믿거라!"

장명은 눈앞에서 벌어지고 있는 일을 보며 혀를 찼다.

"허… 이런."

가는 날이 장날이라던가?

'청혈교 녀석들이 이리 빨리 선수를 치다니……'

"장 대협, 어찌하시겠습니까?"

그와 같이 동행한 네 명의 고수들은 사실 관계를 모른 채 장명에게 이끌려 왔을 뿐이니 사안의 심각성을 알 턱이 없었다.

'청혈교에게 유수운의 가족을 빼앗기느니 차라리 암산하는 것이 낫다.'

"일단 상황을 지켜보도록 하세."

처음 포위망을 돌파할 때까지는 '나를 믿어라!'는 진현우의 호언장담이 어긋나지 않았다. 뜻밖이었던 건 포위망을 펼치고 있는 이들이 청혈교 소속이라는 것 정도였지만, 다시 생각해 보니 이상할 것도 없었다.

수운이 명성을 얻은 것은 청혈교와의 싸움 때문이었다. 그의 가족에게 화풀이를 하려고 한다는 것은 치졸하다는 점을 제외하면 생각지 못할 정도는 아니었다.

어쨌거나 진현우의 파괴력은 엄청났다.

누구도 그의 두 번째 손짓을 받아넘기지 못했다. 포위망이 마치 썩은 동아줄처럼 풀려 버린 것은 순전히 진현우의 손속 덕분이었다.

진현우는 모르고 있었지만 멀리서 그 장면을 바라보고 있던 장명은 경악하고 있었다.

'저것은 전형적인 월광사신의 전투 방식. 설마 저자가 진짜 월광사신?'

그의 시름이 깊어졌다. 진짜 월광사신이라면 청혈교가 유수운의 가족을 납치할 수 없을 것이다. 하지만 그건 장명 역시 마찬가지인 것이다.

'유수운은 정마련에 자신의 정체를 알고 있는 자가 있다는 것을 모른다. 그렇다면 다음 기회를 노리거나 아니면 은혜를 입혀두는 쪽이 낫겠지.'

그는 결정을 내리고 고수들에게 전음을 보냈다.

[저들의 탈출을 돕겠소.]

"타하핫!"

그의 성명절기엔 폭렬도를 시전하며 앞으로 뛰쳐나갔다.

"하하하! 도우러 왔소이다!"

"크하! 련주님 아니십니까!"

하상혁이 장명을 반겼다. 이런 위기의 순간에 정마련 최고수 중 한 명이 등장한 것이 어찌 반갑지 않을 것인가?

정마련 고수들의 등장 이후 진현우의 활약은 더욱 활발해지기 시작했다. 일행의 안위를 생각해서 일정 범위 이상 나가지 못하다가 그들의 안전이 확보되자마자 거침없이 손을 쓰며 나서기 시작한 것이다.

그러나 거칠 것 없던 진현우의 활약이 엇나가기 시작한 것은 죽립을 쓴 두 괴한이 진현우에게 다가설 때였다.

그는 자신 앞으로 다가오는 두 인영을 보며 자신도 모르게 흠칫— 몸을 떨었다.

'생기가 느껴지지 않는군. 뭐지?'

따지고 보면 이제까지 살아오면서 실전이라곤 오늘 처음 겪어보는 진현우였다. 따지고 보면 그는 지금까지의 절명문 사상 가장 성공적인 제자라고 할 수도 있었다.

어쨌거나 더 생각할 겨를이 없었다.

"심상치 않은 녀석들이다. 내가 맡을 테니 너희는 걸음을 서둘러!"

진현우는 그렇게 외친 뒤 상혁이나 전욱이 대답할 틈도 없이 두 괴한을 향해 공격해 나갔다.

우우웅—!

그는 잔뜩 내력을 끌어올려 두 괴한에게 장력을 내뻗었다.

'끝이다!'

그 순간 두 괴한의 신형이 교묘히 흩어지며 진현우가 쳐낸 일장을 피해냈다. 비록 단순한 형태였으나 진현우가 일평생 수련한 권을 지근 거리에서 별다른 준비 자세 없이 피해낸 것이다.

"젠장, 역시 고수들이었군."

그는 투덜거리면서도 여전히 침착함을 잃지 않았다.

진현우의 공격을 피한 두 괴한은 진현우의 양쪽 방위를 점했고 동시에 무시무시한 잠력이 실려 있는 권력을 쳐냈다. 진현우의 입가에 회심의 미소가 감돌았다. 정면충돌은 그가 가장 바라 마지않는 전투 방식이었다.

"가라!"

진현우가 양쪽으로 팔을 벌려 두 명과 동시에 장력을 교차했다.

퍼억! 투콰아아아!

"크윽!"

상상도 못할 파괴력이 팔을 타고 흘러들어 오자, 진현우는 경력을 해소하기 위해 급히 뒤로 신형을 날렸다. 무려 삼 장이나 물러서고도 아직 여력이 팔을 타고 흘러들어 왔다.

그렇지만 내심 전투가 끝났다고 판단을 내렸다.

장을 마주한 이상, 상대가 제아무리 천외천의 고수라도 곧 목숨을 잃을 것이란 자신이 있기 때문이었다.

하지만……

"크아악!"

"엉?"

그런 예측을 단호히 무시하며 두 죽립 괴한은 진현우를 향해 다시 달려들었다. 믿을 수 없는 일이었다.

"이런 말도 안 되는!"

그렇게 외친 진현우가 다시 한 번 내력을 끌어올렸다. 상대를 쓰러뜨리지 못한다는 것은 평소 사문의 비원이기도 했지만 이렇게 생사가 오가는 상황에서는 재앙이나 마찬가지였다.

진현우는 자신에게 가장 익숙한 권장수신편의 금강무영권을 펼치며 두 괴한과 맞섰다.

그렇지만 애석하게도 순수한 초식 운영이나 권장법의 수준으로 보자면 진현우도 가까스로 일류에 미칠 정도로 미숙했고, 그 정도로는 생사강시를 상대할 수 없었다.

다시 한 번 세 사람의 장이 허공에서 마주했다. 원래라면 그것으로 끝나야 했다. 그렇지만 진현우에게 있어선 이번엔 상대가 나빴다.

푸학!

진현우의 왼팔이 튕겨 올라가며 빗나감 동시에 생사강시의 일수가 진현우의 배를 꿰뚫었다.

"이것은……."

자신의 배를 꿰뚫은 괴한의 죽립을 날리고서야 진현우는 그 무표정한, 생기라곤 한 점도 없는 눈동자를 마주볼 수 있었다. 그리고 그제야 세간에서 주워들은 풍문을 떠올렸다.

"생사… 강시."

스윽—

복부에서 팔을 빼내자, 진현우는 복부에서 엄청난 피와 내장을 쏟아내며 그 자리에 쓰러졌다. 절명문의 육대 장문인치고는 너무 잔혹한 최후였다.

앞서 가다 진현우가 쓰러지는 모습을 목격한 전욱이 비통하게 외쳤다.

"진 노사!"

그가 그쪽으로 달려가려는 순간 하상혁의 냉정한 목소리가 그의 발걸음을 막았다.

"그만. 이미 늦었다. 이대로 돌파해야 해."

"하지만……."

"씨발! 산 사람들은 살려야 될 거 아냐, 이 새끼야! 닥치고 자라나 지켜!"

장명도 그런 상혁의 말을 도왔다.

"소협, 안됐지만 그 말이 맞네. 무공을 모르는 사람들이 너무 많아."

전욱은 뭐라고 반발하려다 곁에서 겁에 질린 채 달리고 있는 유정 일가를 바라보며 입을 꾹 다물었다. 하상혁이 말한 것이 비록 비정하다 하더라도 지금 이 순간에는 어쩔 수가 없었다.

특히 가경할 위력을 자랑하던 진현우를 쓰러뜨린 두 죽립 괴한이 버티고 있는 이상, 자신이 되돌아가더라도 손을 쓸 도리가 없다는 걸 인정해야 했다.

달려가면서도 진현우가 생사강시에게 어이없이 쓰러지는 모습을 생각하며 장명은 속으로 고개를 갸웃거렸다.

'유수운은 생사강시 세 구와 진천을 맞상대하고도 무사했거늘? 나의 추리가 틀린 것인가?'

장명은 그런 생각을 하면서 냉정하게 자신들의 전력을 따져 보았다.

비록 생사강시에게 당했다지만 진현우의 활약 덕에 청혈교의 전력은 상당히 저하되어 있었다.

'잘됐다면 잘된 일이군. 그가 살아 있었다면 유수운의 가족을 내가 원하는 곳으로 데려가기가 쉽지 않았을 텐데.'

어쨌거나 당장은 저들의 추격을 벗어나는 것이 급선무였다. 생사강시들이 얼마나 더 동원되었을지는 장명도 자신하지 못했으니까.

노인이 나타난 것은 그 순간이었다.

노인의 무위는 상상을 초월했다. 사방으로 뿌려대는 격공장에 조중한 청혈교도들이 마치 늦가을 낙엽처럼 바닥으로 흩어졌다.

이상한 점은 진현우를 살상한 생사강시들이 나타나지 않는다는 점이었지만 노인의 무위에 비춰봤을 때 생사강시가 온다 해도 도움이 되지 않을 것 같았다.

모든 청혈교도들이 정리되는 데는 일각도 걸리지 않았다.

"자, 그럼……."

노인은 홀린 듯 자신을 바라보고 있는 유정 일가와 하상혁 일행 쪽으로 다가와 빙그레 웃음을 지어 보였다.

*   *   *

"…사부?"

그는 말없이 피 웅덩이 속에 쓰러져 있는 진현우의 사체를 바라보았다. 어째서 그가 이곳에 있는 걸까?

"사부……."

주먹이 덜덜 떨려왔다.

화아악—!

수운의 몸에서 맹렬한 기세가 일어났다.

"사부… 잠시만 기다려 주세요……. 곧 돌아올게요. 죄송해요. 죄송… 합니다."

그리고 물기 어린 눈을 들어 지그시 한쪽을 응시한 뒤 다시 신형을 날렸다.

*　　　　*　　　　*

일행을 대표할 만한 사람은 아무래도 장명 외에는 없었기에 그는 신중히 노인에게 질문을 던졌다.

"구명의 은을 입은 듯합니다. 하나 제가 강호 경험이 제법 있음에도 노사 같은 분은 기억에 없습니다만……?"

간접적으로 노인의 신원을 묻자 노인이 고개를 끄덕였다.

"노부의 이름이라… 이름 없이 살아온 지 이미 갑자에 가까우니 무명이라는 말이 어울리겠지."

노인이 싱긋 웃었다.

"하지만 강호의 친구들은 노부를 월광사신이라 부르더군."

월광사신.

그 단어가 일행에게 가한 충격은 엄청났다.

"워… 월광사신……."

월광사신 본인이 나타난 것은 엄청난 충격이었으나 대강의 사정을 짐작하고 있던 장명만은 여전히 침착함을 유지했다.

"그런 분이 이곳에 나타난 이유는 무엇이오?"

장명은 암암리에 공력을 모으고 있었다. 그의 목표는 당연히 월광사신이 아니었다.

월광사신이 이곳에 나타나서 위기에 빠진 유수운의 가족들을 도왔다. 그러니 여차하면 수운의 가족들을 인질로 잡고 몸을 빼내 이 정보를 알려야 했다.

장명은 축축하게 젖은 손아귀를 느꼈다. 긴장으로 흘러내린 땀. 절정의 반열에 오른 뒤 단 한 번도 느껴보지 못한 긴장감이었다.

"그야… 유수운이라 했던가… 그 녀석의 가족들이 필요해서라네."

'응?'

장명뿐 아니라 사람들은 노인의 말에 의구심을 느꼈다.

"카악— 퉤. 거, 노인장. 월광사신인지 아닌지 내 알 바 아니지만, 이분들은 무공이라곤 일초반식도 모르는 분들이오. 그런 분들이 필요하다는 게 무슨 개소리쇼?"

"허허… 자네 입담을 보니 평소에 그 때문에 고생을 좀 했겠군."

"시전에 자리 펴쇼. 무림공적보단 그쪽이 더 전망있겠소."

잠시 흰소리를 주고받던 노인이 인자한 표정으로 사람들을 둘러보며 말했다.

"유수운이라… 그 녀석은 위험하지. 노부에게는 아주 위험한 녀석이란 말이지. 오십여 년 전 그날 이래 천하가 제아무리 넓다 해도 노부를 막을 이는 그 녀석과 그 녀석 사문뿐이거든."

전욱이 입을 열었다.

"그 말은… 진 노사나 수운이가 당신을 견제하고 있었단 말이오?"

"견제라……."

그 이상은 말하지 않은 채 노인은 뭔가 상념에 빠진 듯 보였다. 직접 대답하진 않았지만 전욱의 대답을 긍정한 것이나 마찬가지였다.

'내가 잘못 생각한 것인가? 그렇다면 유수운은 월광사신과 관련된 인물이 아니라, 월광사신과 대립하던 쪽의 인물?'

장명이 다시 한 번 복잡한 생각을 하고 있을 때 노인이 유정 쪽을 바라보며 말했다.

"조용히 노부를 따라오시오. 해는 입히지 않을 테니까……."

"씨발, 그럴 수는 없지."

"그럴 수 없소."

"노부를 막을 수 있다 생각하는가?"

"막고 못 막고는 해보기 전엔 모르는 거지. 어이, 흑랑이. 이분들 모시고 후퇴해. 뒤는 내가 막을 테니."

"하 형이나 가시오. 여기는 내가 막겠소."

"허어, 두 사람의 의는 보기 좋으나, 노부가 손을 쓰면 시간을 벌 틈도 없을 것이야. 아까운 목숨 잃지 마시고 가만히 있으시게."

그때였다.

"물러섯!"

고함과 동시에 무형의 강기가 노인을 향해 날아들었다. 그가 급히 강기를 향해 일권을 내지르자 거대한 폭음이 일었다.

쿠앙!

비록 기습을 당했지만 노인은 세 걸음을 물러서는 것으로 경력을 해소해 냈다.

노인의 신색이 다시 평온을 찾을 때쯤 허공에서 한 인영이 표표히 떨어져 내려 노인과 가족 사이를 막아섰고 일행이 일제히 그의 이름을 불렀다.

"수운아!"

"다들 괜찮으세요?"

그 말에 유정이 초췌한 얼굴로 괜찮다고 말했다. 그러나 일행 중 무사하지 못한 사람이 있었다.

"수운아, 진 사부님이……."

"…알아요. 방금 뵙고 오는 길이에요."

그의 시선이 가족들과 하상혁, 전욱 등을 바라보다 문득 장명에게 가 멎었다.

'련주님이 이곳에는 무슨 일이지?'

그의 눈빛에 의문이 깃든 것을 보자 장명이 가볍게 얘기를 꺼냈다.

"첩보가 있었네. 청혈교에서 자네 가족을 노리고 있다는."

거짓말이었으나, 그럴듯한 이야기였으므로 수운은 납득한 듯 고개를 끄덕였다.

"신경 써주셔서 감사드립니다. 외람되지만 이제부터는 제가 맡겠습니다."

"그나저나 감당할 수 있겠나? 저 노인이 바로 월광사신이라네."

장명의 말에 수운의 눈이 일순 흔들렸으나 곧 안정을 되찾았다.

"그렇군요. 절대적인 자신은 없습니다만 어떻게든 되겠지요."

그가 다시 눈앞의 노인을 바라보자, 노인이 천연덕스럽게 그에게 질문을 던졌다.

"여기서 할 텐가?"

"아뇨. 다른 곳으로 이동하도록 하지요."

가족의 안위를 생각해서 꺼낸 말이었다.

"수운아!"

"걱정 마세요. 그리고……."

수운의 시선을 받은 장명과 하상혁이 알겠다는 듯 고개를 끄덕였다. 가족의 안위는 염려하지 말라는 뜻이었다. 수운은 그들을 믿는다는 눈빛을 보이고는 노인을 따라 신형을 날렸다.

"왜 그런 눈으로 노부를 보는 것인가? 노부는 자네 가족들의 생명을 구했을 뿐이라네."

"그 점은 감사드립니다만… 어째서 제 가족들을 데려가려 하신 겁니까?"

"글쎄, 그게 딱히 자네에게 해를 끼친 건 아니라네."

수운이 한숨을 내쉬었다.

"그보다 대체 무슨 생각입니까? 스스로 월광사신이라고 칭하시다니요."

"별다른 의미는 없지. 어차피 노부는 월광사신의 이름이 필요했으니. 자네에게 나쁠 것도 없을 텐데?"

"일단, 본 문의 무공으로 세상을 어지럽게 하는 것은 결코 용납되지 않습니다."

"노부는 세상을 어지럽히려는 것이 아니네. 모르겠는가? 내 비록 절명문에서 파문당했다지만, 아직 절명문의 사람이라 생각하고 있다네. 그리고 절명문도가 세상에 떳떳이 나서는 데에는 무공의 개선보다는 힘이 필요하다고 생각하고 있고."

"궤변입니다."

"그렇다 생각하나? 마교의 무공은 어떠한가? 수많은 정파의 무공들은 또 어떠한가? 모두들 일격필살의 무공을 찾아 헤매고 있음이야. 옥창선 조사께서는 마음이 여려 길을 잘못 드신 게야. 오히려 그 때문에 세상이 더 혼탁해진 것이야. 극강의 무공을 연성하였으면 그 극강의 묘를 살려 세상을 계도하는 것이 당연한 도리……."

"세상을 계도한다? 다른 사람에게 자신의 손녀를 죽이게 했던 분이 할 말은 아닌 것 같습니다."

"후우… 자네는 아직 어리네. 세상을 보는 눈이 좁을 수밖에 없는 법. 지금은 무슨 말을 해도 내 말을 이해하지 못하겠지."

"지금이어서, 어려서 이해하지 못하는 게 아닙니다. 극강의 힘으로 세상을 계도한다? 그 말이 바로 이단이고 심마임을 깨닫지 못하는 겁니까? 모든 신통을 경계하라는 불가의 금언을 잊으셨습니까?"

"심마라… 그리 생각하는가? 뭐 그리 생각해도 할 수 없는 일이겠지. 어쨌거나 나에게 협력할 생각은 없는가? 모든 일이 끝나고 나면 자네도 절명문의 적전제자로서 이제까지 빼앗긴 모든 권리를 누릴 수 있을 텐데 말일세."

"언제부터 본 문이 강호를 종횡하기를 원했습니까? 본 문의 숙원은 그런 게 아니지 않습니까?"

"아니라고 생각하나? 조사 이래 계속 멸명마공을 포기하지 못하고 어떻게든 손을 봐서 강호로 출사하려 했던 이유가 무어라 생각하는 건가?"

"그건……."

"노부는 선대로부터의 숙원을 조금 다른 방식으로 보다 더 천하에 도움이 되도록 계획하고 있는 것뿐일세."

가슴속에서는 노인의 말이 궤변이라는 것을 느끼고 있었는데 조목조목 반박하려니 어디서부터 말을 해야 할지 답답했다.

"진정 곧은길은 오히려 굽어 보이는 법. 아직 세상사를 모르는 자네와 이런 일을 논할 생각은 없다네. 자, 자네의 대답은?"

"그럴 수 없다고 말했습니다."

"시간을 줄 테니 생각이라도 해보지 않으려나?"

"거짓이 시간이 지난다고 거짓이 아닌 건 아니지요."

"허허허, 끝내 노부를 막아서고 싶은가 보군."

"그래야 할 것 같아요. 제가 할 수 있는 모든 일을 다 해서라도… 더구나, 진경이도 그런 건 바라지 않을 거예요."

"조금 더 생각해 볼 여지는 없는가?"

"이 상황에서 뭘 더 생각하라는 겁니까!"

노인은 작게 한숨을 내쉬더니 품 안에서 손을 넣고 잠시 뭔가를 뒤적이더니 검붉은색을 띠고 있는 작은 종을 꺼냈다.

"사실 자네는 노부의 가장 어려운 일을 해준 것이고 감당할 수 없는 고통을 대신 떠안은 셈이지. 해서 다소의 위험을 감수하고라도 일말의 가능성이라도 보이면 그대로 보내주려고 했다네. 하지만……."

어둠 속에 떠오르는 검붉은 종이 더없이 위험해 보였다.

"그렇게 딱 잘라 거절하는 자네를 보니 결정을 해야겠군. 생각해 보니 노부는 아주 작은 위험도 감수할 수 없는 처지고……. 그래, 자네의 선언 때문에 결정을 내릴 수 있겠어. 사실 자네는 적으로 돌아서면 아주 껄끄러운 존재라는 건 부인할 수 없는 사실이지. 비록 노부에게 한 수 처지긴 하지만 당금 무림에서 누가 있어 자네를 당할 수 있겠는가?"

'저것은 무엇이지?'

수운은 노인이 손에 들고 있는 핏빛 종을 보고 경계심을 높였다. 월광혈사 당시부터 수많은 기보들을 섭렵했다는 노인이고 보면, 저 핏빛 종역시 뭔가 사이한 물건임이 틀림없었다.

"허허, 자네는 노부에게 어려운 결정을 두 번이나 내리게 하는구먼."

노인은 그렇게 중얼거리며 종을 흔들기 시작했다.

따랑— 따랑—

청명한 소리였으나, 수운은 그 소리 안에 깃들어 있는 마성을 느낄 수 있었다.

'뭐지?'

잠시 후 노인의 뒤쪽에서 세 명의 인영이 날렵하게 달려오기 시작했다. 마침내 노인 곁에 이른 신형의 얼굴을 확인한 수운이 눈에 띄게 동요하기 시작했다.

"지… 진경이?!"

노인의 부름을 받고 달려나온 이는 바로 여진경이었다. 바로 자신의 손으로 죽음에 이르게 만들었던. 그 곁에 서 있는 두 구의 생사강시는 눈에 들어오지도 않았다.

"어떻게, 어떻게 된……."

그 말에 여진경이 평소 때의 순진한 미소를 지은 채 수운에게 천천히 다가섰고 마침내 눈앞까지 다다랐다.

따라랑—

그 순간 노인이 들고 있던 종을 한 번 더 튕겼다.

"크아아!"

순진하던 여진경의 표정이 대번에 바뀌면서 눈이 번쩍 뜨이고 그 입에서 괴소성이 흘러나왔다.

"헉!"

여진경은 표변함과 동시에 독랄한 손속으로 수운의 요혈을 노려왔다. 근거리에서 넋을 놓고 있던 수운으로서는 도저히 피할 길이 없는 일격이었다.

퍼펑!

"크헉!"

공간이 폭발하는 듯한 소리와 함께 진경의 주먹이 수운의 하단전에 틀어박혔다.

"끼아아아아!"

아무 조짐 없이 벌어진 공격임에도 과연 멸명마공이었다.

일방적으로 공격했던 진경도 공격 시 발생한 엄청난 반탄력으로 인해 괴성을 내지르며 뒤로 날아가 바닥을 굴렀다.

물론 양자가 입은 피해를 견준다는 것은 의미없는 일이었다. 여진경은 단순히 반탄력에 뒤로 날아간 정도로 피해를 따질 것도 없었지만 수운은 단전 자체가 파괴될 정도로 엄청난 충격을 받았으니 말이다.

따랑—

노인이 한 번 더 종을 흔들자 그녀의 눈에서 짙은 혈광이 폭사되며 누워 있던 자세 그대로 허공으로 튀어 오르듯 일어섰다.

"이, 이럴 수가……."

수운은 울컥 선혈을 내뱉은 뒤 떨리는 눈으로 혈안이 되어버린 여진경을 바라보았다.

따랑 따랑 따랑—

"끼아아아아아아아!"

종소리가 신경질적으로 울리자, 멈춰 서 있던 여진경이 귀곡성을 내며 수운에게 달려들었다. 무시무시한 빠르기였다.

정상적인 몸 상태여도 제대로 대응할 수 있을까 의심되는 위력이었으니, 제대로 진기를 끌어올릴 수 없는 그가 대응할 수 있을 리가 없었다.

"커억……."

우둑—

여진경에게 휘어잡힌 목뼈가 지금이라도 부러질 듯 우둑거렸고, 그녀의 손톱이 파고들어 선혈이 줄줄 흘러내리고 있었다.

지독한 고통 속에서도 수운은 전혀 달라진 여진경의 얼굴에서 눈길을 떼지 못했다.

"어떻게……?"

많은 의미를 담고 있는 짧은 질문이었다.

그의 귀로 노인의 목소리가 들려왔다.

"이전에 얘기했을 걸세. 진경이에게는 몇 가지 대법이 걸려 있다고. 그 아이가 익힌 겁천혈마공에 귀혼차령대법이 더해지면……."

그가 다시 한 번 종을 울리자 여진경의 손아귀 힘이 더욱 강해졌다.

"끄으윽―!"

"처음 자네에게 했던 이야기가 모두 거짓은 아니었네. 노부는 여러 가지 구상을 했고, 실제로 멸명마공에 대항할 수 있을 만한 무공을 찾아내거나 만들어내는 일에도 힘을 기울였지."

지독한 고통 속에서도 노인의 말만은 또렷하게 들려왔다.

"노부는 이곳에서 머물면서 그간 거둬들인 비급들을 살펴보았지. 특히 사마외도의 무공을 유심히 살폈다네. 옥창선 조사가 소림 무공에서 이런 지독한 살공을 만들어냈다면, 상극인 마공에 그 대항법이 있을지도 모르지 않는가? 그러다 겁천혈마공이라는 마공과 배교의 회천대법에서 그 실마리를 찾았다네."

"끄으… 으……."

"그것들을 바탕으로 노부는 멸명마공에 대항하는 무공을 창안해 냈지. 마인들도 고개를 내저을 정도로 패도적이고, 좌도방문의 술사들도 창백해질 정도로 사악한 마공이랄까……. 꽤 오랜 시간이 걸렸지. 시험 삼아 몇몇 자질이 보이는 아이들에게 전수해 봤었건만, 마기를 이겨내지 못하고 모두 미치광이가 되어버렸다네.

정상적인 인간이 익혀낼 수 있는 무공이 아니었던 게지. 그 무공을 익힌 것은 천살성이었던 진경이뿐이었어. 물론 몇 가지 대법의 도움도 받았지만 말일세. 진경이에 대한 이야기를 기억하나? 스물을 넘기기 힘든 진경이의 체질 때문에 노부는 몇 번이고 손을 써서 겁천혈마공이 멸명마공을 견뎌낼 수 있는지 시험해 보고 싶었지만, 차마 그럴 수가 없었다네."

노인은 몸부림치고 있는 수운을 힐끗 바라보았다.

"거기에 멸명마공에 의해 영육이 완전히 정화가 되었으니 천하에서 가장 순수한 마인… 천하에서 가장 온순한 천살성이 된 것이지. 이 아이에게 걸려 있던 마지막 대법이 성공한 걸세. 그 결과……."

그는 뒤쪽에 얌전히 부복해 있는 생사강시들을 바라보았다.

"진경이는 세상의 모든 사마를 앙복케 하는 공능을 얻었지. 앞으로 청혈교와 정마련의 생사강시, 그리고 비밀리에 연성해 놓은 독강시들은 모두 진경이가 부릴 수 있게 되는 거지."

"으으……."

"사실 노부는 진경이가 멸명마공을 이겨내기를 내심 기대했었지만… 어쨌거나 이리된 것도 모두 운명이겠지."

거기까지 듣던 수운의 눈이 극도의 분노로 일그러졌다.

이야기대로라면 진경은 이제까지 도구로서 사육당하고 있었다는 것이 아닌가?

그 순수한 눈망울이 떠올랐다.

자신에게 작은 소망을 얘기하며 눈을 반짝이던 모습이 눈에 밟혔다.

이 노인만은 용서할 수 없다, 그의 길지 않은 생애에 이처럼 분노한 것은 처음 있는 일이었다.

"으아압!"

까드득―

분노에 몸이 반응했다.

정확히 말하자면, 아직 세맥에 흩어져 거둬들이지 못한 역근진기와 미량의 절명기가 반응했다.

충격을 받아 일시적으로 기혈이 막힌 하단전 대신 중단전으로 흩어져 있던 역근진기가 일시에 모였다.

그 결과 고작 티끌만 한 크기였으나 순간적으로 중단이 생성되었다. 티끌만 한 크기의 중단이었으나 그 의미는 실로 지대했다.

푸슉—!

진경의 손에서 벗어나는 순간 목에서 소름 끼치는 소리가 들렸다.

여진경의 손톱에 긁혀 피가 뿜어져 나오는 소리였다.

그러나 천만다행으로 커다란 상처가 생겼지만 다행히 위험한 혈관이 찢기지는 않은 듯했다.

그가 진경의 손에서 벗어나자마자 가볍게 손을 뻗자 재차 달려들던 진경의 신형이 소리도 없이 되튕겨졌다.

치이이…….

수운의 손에서 금빛 성광이 미세하게 감돌고 있었다.

"이런!"

노인의 놀란 목소리가 들려왔다.

"그 상황에서 중단을 열다니! 허허, 십단공 무한에 들었구나."

수운은 새로이 얻게 된 힘을 잠시 살펴보다가 쓰러져 있는 여진경과 노인을 번갈아 바라보았다.

"후우… 그래, 오늘만 날이 아니겠지. 새로운 경지에 오른 걸 축하하는 뜻으로 이만 가봐야겠구나. 가족들에게 안부 전해다오."

"…자주 보게 될 것 같군요."

"언젠가는 노부의 말을 이해할 날이 올 것이다……."

그는 떠나가는 노인과 여진경, 그리고 생사강시들을 바라보다가 가족들을 향해 발걸음을 돌렸다. 걸음걸이가 마치 다리에 납이라도 찬 듯 무거워 보였다.

"내가 자네를 오해한 듯하군."

장명은 수운에게 사과를 했다.

"하지만 자네나, 자네 영사의 무공이 모두 월광사신과 같은 지류 같았는데 어찌 된 건가?"

수운은 적당히 둘러댔다.

이미 노인이 스스로를 월광사신이라 밝혔고, 수운과 손속을 겨룬 것을 사람들이 목격한 이상 무림공적으로 몰릴 위험은 희박했다.

저간의 사정을 이해한 장명은 사람들의 오해를 살 수 있으니 무공의 특성에 대해서 함구해 주기로 했고, 수운에게 무림을 위해 앞장서 달라고 당부했다.

이후에 일어난 모든 일은 순리대로 흘러갔다.

*   *   *

월광사신이 전면에 등장한 것은 전 무림에 충격을 주었다.

청혈교는 월광사신의 세력과 동맹을 맺었고, 그 나머지 세력은 각자의 손익 계산에 따라 양쪽으로 갈려 나갔다.

길고 지루한 전쟁이 계속되었지만 새로이 결성된 무림정의맹은 보다 넓은 세력을 이용해 꾸준히 월광사신과 청혈교의 세력을 지워 나갔다.

이 과정에서 바라지는 않았으나 수운은 엄청난 명성을 얻게 되었다.

월광사신에 대항할 수 있는 유일한 인물.

무림은 유수운과 함께 조금씩 조금씩 한파를 이겨 나가고 있었다.

그리고… 세월이 흘렀다.

◈ 終章 ◈
이야기, 끝이 나다

이야기, 끝이 나다

    결국 수운과 무림정의맹은 청혈교와 무명 노인의 세력을 모두 꺾을 수 있었다.

    이름 모를 초원에서, 수운은 노인과 손을 겨루었다. 길고 지루한 시간이 지난 뒤, 노인은 허허로이 하늘을 바라보며 수운에게 말했다.

    "나는 잘못 살아온 것일까?"

    "모르겠습니다."

    "강한 힘이 주어짐은 그 힘을 이용해 중생을 계도하라는 뜻이 아니라 생각하느냐?"

    "폭풍우는 강한 힘으로 몰아치되 중생을 계도치 않고, 호랑이의 이빨이 강하다고 진리를 대변하지도 못합니다. 사백조, 현상은 그저 현상일 뿐, 거기에 상을 붙이는 것은 결국······."

    "허허허··· 지겹도록 읽은 금강경의 자구이거늘, 네 입으로 들으니 또한 신선하구나. 좋다. 실로 좋구나."

"……."

"진경이는 내 곁에 묻어주면 좋겠구나. 지옥에 가서라도 업을 씻고 싶구나."

"알겠습니다."

그는 고개를 끄덕이며 가가대소하다가, 문득 수운에게 몇 가지 당부를 하고 조용히 눈을 감았다. 그가 서방정토로 떠났는지, 혹은 스스로 눈을 돌려 아비지옥으로 내려갔는지는 알 수 없었다.

*　　　　*　　　　*

적과의 전쟁은 끝이 났으되 한바탕의 폭풍이 몰아치고 거대 조직이 분열되는 혼란이 계속되었다.

괴로운 시간이었으나, 그 혼란 속에서 새로운 인연을 만든 사람들도 적지 않았다.

오유란처럼 말이다.

그녀는 사형 이후성의 친우 남궁정우와 평생 가약을 맺기로 했다.

"오라버니가 너무 불쌍해 보여서……."

당소류가 웃으며 남궁정우를 택한 까닭을 묻자 그녀는 대뜸 그렇게 답했다. 어느 비 오는 날, 속절없이 비를 맞으며 그녀에게 다가와 사랑을 고백하는 모습이 그렇게 가련할 수 없었다고 했다.

물론 그녀는 그 이면에 가리워진 검은 거래를 알지 못했다.

"후후, 어떤가, 정우. 내 말대로만 하면 사매를 얻을 수 있다고 했잖은가."

"고맙네, 친구. 약속대로 향후 삼 년간 술값은 모두 내가 대겠네."

언젠가, 세월이 지나 자신이 삼 년 술값이라는 헐값에 팔렸다는 사실을 알게 되면 그녀는 분노하리라.

*　　　*　　　*

당소류는 우여곡절 끝에 유수운과 혼인했다.

쉽지 않은 일이었다. 남궁세가의 압력과 당가의 회유, 압박이 끊이질 않았다. 만약 수운이 소림 속가제일인이 아니었더라면 당소류가 아무리 저항했더라도 둘은 결코 맺어질 수 없었을 것이다.

"하아, 같이 강호행을 하자던 그 멋진 낭군은 어디 가고, 이렇게 어두운 창고에서 서류 정리나 하는 낭군만 남아 계실까요?"

"아하하… 미안. 하지만 어쩔 수 없잖아. 소림에 얹혀살 수도 없고. 뭐라도 배워야 나중에 당 소매를 굶기지 않지."

투덜거리는 당소류의 입가에도 변명을 하는 유수운의 입가에도 엷은 미소가 배어 있었다.

둘은 이미 청혈교와의 항쟁에서 너무 많은 피를 보았고 그 이후 시작된 각 세력들의 주도권 잡기 경쟁에서 무림이란 공간에 많은 회의를 느꼈다.

그렇기에 무림정의맹에서 제안한 높은 자리를 뻥─ 차버리고 낙향해서 아버지의 가업을 돕는 것이 무척이나 즐거웠다.

"얼씨구, 이거 봐, 이거. 내가 못산다. 재고 파악 하나 제대로 못하냐, 이 녀석아?"

…일을 가르치는 유정만은 즐겁지 않은 듯하다.

"후후후… 또다시 내 그림자를 놓쳤군. 그 대가는…….."

음산한 웃음소리와 함께 검은 그림자가 획─ 하고 겁에 질린 여자 아이를 덮쳤다.

그리고!

"으아앙~ 아저씨가 또 당과 뺏어갔어~"

장혜린이 일비영에게 들고 있던 당과를 빼앗기고 울먹이자 번개처럼 튀어나온 인영이 있었다.

언제나 장혜린의 막강한 수신호위 역할을 하고 있는 그녀의 이름은 바로 당소류. 그녀의 손에는 큼지막한 장작이 하나 들려 있었다.

"에잇! 비영 아저씨!"

후와아앙! 땡~

"크하하… 켁!"

당가의 비전을 담은 나무 장작이 절묘하게 날아와 일비영의 뒤통수를 가격했고, 일비영이 입에 물고 있던 당과를 뱉어내며 추락했다.

"으응~ 아가씨, 제가 복수했으니 이제 괜찮아요"

당소류가 달래는 말에 울먹거리던 장혜린이 눈을 들어 바닥에 널브러져 푸들거리는 일비영의 모습을 보았다. 잠시 후 장혜린이 활짝 웃으며 척— 하고 엄지손가락을 펴 보였다.

십이비영 중 남은 이들은 무명 노인 서량의 뜻에 따라 수운에게 거취를 맡기고 있었다.

당과 하나에 목숨을 거는 것을 보면 풍요로운 삶은 아닌 듯하다.

＊　　　　＊　　　　＊

정정운은 미리 마련해 둔 다른 신분으로 느긋하게 작은 상회를 시작했다.

살을 뺀 그를 알아보는 사람은 아무도 없었다.

"어허… 육덕이 모두 없어졌으니 어찌 사업이 성공할 것인가……."

그러나 살을 뺀 그는 꽤나 중후한 맛이 있어서 아낙네들의 발걸음이 끊이지 않았다.

덕분에 그는 귀가해서 끊임없이 부인의 추궁을 받는 신세가 되었으나, 언제나 싱글거리고 다닌다고 한다.

*   *   *

하태진은 유성표국으로 돌아가던 도중 암살을 당했다.

생사강시와 혈천대가 전멸당한 이후, 역한진의 보복을 받은 것이다. 물론 다른 이들은 왜 하태진이 암살당했는지 알지 못했다.

아들을 잃은 하의민은 한때 절망하기도 했지만 여식인 하혜진에게 표국을 물려주기 위해 보다 독선적으로 표국을 운영하기 시작했다.

그 결과 규모는 좀 더 커졌으나 장무성을 비롯한 많은 경험있는 표사들을 잃었다.

*   *   *

빠─!

"쿠에에에에에에엑!"

데굴데굴데굴!

중후한 맛이 있는 중년인이 머리에 벼루를 얻어맞고 땅바닥을 구르고 있었지만, 지나가는 사람들의 표정에는 그다지 놀란 표정이 없었다.

"왜 또 때려요!"

장우복이 혹이 난 이마를 부여잡고 대들자 장무성이 잔뜩 얼굴을 일그린 채 손가락질을 했다.

"야 이 자식아! 왜 때리냐는 소리가 나와? 너 이 자식! 또 표행을 거절했다매! 니가 지금 제정신이냐?"

장무성은 결국 하의민의 유성표국과 결별할 수밖에 없었다. 그 혼자라면 의가 조금 상했다지만 하의민과 끝까지 갈 수 있었다. 그러나 그의 아들들은 그런 상황을 견뎌내지 못할 게 분명했다.

그렇기에 어려운 결정을 내린 뒤 따로 소운표국이라 명명한 작은 표국을 세워 독립했다. 당연한 일이라면 당연한 일이겠지만, 표국은 유씨 일족이 살고 있는 강서 근처에 세워졌다.

"하지만 그냥 받기엔 너무 표행이 길었어요."

"그러니까 가격이 좋은 거 아냐!"

"그래도 표행이 너무 길면 우리 수란이랑 혜린이랑… 으힉!"

지켜보던 사람들이 '오오~' 하는 감탄성을 내뱉었다. 오래간만에 벽에 걸려 있던 장검이 날았던 것이다. 벼루나 목침은 흔한 일이었으나 장검까지 날아다닐 정도라면 흔한 구경거리가 아니었다.

이제 막 표행에서 돌아와 안부 인사를 하려던 장우식은 연로한(?) 아버지가 하늘을 날며 동생을 쥐 잡듯 하는 모습을 묵묵히 지켜보다 돌아섰다.

동생이 불쌍해서가 아니다.

너무 자주 보는 광경이라 흥미가 떨어져서다. 권태롭다고나 할까. 그는 만만한 하상혁을 찾아 발걸음을 옮겼다.

언젠가 장무성이 새로운 아들 타작의 영역을 개척하는 날, 장우식의 권태로움도 해결될 것이다.

"크큭… 씨발, 이제 좀 마신다?"

"후후후… 언제까지 제자리인 사람은 없소. 주도도 검도도 모두 걸고 걷다 보면 극에 다다르는 것."

"오오, 씨발 그거 대사가 좀 멋지다? 대가리에 술 좀 들어갔나 보네, 새끼……."

전욱은 결국 복수를 포기했다.

복수와 관계없이 쉼없이 검을 휘둘러 사람을 베다 보니, 세상엔 사람을 죽이는 것보다 중요한 무엇이 있지 않을까라는 생각을 하게 된 것이다.

그리하여 진지하게 장무성과 독대하여 자신의 뜻을 밝히고 이제 무엇을 하면 좋겠냐는 질문에 장무성은 서슴없이 답했다.

"술을 마셔보게."

"네?"

"거기서 무언가를 깨닫는다면 우리 표국에서 표두를 하게나."

전욱은 장무성을 꽤나 존중하고 있었기 때문에 아무런 토도 달지 않고 술을 마셨다. 장무성이 겉으로는 중후하지만 실상은 하상혁처럼 거칠고 거친 무부라는 것을 몰랐기 때문에 생긴 일이었다.

어쨌거나 전욱은 열심히 술을 마시기 시작했고, 어느 날부터인가 소운 표국에 나가 표두 일을 하기 시작했다.

"어이 흑랑이, 그러고 보니 네놈이 깨달은 게 뭐냐? 이 주도냐?"

표두로 일하는 것은 술을 마시며 무언가를 깨달은 뒤라는 조건이었으므로 상혁은 뭘 깨달았는지를 묻는 것이다.

전욱은 신중히 술잔을 들어 올리며 그의 질문에 답했다.

"주량이 아무리 늘어도 많이 마시면 결국 다음날 속이 쓰리다는 것을 깨달았소."

"……."

상혁은 별 이상한 걸 깨달았다고, 누구 놀리냐며 술 호로병을 들고 복마검법을 펼쳤고, 전욱은 그에 맞서 육포로 혈랑검을 펼쳤다.

전욱은 아직 술에 취한 뒤 냉정한 판단을 내리는 능력이 부족한 것이 틀림없었다. 기절한 전욱을 바라보며 호탕하게 포효하는 상혁의 말을 빌자면…….

"씨발, 육포랑 호로병이랑 부딪치면 당연히 호로병이 이기지, 이 새끼야!"

언젠간 전욱이 술자리에서 더 강한 연장을 챙기는 날이 올지도 모르겠다.

*　　　　*　　　　*

수운은 묵묵히 묘비들을 들여다보고 있었다.

하나는 그의 스승이자 절명문의 전대 장문인 진현우의 묘였다. 그의 가족을 지키기 위해 분전하다 결국 목숨을 잃었다. 그것은 늘 낙천적인 수운에게도 커다란 마음의 상처이고 짐이었다.

또 하나 마음에 남는 것은 바로 사문의 숙원이었다.

'약해지는 것.'

따지고 보면 그것 때문에 강호에 커다란 혈풍을 몰고 왔다. 그 때문에 수운은 이미 무공에 대한 집착을 버렸다.

현상은 현상일 뿐이다.

거기에 집착했던 것은 사조의 잘못이기도 하고, 사부의 잘못이기도 하고, 그의 잘못이기도 했다.

이제 중년을 앞둔 데다 수많은 경험을 한 수운은 그렇게 생각하고 있었다.

그는 생각을 멈추고 옆 자리를 바라보았다. 거기엔 무명 노인의 묘가 있었고, 그 옆에 유언대로 여진경의 묘가 놓여 있었다. 수운은 여진경의 묘에 올 때마다 자신의 품 안에 있는 마혼령을 떠올리며 유혹과 맞섰다.

그 종을 울리면 여진경은 다시 부활하리라. 다시 귀여운 여동생으로…… 어쩌면 좋은 연인으로…….

마음의 상처와 자신에 대한 고민과 유혹. 그는 이곳에 올 때마다 이 세 가지 감정을 동시에 느껴야 했다.

그가 그렇게 무릎을 꿇고 앉아 있는 뒤쪽으로 인기척이 들려왔다.

"알아보셨어요?"

"그래. 알아보니까 마교의 분파 중 하나인데……."

일비영의 설명이 이어졌다.

비밀리에 세력을 늘리고 있고 기보를 모으며 근처의 동남동녀들을 납치하고 있다.

"그렇군요……."

수운이 묘 앞에서 몸을 일으켰다.

"언제쯤 갈 거냐?"

"형에게 물어봐야죠. 형 일정에 맞춰야 되니까."

유수헌은 결국 끝까지 우긴 탓에 심지어 소림 장문인의 바짓가랑이까지 움켜쥐고 우긴 끝에 소림 속가 지위를 얻고 한 가지 절기를 전수받았다.

그의 동생인 수운의 영향력이 아니었다면 상상도 할 수 없는 일이었다. 어쨌거나 수헌이 전수받은 것은 그의 성정에 꼭 맞는 칠십이종절예 중 하나인 심의파였다.

수운과 달리 뛰어난 무재가 있던 수헌은 늦은 나이의 수련임에도 불구하고 심의파를 무려 팔성에 이르도록 연마해 냈다. 이후로는 내공의 발전과 함께 조금씩 깨달아갈 수 있을 것이다.

"크하하하하. 이번엔 어떤 놈들 협박하러 가는 거냐?"

"협박이 아니라 협상이지."

수운은 노인이 남긴 비밀 조직의 일부를 인수받은 뒤 그들을 이용해 전란을 일으키려는 세력이 있으면 미리 나서곤 했다.

협상(협박?)의 대부분은 형인 수헌이 맡았고, 수운은 압도적인 무위를 선보이며 적을 공황 상태에 빠뜨리곤 했다.

되짚어보면 언젠가부터 유수헌이 무림을 지키는 이 일에 더욱 열심이 었다.

"언젠간 위기에 빠진 절세미녀라던가, 어둠에서 밝음으로 마음을 바꾼 절세미녀, 혹은 그냥 지나가던 절세미녀라도 꼬실 수 있지 않을까?"

그가 무림을 동경하는 이유는 언제까지나 변하지 않았다. 수운은 그 점이 부러웠다.

그저 악당과 미녀와 영웅만 있는 단순한 세상이 그리워졌다. 그에게 있어 그런 세상은 스무 살을 전후해서 사라져 갔다.

그렇지만 수운은 포기하지 않기로 했다.

언젠가는 어릴 때 생각했던 대로 천하제일미부터 천하제칠미까지 삼 처사첩으로 삼아 무림을 주유하는 꿈이 이뤄질지도 모르지 않는가?

그는 빙그레 웃으며 형과 어깨동무를 한 채 집으로 걸어갔다.

그렇게 세상은 평화로웠다. 언제까지 그 평화가 지속될지는 어느 누구도 알지 못하겠지만.

結.

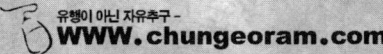

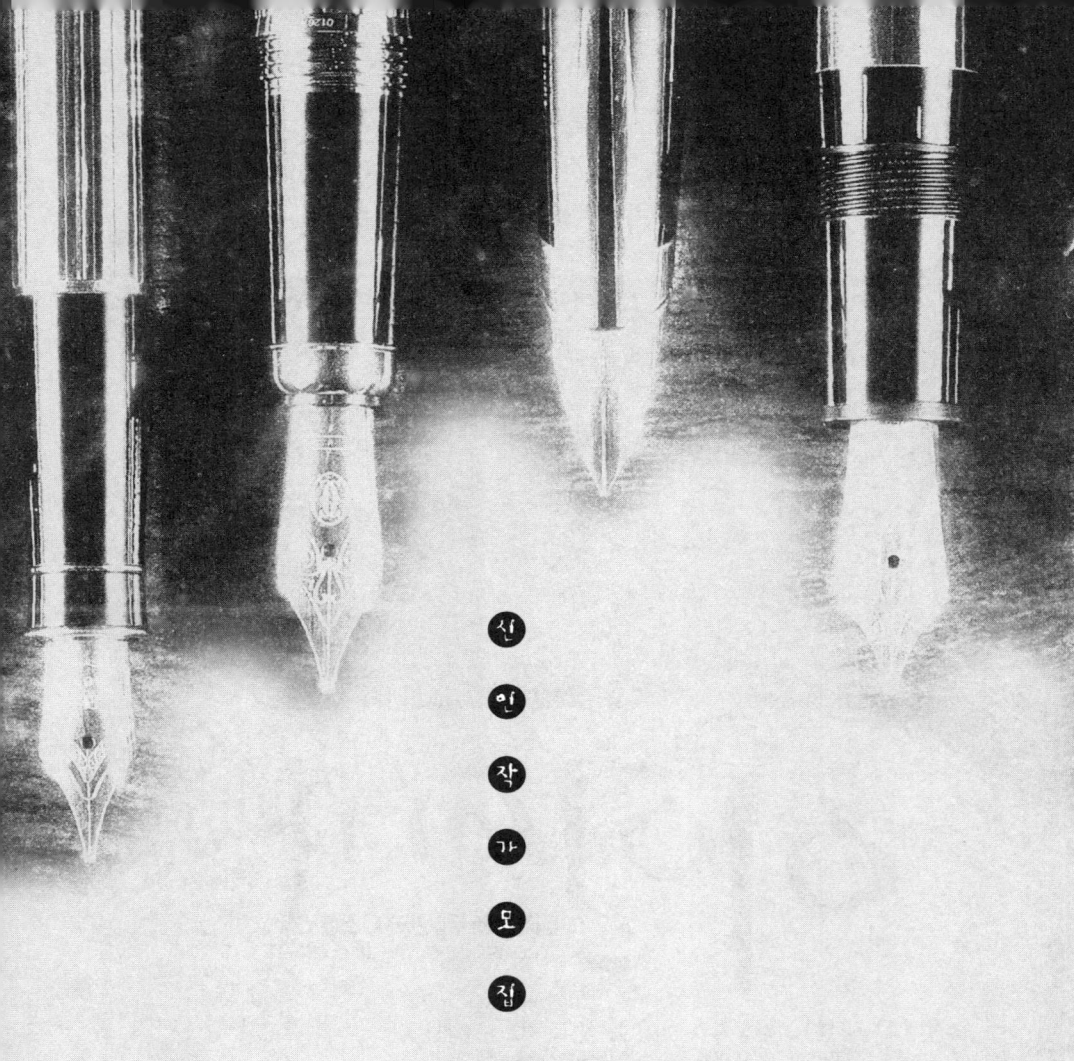

신
인
작
가
모
집

시작이 반이라고 했습니다.
작가의 길에 대한 보이지 않는 벽을 과감히 깨뜨리십시오!
청어람은 작가 지망생 여러분들의
멋진 방향타가 되어드리겠습니다.

저희 도서출판 청어람에서는
소설 신인 작가분들을 모집합니다.
판타지와 무협을 사랑하시는 분들의 많은 참여를 바랍니다.
소정의 원고(A4용지 150매)를 메일이나 우편으로 보내주시면
검토 후 출판 여부를 알려드리겠습니다.

주소:경기도 부천시 원미구 심곡1동 350-1 남성B/D 3F 우편번호420-011
TEL:032-656-4452 · **FAX:**032-656-4453
http://www.chungeoram.com
e-mail:chungeoram@chungeoram.com